갈 곳 없는 이들을 사로잡는
대중가요의 사회사

노래가 위로다

갈 곳 없는 이들을 사로잡는 대중가요의 사회사

노래가 위로다

초판 1쇄 발행 2015년 11월 11일

지은이 · 김철웅
발행인 · 표완수
편집인 · 문정우

펴낸곳 · ㈜참언론 시사IN북
출판신고 · 2009년 4월 15일 제 300-2009-40호
주소 · 100-858 서울시 중구 중림로 27 가톨릭출판사빌딩 신관 3층
주문전화 · 02-3700-3256, 02-3700-3250(마케팅팀), 02-3700-3255(편집부)
주문팩스 · 02-3700-3209
전자우편 · book@sisain.kr
블로그 · book.sisain.co.kr

ISBN 978-89-94973-21-0 03810

이 도서의 국립중앙도서관 출판예정도서목록(CIP)은 서지정보유통지원시스템 홈페이지(http://seoji.nl.go.kr)와 국가자료공동목록시스템(http://www.nl.go.kr/kolisnet)에서 이용하실 수 있습니다. (CIP제어번호: CIP2015028044)

*이 책은 관훈클럽신영연구기금의 도움을 받아 저술 출판되었습니다.

갈 곳 없는 이들을 사로잡는

대중가요의 사회사

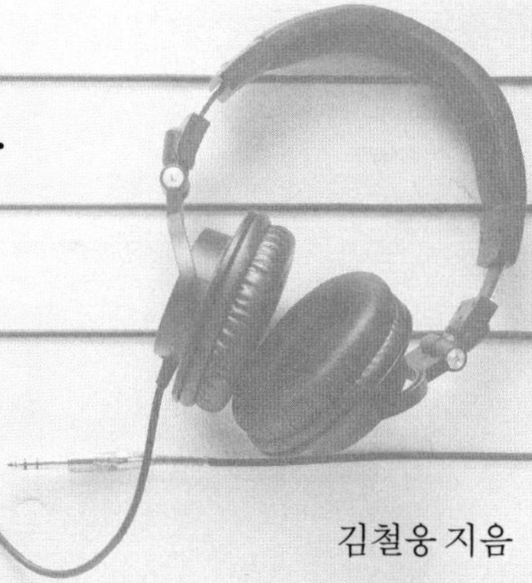

김철웅 지음

노래가 위로다

시사IN Book 북

■ 추천의 말

그 김철웅이 이런 책을 썼다

러시아 사회가 극도의 혼란에 빠져 있던 1994년 김철웅은 모스크바에 특파되었다. 〈경향신문〉 2대 모스크바 특파원으로 현지에 부임했던 것. 소비에트연방 해체 뒤 러시아는 한동안 치안이 거의 부재한 상태였다. 사람이 살고 있는 아파트에, 더구나 집주인이 안에서 기척을 내고 있는데도 강도가 쇠톱으로 문을 절단하고 침입하는 사건이 빈발했다. 다행히 집주인은 도피해 목숨을 건졌다고 했다. 이런 종류의 이야기들이 국제부 데스크 앞으로 심심찮게 날아 들어오던 시기였다.

그 때문에 한국의 현지 특파원들은 러시아 외무부가 운영하는 외국인용 '우페데카' 아파트에 어렵사리 입주하거나, 경비가 철저한 고급 아파트에 비싼 임차료를 지불하고 들어가서 생활했다. 살림집이 곧 사무실이었다. 생필품도 턱없이 부족해 특파원

단 간사가 인근 국가로 날아가 집단 구매해서 나눠 쓰는 일도 있을 정도였다. 그런데 유독 김철웅은 예외였다. 그는 모스크바 시내의 일반 아파트를 얻어 생활했다. 러시아 서민들 속에 묻혀 생활하면서 특파원 업무를 수행했다. 어지간한 배짱이 아니고서는 외국인으로서, 더구나 한반도의 남쪽에서 온 사람으로서 도저히 하기 어려운 일이었다. 저자 김철웅의 남다른 면모를 보여주는 한 예다.

그렇게 혼란스러운 러시아의 서점에도 〈플레이보이〉나 〈펜트하우스〉 같은 서방 세계의 성인잡지들이 들어왔다. 진열대 위에 버젓이 쌓여 있는 그런 잡지들을 대개는 곁눈질로 슬쩍 보고 지나칠 뿐 과감하게 집어 들기란 쉬운 일이 아니다. 러시아 남성들도 꼭 그랬던 모양이다. 서로 눈치만 보고 있을 때, 용감하게 한 부를 집어 든 것은 다름 아닌 동양에서 온 이방인 김철웅이었다. 그가 한 부를 집어 들면 다른 남성들이 우르르 몰려와 한 부씩 집어 들었다.

당시 〈경향신문〉 국제부장을 맡고 있었던 나는 김철웅을 모스크바로 보내기에 앞서 회사에 각서를 써서 제출했다. 김철웅 특파원에게 무슨 안 좋은 일이 생길 경우, 혹은 그가 뭔가 회사에 누가 되는 일을 저지를 경우, 국제부장이 책임을 진다는 내용이었다. 자기 회사 기자를 특파원으로 내보내면서 국제부장이 각서를 쓴 것은 거의 전무후무한 일일 것이다. 김철웅의 남다른 점을 나는 장점으로 보고 있었는데, 편집국 책임자나 다른 간부들은 아마 불가측의 결점으로 본 것 아니었을까 짐작할 뿐이다.

1997년 8월 영국의 전 왕세자비 다이애나 스펜서가 교통사고로 사망했을 때, 나는 그녀의 지지자였음에도 불구하고 남자친구와 동승한 상태에서 사고를 당한 것에 대해 다소 부정적 의견을 피력한 적이 있다. 그때 보인 김철웅의 반응을 나는 지금도 잊지 못한다. 부서 안에서 지나가는 말로 가볍게 한 이야기였음에도 그는 정색을 하고 반격해왔다. 얼굴에는 거의 상대를 경멸하는 듯한 표정을 짓고 있었다. 나는 움찔하면서도 감탄했다. 나 자신 공공연한 페미니스트임을 자부해오고 있지만, 김철웅은 짝을 찾기 어려운 로맨티시스트임이 분명하다.

김철웅은 음악 하는 집안, 정확하게 말해서 클래식 음악의 분위기가 감도는 집안에서 어린 시절을 보냈던 것으로 기억한다. 같이 국제부에 근무하면서 그가 클래식에 매우 친숙하다는 느낌을 몇 번 받은 적이 있다. 그는 영화에 대해서도 일가견이 있었다. 당시 화제를 뿌렸던 영화 〈쉰들러리스트Schindler's List〉를 〈경향신문〉 국제부(기자 10여 명)는 단체관람(업무 때문에 실제로는 2~3명씩 짝을 지어서 각기 다른 시간대에)을 했다. 대부분의 기자들이 감탄하고 호평을 쏟아놓았는데, 유독 김철웅만 달랐다. 그가 좀 지나치게 혹평한다고 느꼈는데, 전문가적 기준을 들이대면서 말하는 그에게 뭐라고 반박을 할 계제는 아니었다. 지금이라도 그때 그 혹평의 이유를 들어봐야 할지, 말아야 할지 판단이 잘 서지 않는다.

얼마 전 김철웅이 보내온 이 책의 원고를 보고 내가 놀란 것은 당연하다. 그가 음악에 대한 책이라고 했을 때, 자연스레 나는 우리의 가곡이나 서양의 클래식을 생각하고 있었다. 그런데 아니었다. 대중가요였다. 김철웅과 딱 매치가 되지 않았다. 처음의 그 당혹과 낯설음은, 그러나 페이지가 넘어가면서 놀라움으로 바뀐다. 그 놀라움은 감탄과 공감으로 변하고… 끝내는 가슴 짠함과 눈가의 이슬까지 불러왔다.

처음에 놀란 것은 김철웅과 대중가요의 미스매치mismatch 때문이었다. 그다음엔 대중가요에 대한 그의 해박한 지식이 나를 놀라게 했다. 그러나 정작 나의 심금을 울린 것은 우리 대중가요에 대한 그의 섬세한 애정이었다. 책에는 대중가요 한 작품 한 작품을 소중하게 다루고 갈무리하는 짙은 그의 애정이 곳곳에 녹아 있다. 거기에는 가슴을 적시는 사랑과 이별, 감춰진 관능, 아련한 그리움과 머나먼 고향, 가슴 시리도록 보고 싶은 얼굴, 세월의 비바람, 주름진 우리의 인생이 비쳐진다.

불의와 관행에 타협하지 않는 선 굵은 고집, 그리고 과거 모스크바에서 보였던 그의 호걸다운 면모에도 불구하고 김철웅은 더없이 섬세한 사람이다. 현악기의 가는 선이나 떨리는 음악의 선율을 연상케 하는 성격의 소유자다. 그런 그의 특성이 이 책에 고스란히 깔려 있다. 어쩌면 이렇게 가사의 의미를 시대적 배경을 바탕으로 세세하게 비집어보고 조명할 수가 있단 말인가. 나는 거듭 감탄하지 않을 수 없었다.

김철웅과 같이 근무했던 〈경향신문〉 국제부에는 낭만이 있었다. 저녁 초판 신문이 나오고 부장회의가 끝난 뒤 우리는 (지금은 사라졌을) '비스'에 달려가고는 했다. 너덧 명이 둘러앉아서 피처 맥주 몇 개를 주문했다. 일하는 처녀가 눈을 동그랗게 뜨고 "피처는 하나 가지고 몇 명이 나눠 마시는 것"이라고 설명해주는 친절 앞에서 우리는 마음껏 호기를 날렸다. 김 호걸, 손 호걸이라며 서로를 호걸이라고 칭했다. 진정한 사람의 얼굴과 가슴을 가진 신문사의 동료들이었다. 그때 함께 일했던 그 호걸들은 지금 다 어디서 무얼 하고 있을까?

김철웅의 〈노래가 위로다〉가 나온 것을 계기로, 이제 저마다 나이 들어 세월의 무게를 힘겹게 이고 있을 옛 호걸들의 모임을 소집해보는 것은 어떨지 저자와 한번 상의해봐야겠다.

〈시사IN〉 발행인

표완수

■ 머리말

노랫말에 공감하고, 선율에 위로 받고

어떤 노래나 시구가 머릿속에 들어와 좀처럼 떠나지 않을 때가 있다. 내게는 〈마포종점〉이라는 노래가 그랬다. 재작년 말 퇴직을 앞두고서였다. 우연히 이 노래를 들었는데 느낌이 예사롭지 않았다. 특히 시작 부분이 그랬다.

"밤 깊은 마포종점 갈 곳 없는 밤 전차/ 비에 젖어 너도 섰고 갈 곳 없는 나도 섰다."

은방울자매가 꾀꼬리 같은 목소리로 부른 트로트곡 정도로만 알고 있던 곡이었는데 그때는 달랐다. 가사가 별 대책 없이 퇴직을 맞는 나의 정서에 확 와 닿았기 때문이었다. 노래 속에서 화자는 갈 곳 없는 전차의 처지에 공감한다. 그리고 노래를 듣는 나는 다시 그 심정에 공감하는 것이다. 화자와 전차, 나를 한데 묶어준 것은 '갈 곳 없는' 처지라는 정서였다. 이 경우 작자와 노래(화자),

노래와 듣는 사람 사이에서 감정이입이 중층적으로 이뤄진 셈이다. 이것은 〈마포종점〉에 대한 내 개인적 감흥을 예로 든 것일 뿐, 노래는 이런저런 방식으로 공감을 매개하고 위로를 전달한다.

인간은 까마득한 옛날부터 음악을 하고 노래를 부르며 살아왔다. 인간에게 '호모 ○○'이라고 여러 가지 학명을 붙이는데, 현생 인류는 '호모 사피엔스(사유하는 인간)'이면서 동시에 '호모 무지쿠스Homo musicus(음악적 인간)'라고 보기도 한다. 인간은 그만큼 음악과 가까운 존재다. 거리를 지나는 사람을 붙잡고 좋아하는 노래가 있느냐고 물어보라. 누구나 두세 곡 정도는 꼽을 것이다.

이 책은 칼럼 형태로 자유롭게 쓴 가요 비평이다. 나는 이 책을 쓰면서 세 가지 생각을 주춧돌로 삼았다. 첫째는 '노래가 위로다'라는 것으로, 책의 주제라고 해도 될 것이다. 살아가는 데는 위로가 필요하다. 아무도 피할 수 없는 생로병사 애별리고生老病死 愛別離苦 때문에 그렇고 여러 가지 사회적·정치적 사건들 때문에 그렇다. 신문기자 출신인 나는 요즘 신문을 읽으며 좋은 뉴스, 나쁜 뉴스를 분류하는 버릇이 생겼다. 한데 좋은 뉴스는 찾기 어렵고 대부분 나쁜 뉴스들이다. 한탄스럽고 울화가 치밀게 하는 소식들이다. 이는 우리를 위로해주는 것을 찾기 어렵다는 말도 된다.

물질적으로는 옛날보다 나아졌다고 하지만, 세상살이는 더욱 팍팍해지고 힘겨워졌다. 세대 불문하고 그렇다. 양극화는 갈수록 심화하고 있다. 청년들은 취업난에 시달리고, 찾은 일자리라야 비정규직 등 불안정한 것들이 대다수다. 긴 불황 속에 기성세대의 삶도 불안의 연속이다. 노인들의 행복도도 경제협력개발기구OECD 최저 수준이다. 갑의 횡포에 시달리는 을에 관한 기사는 또 얼마나 많은가.

이런 시대와 사회에서 그나마 손쉽게 위로를 얻을 수 있는 것은 노래라는 생각이 이 책을 쓰게 했다. 돌이켜보면 노래는 시대의 굽이마다 지치고 상처받은 사람들의 마음을 위로해주었다. 일제강점기 때 나온 트로트부터 포크 중심의 7080 노래들, 90년대 발라드까지 사람들이 즐겨 듣고 불러온 '흘러간 노래'들은 공감과 위로를 나누는 데 더없이 좋은 도구다.

물론 그 위로는 개인적인 차원의 것이다. 사회적·정치적 차원의 위로는 노래가 할 수 있는 영역을 넘어서는 것이라고 봐야 한다. 그건 문제 해결을 지향해야 하는 것이기 때문이다. 하지만 개인적 차원의 위로라고 해서 그 의미를 가벼이 여길 일은 아니다. 노래가 할 수 있는 것, 노래의 역할은 그것으로 충분하다고 본다. 위로의 사전적 의미는 '따뜻한 말이나 행동으로 괴로움을 덜어주거나 슬픔을 달래주는 것'이다. 대중의 정서를 위무하고 오락거리가 돼준다는 것, 그게 어딘가. 이 위로 부재의 시대에.

두 번째 주춧돌은 지금이 나를 비롯한 '베이비붐 세대'가 정년퇴직 등으로 은퇴 이후의 생활을 시작해야 하는 시기라는 사실이다. 앞서 내가 〈마포종점〉 노래 얘기를 꺼낸 것도 이 때문이다. 인생엔 여러 중요한 고비가 있고 그때마다 그게 가장 중요해 보이기 마련이지만, 퇴직이야말로 한 개인에게 엄청난 격변인 게 분명하다. 30년 이상 출근하다가 어느 날 갑자기 갈 곳이 사라졌다. 당혹스럽다. 각오는 했지만, 날이 가면서 정도가 더 심해진다. 갈 곳이 없는 현실에 대한 낯섦이. 혼자 식당에 가서 밥 먹는 일도 쉬운 게 아니다. 1인 가구가 가장 많아진 시대라는데도 이 나라의 식당은 아직 혼자 식사하기에 우호적인 환경이 못 된다. 퇴직을 두고 '인생 2막', '제2의 전성기'라며 격려하는 책들도 쏟아지지만 다수의 은퇴자들에게 현실은 '갈 곳 없는 처지'로 다가온다.

한국에서 이른바 '베이비부머'는 1955년부터 1963년 사이에 태어난 세대를 지칭하는데, 현재 710만 명 정도로 추정된다. 이들 가운데 여전히 일하고 있는 사람도 많지만 대부분 10년 안에 사회 전면에서 퇴장하게 될 것이다. 나는 베이비붐 세대가 일차적으로 이 책의 주제, 즉 '노래가 위로다'에 쉽게 공감할 수 있는 사람들이라고 본다. 이 책이 주로 다루는 이른바 '흘러간 노래'에 익숙한 세대가 이들이기 때문이다. 이 장르의 노래들을 비평적으로 음미하면서 함께 공감과 위로를 나눌 수 있기를 기대한다.

그렇지만 갈 곳 없는 처지는 꼭 베이비붐 세대만의 문제도 아니다. 젊은 세대라 해도 저임금과 고용 불안에 시달리는 수많은 비정규직들과 갑을 관계 속 '을들'도 나이에 상관없이 정신적으로 갈 곳 없는 처지다. 노인들은 노인들대로 상당수가 노년 빈곤으로 힘겨운 날들을 보내고 있다.

그런 점에서 주목해야 하는 것이 요즘 가요계에 불고 있는 복고풍이다. 바로 이 책의 세 번째 주춧돌이다. 복고풍 덕분인지 젊은 세대들도 '흘러간 노래'에 열린 태도를 드러낸다. 지금 이는 복고 유행에 대해서는 새로운 아이돌 노래는 따라 부르기 어렵고 1990년대 이전 노래만큼 감흥이 적기 때문이라고 생각하는 이들도 있다. 또 누군가는 일종의 문화적 조로早老 현상이라고 우려하기도 하는데, 일리가 있다. 그러나 나는 이 책에서 '노래가 위로다'라는 관점에서나 옛날 노래가 지금보다 생명력도 길고 장르도 다양했던 것을 고려하면 복고풍을 무작정 부정적으로 볼 것은 아니라고 썼다(265쪽 '복고풍, 왜 다시 부나' 참조). 유난히 세대 간 단절이 심한 분야가 대중음악이다. 그렇다면 간헐적으로 불어주는 복고풍은 세대 간 단절을 완화해주는 연결고리 역할도 할 수 있다.

이 세 가지를 주춧돌 삼아 노래 이야기를 쓰되 수용자, 곧 노래를 듣는 사람 중심으로 글을 쓰려고 노력했다. 노래와 가수에 얽힌 뒷얘기나 에피소드 위주의 서술은 되도록 피하고 가사의 사회학적, 사회심리학적 의미를 찾아보려고 했다. 트로트 장을 따로 만들어 나이가 들면서 트로트가 좋아지는 이유 등을 규명해보았다. 클래식 음악이든 대중음악이든 결국은 같은 음악 현상인데 둘을 이분법적으로 구분하기보다 서로 소통하고 교류하는 게 바람직하다는 생각에 필요할 때는 클래식에 대해서도 조금씩 언급했다. 또 가사 분석에 그치지 않고 기타 코드, 조바꿈, 국악과의 접목, 클래식과의 크로스오버, 가창력 등을 소재로 음악적 분석도 해보았다.

얼마 전 낮에 전철을 타고 인천 연안부두에 갔다. 2014년 봄 아이들이 세월호를 타고 떠났다가 돌아오지 못한 그곳이다. 밴댕이 회 한 접시를 시켜놓고 소주를 마셨다. 아주머니한테 김 트리오의 〈연안부두〉를 틀어달라고 부탁했다. '…파미레파 미레도미/ 미파파#솔#미라~' 전주가 끝나고 노래가 흐른다. "어쩌다 한 번 오는 저 배는/ 무슨 사연 싣고 오길래/ 오는 사람 가는 사람/ 마음마다 설레게 하나…." 작사가는 언젠가 이렇게 술회했다. "학교 다닐 때 종종 연안부두에 앉아서 바다를 보면서 시간을 보내곤 했는데 이별하는 사람, 감격적으로 해후하는 사람, 망망대해를 그저 바라보며 누군가를 기다리는 사람, 또 한쪽에는 생선 파는 사람, 손님 소매를 끌어당기는 작부 등 여러 모습이었다. 나중에 노래 만드는 일을 하게 되면서 그걸 기억해 썼다."

그의 회상과 아날로그적 낭만이 있는 가사, 작곡가의 구슬픈 멜로디가 좋다. 위로를 얻는다. 이 책을 읽는 사람들도 이런 감성에 공감할 수 있기를 바란다.

차례

1장

노래가 위로다

노래가 위로다

갈 곳 없는 사람들을 위로하는, 〈마포종점〉

노래와 위로의 메커니즘

블루스와 우리 노래의 한

노래는 추억이다

노래가 위로다

"괜찮아, 잘될 거야"

삶에는 위로가 필요하다. 하지만 위로 받을 곳을 찾기가 쉽지 않다. 그나마 노래가 위로가 되어줄 수 있다. 나는 그런 생각에서 이 글을 쓰고 있다. 위로란 뭘까. "괜찮아, 잘될 거야"라고 다독여 주는 것이다. 이한철이 자작곡 〈슈퍼스타〉(2005)에서 그렇게 노래한다.

지난 날 아무 계획도 없이 여기 서울로 왔던 너
좀 어리둥절한 표정이 예전 나와 같아
모습은 까무잡잡한 스포츠맨 오직 그것만 해왔던
두렵지만 설레임의 시작엔 니가 있어
괜찮아 잘될 거야 너에겐 눈부신 미래가 있어

괜찮아 잘될 거야 우린 널 믿어 의심치 않아
너만의 살아가야 할 이유 그게 무엇이 됐든
후회 없이만 산다면 그것이 슈퍼스타 (하략)
-〈슈퍼스타〉 가사

노래는 첫 부분에서 '서울'로 온 나라고 했지만 그곳은 '세상'이나 '지구'라 해도 상관없다. 따지고 보면 우리는 다 지구에 불시착한 이방인이다. 정신을 차려보니 핑핑 돌아가는 지구이고 서울이다. 그곳에서 '슈퍼스타'를 자처한다. 누구나 바깥에서 슈퍼스타를 찾는 이 시대에, "너만의 살아가야 할 이유 그게 무엇이 됐든 / 후회 없이만 산다면 그것이 슈퍼스타"라고 다짐한다. 그렇다면 설사 착각일지라도 박수 보낼 수 있다. 국민 응원송이 될 만하다. 특히 "괜찮아 잘될 거야"를 반복하는 후렴에선 러시아인들이 잘 쓰는 "다 잘될 거야"라는 말이 생각난다. 러시아엔 타냐 불라노바라는 우리로 치면 김수희급 가수가 있는데 그가 부른 〈깔르이벨나야(자장가)〉라는 노래에도 이 말이 나온다.

자장 자장 내 아가
밤이 왔단다 날이 밝으려면 아직 멀었고
난 조용히 자장가를 부르지
곰 인형을 아빠라 부르지 마라
인형 발을 잡아당기지도 말고
내 잘못이 크구나

모든 아가한테 다 아빠가 있는 건 아니란다

난 더 이상 울지 않아 그건 지난 일이야

난 너와 함께 있으니까

모든 일이 다 잘될 거야

-〈깔르이벨나야〉 가사

"모든 일이 다 잘될 거야"라는 가사는 러시아어로 "부딧 프쇼 우나스 하라쇼"다. 러시아인들이 입에 달고 살다시피 하는 말이다. 이 노래는 자장가 형식이지만 내용은 남자가 떠났음에도 불구하고 아이와 함께 꿋꿋하게 살아갈 것을 다짐하는 여자의 노래다. '곰 인형을 아빠라 부르지 마라'며 '모든 아가한테 다 아빠가 있는 건 아니야'라고 타이르며.

위로 받을 곳이 없다

삶에는 가슴 아픈 사연이나 위로가 필요한 시간들이 얼마나 많은가. 나는 그것을 크게 실존적 아픔과 사회적 아픔, 둘로 나눌 수 있다고 본다. 표현은 거창하지만 실존적 아픔은 가령 사랑하는 사람과의 이별이다. 갈수록 취직이 어려워지고 부익부 빈익빈이 심해지는 세상, 그건 사회적 아픔이다. 물론 두 아픔이 항상 두부 자르듯 나눠지는 건 아니다. 세월호 참사엔 실존적·사회적 아픔이 뒤섞여 있다. "가만히 있으라"는 말만 듣다 소중한 목숨을 잃은 아이들의 죽음은 그 하나하나가 실존적인 아픔이다. 하지만 그 뒤에는 거대한 사회적·구조적 부조리가 도사리고 있다. 따라서 그 죽음은 사회적 죽음이며 사회적 위로가 필요하다.

그러나 정작 위로 받을 곳은 별로 없다. 증거가 있다. 뉴스만 접하면 십중팔구 기분이 상한다. 나쁜 소식들로만 가득하기 때문이다. 사람과 사람이 서로 위로를 주고받는 세상이 돼야 하는데 현실은 정반대다. 진실규명을 해달라며 단식투쟁하는 세월호 유족들을 비아냥거리며 '폭식투쟁'을 한다. 항공사 경영진이라는 이유로 매뉴얼대로 승객 서비스를 안 했다고 억지를 쓰며 "비행기에서 내리라"고 '슈퍼갑질'을 한다. 많은 경우 마음에 상처를 받는 건 다름 아닌 사람 때문이다. 감정노동자들, 갑을 관계의 을들이 그렇다.

최근 몇 년 사이 잉여사회, 감시사회, 모멸감사회, 단속사회, 허기사회, 과로사회 등 한국 사회를 '무슨무슨 사회'로 규정하는 책과 담론들이 쏟아졌는데, 나는 여기에 '위로 부재 사회'를 추가하고 싶다. 나는 경향신문사 재직 때 '위로 받을 곳이 없구나'라는 제목의 칼럼을 쓴 적이 있다.

> (…) 탐욕과 독선에 사로잡힌 세상에서 상처받았다고 느낄 때 우리는 종교를 찾아 그곳에서 위로와 안식, 평화를 얻는다. 지금 우리가 사는 이 사회가 절박하게 위로를 찾게 만든다. 다른 곳에서 위로를 얻을 수 없을수록 더욱 그렇다. 때론 정치가 사람들을 위로할 수 있고 또 그래야 한다. 하지만 이명박 대통령의 정치가 위로가 돼줄까. 어림없다. 기본적으로 믿을 수 없기 때문이다.
>
> (…) 정부도 기업도 아니라면 교회는 어떤가. 불행히도 답은 아니

다. 이 땅의 대형 교회들은 정치·경제 권력 빰치도록 탐욕적이며 권력화했다. 그 결과로 나타난 것이 사회에 편만한 탐욕과 독선, 물량주의에 제동을 걸기는커녕 앞장서는 모습이다. (…) 탐욕에 빠진 사회에서 위로 받고 싶을 때 교회는 안식처인가. 물량주의에 집착해 본원적 성찰을 잃어버린 교회가 많다. 사람 아닌 신을 보란 말은 귀에 안 와 닿는다. 위로 받을 곳이 없다.[1]

노래가 위로다

그러나 노래는 이 삭막한 세상에서 한 줄기 위로가 될 수 있다. 우리는 특정 정치인에게 기대를 걸고 지지를 보낸다. 이 견딜 수 없는 고통과 울분에서 벗어나고 싶어서다. 그러나 번번이 배반당한다. 음악은 최소한 그러지 않는다. 그리 크지는 않아도 잔잔한 위로와 공감과 기쁨을 줄 수 있다. 스포츠나 등산, 영화, 소설도 우리를 위로할 수 있겠지만 노래만큼 일상적이고 접근이 쉬운 건 없다.

음악의 접근성은 다른 예술에 비해 월등하다. "하루에 한 편씩 꼬박꼬박 영화를 보기란 어려운 일이다. 드라마도 마찬가지다. 직접 공연장으로 발품을 팔아야 하는 연극은 더 힘들다. 뮤지컬도, 무용도 마찬가지다. 미술관도 그렇다. 아니, 공연장과 미술관은 시간도 시간이지만 주머니도 넉넉해야 한다. (…) TV에, 인터넷에, 길거리에, 대중음악은 질리도록 넘쳐난다. 넘치고 넘치는 것, 이것이 대중음악의 본질이자 힘이다."[2] 또 과거 레코드라는 새로운 발명품은 재생 시간이 대략 3분 전후로 한정된, 대중음악에서 매우 전형적인 32마디 형식 혹은 AABA 형식의 노래들을 만들어냈다.[3] 이렇게 정착된 '3분의 미학'도 노래를 더욱 친근하게 만들었다.

"음악은 인간이 본성상 그것 없이는 살아갈 수 없는 큰 즐거움을 안겨준다." 공자가 남긴 말이다. 그로부터 2천 년이 지나 철학자 니체가 비슷한 말을 했다. "나의 우울한 감성은 완벽한 심연의 은신처에서 편히 쉬고 싶다. 그래서 내게 음악이 필요하다."[4] 공자, 니체는 음악이 위로가 된다고 말했다.

가수들도 이와 비슷한 이야기를 많이 했다. 한대수는 특이하게 음악을 고통과 연관 짓는다. "난 음악이란 고통이 있어야만 나온다고 생각한다. (…) 또 사람들은 고통이 있는 음악을 즐긴다. 발라드가 뭔가. 슬픈 거 아닌가. (…) 난 나 홀로 자신의 고통을 달래기 위해 음악을 했다."[5] 그가 고통에 대해 말하는 걸 나는 이렇게 이해한다. 고통을 이해해야 위로를 전할 수 있다고. 진정한 위로는 공감이 전제가 된다. 음악을 만드는 사람과 듣는 사람이 어떤 고통에 대해 먼저 공감해야 위로를 주고받을 수 있다는 말이다. 슬플 때 신나는 노래가 아니라 슬픈 노래가 위로가 되는 건 이런 이치다.

시나위의 신대철에게 과거에 비해 여러 세대가 함께 즐길 만한 히트곡이 나오지 않는 이유를 물었다. 그가 "별로 아픔이 없어서

1. 〈경향신문〉 2011년 3월 16일자 오피니언 김철웅 칼럼.
2. 윤호준, 〈주머니 속의 대중음악〉, 바람의아이들, 2011, 18~19쪽.
3. 김창남 엮음, 〈대중음악의 이해〉, 한울, 2012, 대중음악과 테크놀로지, 72쪽.
4. 대니얼 레비틴, 〈호모 무지쿠스-문명의 사운드트랙을 찾아서〉, 장호연 옮김, 마티, 2009, 103쪽.
5. 박준흠, 〈한국 대중음악 100대 명반 인터뷰〉, 선, 2009, 한대수 편, 85~86쪽.

그런 거 같다. 그다지 깊이 생각할 일도 없고, 몸보다 손가락이 먼저 움직인다. 예전에는 들으면서 뭔가 생각할 만한 곡들이 많았다. (요즘은) 심각한 거보다는 심플한 음악을 선호한다"고 대답한 것도 공감에 관한 얘기라 할 수 있다.[6]

장필순은 어떤 뮤지션으로 기억되고 싶으냐는 물음에 "그러려고 한 것은 아니지만 많은 이들이 내 음악에 위로를 받는다. 그런 이들과 같은 감성을 유지해야 위로가 되는 음악을 할 수 있는 것이 아닌가"라고 대답한다.[7]

이언과 지이로 이뤄진 2인조 밴드 못도 자신들의 음악이 "니가 힘들고 어려운 거는 우리도 잘 알고 있고 모두가 그런 비슷한 것을 느끼고 있다며 다독이는 느낌으로 다가가고 싶다"고 말했다.[8]

동물원의 멤버 박기영은 이런 말을 했다. "처절한 시대, 한쪽으로 서지 못하고 우왕좌왕하던 사람들, 그리고 소심하고 자기 확신이 없던 사람들에게 동물원은 평범한 위로의 언어로 다가섰다. 일상을 뛰어넘는 예술은 생각보다 많지 않은 것 같다."[9]

작곡가이자 가수 겸 프로듀서 윤상도 "내게 있어서 음악은 위안이었던 거 같다"고 말한다. "현실적으로 극복하기 힘든 감정을 음악을 통해서 극복한다든지 아니면 다른 음악을 들으면서 미친 듯이 즐거워한다든지. 난 역시 음악에서 위안을 찾는 세대였던 거지. 요즘 음악에서 부재한 것도 그런 걸 거다."[10]

미국의 뇌과학자 대니얼 레비틴은 레코드 프로듀서로 일했던 경험을 살려 음악 하는 존재로서의 인간을 뇌과학적으로 재미있게 분석한 책 〈호모 무지쿠스〉를 썼다. 이 책에서 그는 "지금까지 녹음된 음악은 추정하건대 100억 곡 이상(그 근거까지 밝히지는 않았다)"이라며 "음악의 세계가 얼마나 넓은지, 알아야 할 음악이 얼마나 많은지"라고 했다.[11] 레비틴은 인간이 선사시대부터 최근까지 불러온 수많은 노래들을 여섯 유형으로 구분했다. 그것은 우애, 기쁨, 위로, 지식, 종교, 사랑의 노래다. 여기서 '위로의 노래'는 여섯 유형 가운데 하나로 끼어 있지만 나는 모든 노래가 궁극적으로는 위로를 주는 노래라고 생각한다. 위로가 모든 노래의 공통 요소라는 점에서다.

음악엔 치료, 이른바 힐링 효과도 있다. 오늘날 음악치료 프로그램처럼 고대 주술사의 치유에도 음악이 쓰였다. 그리스인들은 정신병 발작을 가라앉히는 데 하프 음악을 활용했다. 음악치료의 예는 고대 이집트, 인도, 아메리카 원주민 등 지리적으로 완전히 다른 문화에서도 발견된다.[12]

어떤 노래가 위로일까?

그러나 어떤 노래가 위로냐는 질문에는 정답이 없다는 게 답이

6. 같은 책, 신대철 편, 224쪽.
7. 같은 책, 장필순 편, 129쪽.
8. 같은 책, 못 편, 333쪽.
9. Mnet 레전드 100 아티스트 제작팀, 〈레전드 100 아티스트〉, 한권의책, 2013, 동물원, 157쪽.
10. 같은 책, 윤상, 171쪽.
11. 대니얼 레비틴, 앞의 책, 12쪽.
12. 같은 책, 103쪽.

다. 수많은 노래가 있고, 수많은 취향이 있기 때문에 그렇다. 다만 내게 이 노래가 이렇게 와 닿았다는 정도는 말할 수 있다.

강물 같은 노래를 품고 사는 사람은 알게 되지 음 알게 되지
내내 어두웠던 산들이 저녁이 되면 왜 강으로 스미어
꿈을 꾸다 밤이 깊을수록 말없이 서로를 쓰다듬으며
부둥켜안은 채 느긋하게 정들어 가는지를 으음 음

지독한 외로움에 쩔쩔매본 사람은 알게 되지 음 알게 되지
그 슬픔에 굴하지 않고 비켜서지 않으며
어느 결에 반짝이는 꽃눈을 닫고
우렁우렁 잎들을 키우는 사랑이야말로
짙푸른 숲이 되고 산이 되어 메아리로 남는다는 것을

누가 뭐래도 사람이 꽃보다 아름다워
이 모든 외로움 이겨낸 바로 그 사람
누가 뭐래도 그대는 꽃보다 아름다워
노래의 온기를 품고 사는
바로 그대 바로 당신 바로 우리 우린 참사랑

-〈사람이 꽃보다 아름다워〉 가사

안치환이 부른 〈사람이 꽃보다 아름다워〉(1998, 정지원 작사, 안

치환 작곡) 가사다. 한마디로 인간 긍정의 노래다. "누가 뭐래도 사람이 꽃보다 아름다워"라는 노랫말은 다분히 철학적 언명이다. 아무리 사람끼리 상처를 주고받는 세상이라 해도 결국 사람이 희망인 거다. 안치환이 했다는 말도 음미할 만하다. "나보고 저항가수, 대중가수, 대중과 운동권을 아우르는 가수, 별별 이야기를 다 하지만 정말 불필요한 이야기다. 90년대 초반 이념의 시대가 붕괴하고 3집 앨범부터 대중가요 판에 본격적으로 뛰어들었는데 '어떻게' 살아남는가, 이게 가장 큰 고민이었다. 남녀관계에 관한 노래가 99퍼센트인 가요 판에서 이런 노래가 대중을 설득할 수 있다는 것, 이건 내게 소중한 경험이었다."[13]

대중가요가 대부분 남녀 간의 사랑을 노래한다지만 이렇게 인간에 대한 애정을 표현하는, 인간미 넘치는 노래도 사람들에게 통한다. 사랑 노래라고 해도 그저 '사랑 타령'에 그치지 않는 노래도 있다. 해바라기의 〈그대 내게 행복을 주는 사람〉(1998, 이주호 작사 작곡) 같은 곡은 어떤가. 이 사랑은 '죽고 못사는' 뜨거운 사랑은 아니다. 서로 의지하며 먼 길을 함께 가는 동반자적 사랑이다.

> 내가 가는 길이 험하고 멀지라도 그대 함께 간다면 좋겠네
> 우리 가는 길에 아침 햇살 비치면 행복하다고 말해주겠네
> 이리저리 둘러봐도 제일 좋은 건 그대와 함께 있는 것

---

13. Mnet 레전드 100 아티스트 제작팀, 앞의 책, 안치환, 439쪽.

그대 내게 행복을 주는 사람 내가 가는 길이 험하고 멀지라도
그대 내게 행복을 주는 사람
때론 지루하고 외로운 길이라도 그대 함께 간다면 좋겠네
때론 즐거움에 웃음 짓는 나날이어서 행복하다고 말해주겠네

-〈그대 내게 행복을 주는 사람〉 가사

위로의 노래로 꼽을 수 있는 것 가운데 〈사노라면〉이 있다.

사노라면 언젠가는 밝은 날도 오겠지
흐린 날도 날이 새면 해가 뜨지 않더냐
새파랗게 젊다는 게 한밑천인데
쩨쩨하게 굴지 말고 가슴을 쫙 펴라
내일은 해가 뜬다 내일은 해가 뜬다 (하략)

-〈사노라면〉 1절 가사

〈사노라면〉엔 사연이 조금 있다. 이 노래는 원 제목이 〈내일은 해가 뜬다〉로 1966년 김문응이 작사하고 길옥윤이 작곡해 쟈니리가 불렀다. 출시된 직후인 1967년 "사노라면 언젠가는 좋은 때도 올 테지"라는 가사가 현실 부정적이라는 이유로 방송금지곡이 되는 일도 겪었다. "그럼 지금은 나쁜 시절이란 말이냐?"라는 것이 이유였다고 하니 어처구니가 없는 일이었다.

1980년대 들어 운동권을 중심으로 학생들 사이에서 널리 불리게 되고 대학가 운동가요집에도 〈사노라면〉이라는 제목으로 수록

되는데, 작자 미상 혹은 구전가요 등으로 기록되면서 출처가 불분명한 노래가 되었다. 1987년 전인권과 허성욱이 '추억들국화'라는 음반에 이 곡을 〈사노라면〉이라는 제목으로 리메이크하면서 대중적 인기를 얻게 될 때도 작자 미상으로 소개됐다. 이 때문에 처음 이 노래를 부른 쟈니 리는 자기 노래임을 밝힐 길이 없어 끙끙 앓다가 다행히 가요평론가 박성서 씨가 소장해왔던 음반을 공개하면서 2004년에야 원작자와 가수가 밝혀진다. 그런 곡절을 겪은 탓에 현재 알려진 가사도 쟈니 리가 불렀던 것과 조금 다르다.

'노래가 위로다'라는 인식은 '위로만으로 족할까'라는 의문을 동반하는 것도 사실이다. 위로는 문제 해결과는 다르기 때문이다. 음악평론가 최유준은 김민기의 노래극 〈공장의 불빛〉 비평에서 이렇게 썼다. "대중매체에 실린 음악은 역사적 풍랑을 겪어온 대중들의 정서를 위무하거나 그들을 위한 오락의 수단으로 여겨져왔을 뿐이다."[14] 김민기의 노래극이 우리 대중문화사에서 이뤄진 최초의 '불온한' 대중매체 실험이었음을 강조하면서 쓴 것이었다. 그러나 나는 노래의 역할은 그것으로 족한 게 아니냐는 생각을 해본다. 위로의 사전적 의미는 '따뜻한 말이나 행동으로 괴로움을 덜어주거나 슬픔을 달래주는 것'이다. 대중들의 정서를 위무하고 오락거리가 돼준다는 것, 그게 어딘가. 이 위로 부재의 시대에. 문제 해결은 그다음 일이다.

14. 최유준, 〈음악문화와 감성 정치〉, 작은이야기, 2011, 177쪽.

갈 곳 없는 사람들을 위로하는, 〈마포종점〉

퇴직자와 〈마포종점〉

은방울자매가 부른 〈마포종점〉(1967, 정두수 작사, 박춘석 작곡)이라는 가요가 있다. 내가 '노래가 위로다'라는 주제로 이 책을 쓰는 데 중요한 계기가 된 곡이다. 가사부터 살펴보자.

밤 깊은 마포종점 갈 곳 없는 밤 전차
비에 젖어 너도 섰고 갈 곳 없는 나도 섰다
강 건너 영등포에 불빛만 아련한데
돌아오지 않는 사람 기다린들 무엇 하나
첫사랑 떠나간 종점 마포는 서글퍼라

저 멀리 당인리에 발전소도 잠든 밤

하나둘씩 불을 끄고 깊어가는 마포종점
여의도 비행장엔 불빛만 쓸쓸한데
돌아오지 않는 사람 생각한들 무엇 하나
궂은 비 나리는 종점 마포는 서글퍼라

–〈마포종점〉 가사

〈마포종점〉은 떠나간 임을 그리워하는 노래다. 그런 사연의 노래는 많다. 그런데 이 노래엔 그 심정을 더욱 애절하게 만드는 몇 가지 장치가 있다. 첫째는 마포종점이라는 장소, 둘째는 비에 젖은 전차다. 그다음엔 영등포, 당인리발전소, 여의도비행장 등 주변 풍경이 효과적인 소도구가 된다.

마포종점은 지금은 사라지고 없는 전차의 종점이다. 밤이 되어 이 종점에 비가 내린다. 어디서부턴가 이곳까지 찾아온 화자는 비를 맞고 서 있고 전차도 운행이 끝났는지 서 있다. 둘의 처지가 비슷하다. 갈 곳이 없는데다, 비를 맞고 서 있다는 게 그렇다. 우두커니 서 있는 전차와 사람의 모습. 이걸 작사자는 '비에 젖어 너도 섰고 갈 곳 없는 나도 섰다'고 표현했다. 가히 촌철살인의 경지다.

'흘러간 지명'들도 한강변 마포의 야경을 잘 묘사하고 있다. 당시는 영등포가 한창 개발 중이어서 유흥가가 흥청댈 때였다. 이걸 '강 건너 영등포'엔 불빛만 아련하다고 했다. 불 꺼져가는 마포종점 부근과 대비된다. 저만치 북쪽 강변의 당인리화력발전소도 고요하다. 일제강점기 때 이 발전소가 건설될 당시 지명은 경기도 고양군 용강면 당인리였다. 그 이름을 계속 쓰다가 1969년 서울화력발전소로 바뀠는데 당인리라는 그때 이름이 정겹다. 또 그 시절 여의도엔 비행장이 있었다. 여의도는 1970년 마포대교가 준공되기까지 진짜 하중도河中島였다. 배를 타야만 갈 수 있었다. 일제강점기 때 개설된 여의도공항은 공군기지로 사용되다 1971년 폐쇄되었다. 가사는 이런 서사적 내용도 담고 있다.

작사가 정두수는 2013년 낸 책 〈노래 따라 삼천리〉에서 〈마포종점〉 작사에 얽힌 이야기를 풀어놓았다. 사연은 이렇다. 당시 한 젊은 부부가 마포종점 부근 사글셋방에서 신접살림을 차렸다. 그러다 남자가 유학을 떠났다가 괴로로 쓰러져 삶을 마감하고 만다. 졸지에 혼자가 된 여자는 옛날에 그랬듯 늦은 밤이면 마포종점에 나가 넋이 나간 듯 남편을 기다린다. 그러다 종적을 감춰버렸다. 마포종점 부근 마포옥 설렁탕집 주인에게서 이 이야기를 전해 듣고 영감을 얻어 그날 밤 내처 쓴 게 〈마포종점〉 가사다.[1]

그런 창작 비화에도 불구하고 내게는 이 노래가 갈 곳 없는 사람들을 위로하는 노래로 들린다. 개인적 이유가 있어서다. 나는 2013년 말로 31년 2개월의 기자 생활을 끝내고 정년퇴직했다. 퇴직을 몇 달 앞두고 우연히 술집에서 듣게 된 노래가 〈마포종점〉이었다. 그때부터 이 노래가 내 귓전을 맴돌기 시작했다. 그전까지 은방울자매가 꾀꼬리 같은 목소리로 부른 트로트곡이라는 것 정도야 알고 있었지만 이상할 정도였다. 왜, 우연히 머릿속에 들어온 노래나 시구가 좀처럼 떠나지 않는 경우들 있지 않나.

퇴직 때문이었던 것 같다. 곧 퇴직하는 내 정서에 이 노래 가사가 쏙 들어와 박혔기 때문이다. 구구절절 그랬다. '종점'부터 퇴직과 이미지가 겹친다. 종점, 종착역, 노래에 많이 나오는 단어다. 그 종점에 전차가 비를 맞고 서 있는 광경, 그걸 바라보는 내 모습은 또 어떤가. 게다가 전차는 이 노래가 나온 지 1년 뒤 역사 속으로 사라진다. 순식간에 노래 화자와 전차, 퇴직을 앞둔 필자 사이에 감정이입, 감정의 결합이 이루어진 것이다.

"비에 젖어 너도 섰고 갈 곳 없는 나도 섰다"

나는 〈마포종점〉이 탁월한 감정이입을 했다고 본다. 예술에서 감정이입의 원래 뜻은 자신이 갖고 있는 감정을 다른 사람이나 사물에 불어 넣는 것을 말한다. 가령 절의 종소리는 감정적으로는 중성中性이지만, 듣는 이의 내면에 고뇌와 비애가 있을 때는 쓸쓸하고 공허하게 들리는데, 이를 적절히 표현하면 감정이입이 잘됐다고 한다. 첫대목에서 "비에 젖어 너도 섰고 갈 곳 없는 나도 섰다"고 노래함으로써 화자가 전차와 자신이 같은 처지라고 느끼는 것이 바로 감정이입이다. 설마 전차라는 물체가 무슨 감정을 가질 리는 없지만, 화자는 그렇게 생각한다. 전차를 자신과 동일시한다. 이건 수사법의 의인화이기도 하다.

인간은 감정의 동물이다. 또 그 감정을 혼자만 갖고 있는 게 아니라 때로는 다른 사람과 나누고 싶어 한다. 그걸 공감이라고 한

1. 정두수, 〈노래 따라 삼천리〉, 미래를소유한사람들, 2013, 254쪽.

다. 슬픔이든 기쁨이든 그렇다. 인간이 예술에서 찾아낸 독특한 공감 방식이 바로 감정이입이라는 것이다. 흔히들 "공감하면 기쁨은 배가倍加되고 슬픔은 반감半減한다"고 한다. 만약 인간에게 공감을 원하는 마음이 없었다면 노래는 존재할 수 없었을 것이다.

기본적으로 청각예술인 시와 음악은 특히 감정이입이 잘 이뤄지는 예술이다. 그중에서도 더욱 직접적으로 감정이입이 이뤄지는 건 음악과 노래를 통해서다. 노래가 시보다 더 직접적으로 감정이입이 되는 것은 듣기만 하는 게 아니라 따라 부를 수 있기 때문이다. 이 경우 감정이입은 작자와 노래, 노래와 듣는 사람 사이에서 중층적으로 이뤄진다. 감정은 때론 지극히 개인적·개별적으로 작동한다. 감정이입이 이뤄지는 과정도 그럴 수 있다. 〈마포종점〉에서 내가 강렬하게 공감한 부분은 첫 대목이었다. 나 나름의 독창적인 감정이입이라 할 수 있다. 물론 첫사랑을 그리워하는 뒷부분을 절절하게 받아들이는 사람도 있을 것이다. 개인적 경험과 상황이 다를 테니까 말이다.

사실 이 노래가 처음 나올 당시에 작사·작곡자를 포함해 누구도 이런 식으로, 감정이입을 통해 자기 이야기로 받아들이는 사람이 있으리라고 생각지 못했을 것이다. 그러나 시나 노래의 메시지를 해석하는 일은 산문에 비해 덜 고정적이며, 따라서 주관적 해석이 허용되기도 한다. 30년 이상 출근하다가 어느 날 갑자기 갈 곳이 사라졌다. 당혹스럽다. 공황 상태다. 이미 정해진 퇴직이었기에 수도 없이 각오는 했지만, 날이 가면서 정도가 더 심해진다.

갈 곳 없는 현실에 대한 낯섦이. 나를 포함한 수많은 베이비부머 퇴직자들 상당수가 공감할 것이다.

2014년 서유석이 부른 〈너 늙어봤냐〉(서유석 작사 작곡)라는 노래가 장·노년층을 중심으로 꽤 폭넓은 반응을 얻었다. 공감하는 사람이 많은 것이다.

> 너 늙어봤냐 나는 젊어봤단다
> 이제부터 이 순간부터 나는 새 출발이다
> 삼십 년을 일하다가 직장에서 튕겨 나와 길거리로 내몰렸다
> 사람들은 나를 보고 백수라 부르지
> 월요일엔 등산 가고 화요일에 기원 가고 수요일엔 당구장에서
> 주말엔 결혼식장 밤에는 초상집
> 너 늙어봤냐 나는 젊어봤단다
> 이제부터 이 순간부터 나는 새 출발이다 (하략)

-〈너 늙어봤냐〉 가사

50대 후반에 은퇴를 하고 보니 노래 가사가 굉장히 공감된다. 특히 "너 늙어봤냐 나는 젊어봤단다"라는 대목이 그렇다. 개인적으로 나는 21년 전 이 말을 처음 접한 적이 있다. 서강대 교수를 지낸 극작가 이근삼 씨가 1994년 3월 6일자 〈동아일보〉에 '퇴장의 문턱에서'라는 칼럼을 쓰면서 이 말을 인용했다. 이 교수는 이 사회에서 나이를 먹어가면서 갖는 소회를 더듬으며 완전히 늙은

이로 취급당하는 데 섭섭함을 토로했다. 그러면서 "늙는 것도 죄냐. 야, 나도 한때 젊어봤어. 너 늙어봤냐"고 외쳤다는 '어떤 외국 배우'의 대사를 소개했다. 이 말이 매우 인상적이어서 기억하고 있던 차에 한참 후 〈너 늙어봤냐〉라는 노래가 나왔다. 이 교수는 칼럼을 "사람은 어차피 늙게 마련이다. 어차피 갈 길인데 무엇이 그리 초조한지 모르겠다"는 말로 마무리했다. 이런 말은 한 그는 2003년 세상을 떠났다.

88만원 세대와 〈싸구려 커피〉

그러나 아시는가. 이 시대 갈 곳 없는 신세가 단지 은퇴자들의 처지만은 아니라는 사실을. 많은 젊은이들이 꽉 막힌 현실에서 헤매고 있기 때문이다. 이런 상황을 분석한 책 〈88만원 세대〉(우석훈·박권일 공저)가 나온 지도 8년이 지났지만 형편은 나아질 기미가 조금도 안 보인다. 따라서 지금의 20대가 '88만원 세대'라는 현실 진단은 여전히 유효하다. '88만원 세대'란 무엇인가. "지금의 20대는 상위 5% 정도만이 '한전'과 '삼성전자' 그리고 '5급 사무관' 같은 '단단한 직장'을 가질 수 있고, 나머지는 비정규직의 삶을 살게 될 것이다. 비정규직 평균임금 119만 원에 20대 급여의 평균비율 74%를 곱하면 88만 원 정도가 된다. 평생 88만 원에서 119만 원 사이의 급여를 받게 될 것이다. 이 88만원 세대는 우리나라 여러 세대 중 처음으로 승자독식 게임을 받아들인 세대들이다. 탈출구는 없다."[2]

어떻게 20대에게 이런 엄청난 선고가 떨어지게 된 것일까. 한국이 외환위기를 거치면서 경제의 독과점화, 승자독식 체제가 더욱 강화됐기 때문이다. 그러면서 정규직 체제도 깨져 비정규직의 일반화가 진행되고 있다.

책이 나온 건 2007년으로 노무현 정권 말기였다. 한데 뒤를 이은 이명박, 박근혜 정권에서는 사회경제적 양극화가 얼마나 가속화했던가. 그것까지 추가한다면 현실도 전망도 암담할 뿐이다. 직업 안정성이 취약한데다 세대 간 착취에 시달리고 있는 젊은 20대(곧 그 나이가 될 10대까지)가 가야 할 곳은 도대체 어디인가.

'88만원 세대'라는 말이 사회적으로 적잖이 회자되기 시작할 즈음인 2008년 장기하와 얼굴들이 〈싸구려 커피〉(장기하 작사 작곡)라는 곡을 내놓았다.

싸구려 커피를 마신다
미지근해 적잖이 속이 쓰려온다
눅눅한 비닐 장판에 발바닥이
쩍 달라붙었다 떨어진다
이제는 아무렇지 않어
바퀴벌레 한마리쯤 쓱 지나가도
무거운 내일 아침엔

---

2. 우석훈·박권일, 〈88만원 세대〉, 레디앙, 2007, 표지날개 설명.

다만 그저 약간의 기침이 멈출 생각을 않는다
축축한 이불을 갠다
삐걱대는 문을 열고 밖에 나가본다
아직 덜 갠 하늘이 너무 가까워 숨쉬기가
쉽지를 않다 수만 번 본 것만 같다
어지러워 쓰러질 정도로 익숙하기만 하다
남은 것도 없이 텅 빈 나를 잠근다 (하략)

–〈싸구려 커피〉 가사

이 가사 주인공은 러시아 문학사에서 '잉여인간'의 전형으로 평가되는 '오블로모프'의 분위기를 풍긴다. 곤차로프의 동명 소설 주인공 오블로모프는 온종일 침대에서만 뒹굴며 무위도식의 나날을 보내는 독신 귀족이다. 소설은 19세기 중엽, 농노제 러시아 사회와 지식인 귀족계급의 무기력한 모습을 여지없이 보여주지만, 실제로 오블로모프는 농노제의 문제점에 대해서나 남녀의 사랑, 우정, 사회, 국가 등에 대해 날카로운 비판의식을 갖고 있을 만큼 생각은 멀쩡한 인물이다. 그런데도 그는 안일과 무위에서 끝내 벗어나지 못한다.

〈싸구려 커피〉가 반응을 얻자 주류 언론과 비평은 이 노래를 '88만원 세대의 송가'라는 시각으로 평했다. 〈싸구려 커피〉가 미래에 대한 불안과 가난한 20대의 무기력함을 해학적인 창법으로 승화시키며 '싸구려 커피'와 '발이 쩍 붙었다 떨어지는 장판'에 빗댔다고 평가한 것이다. 하지만 장기하 본인을 비롯한 20대 당사자 대부분은 그런 식의 해석을 거부하는 경향이 강했다. 이것은 '88만원 세대'라는 용어에 대한 거부감과 위트와 유머를 '정치적으로' 확대해석하는 기성세대에 대한 반감이 '쿨'하게 결합한 결과라고 볼 수 있다.[3]

그러나 가령 장기하가 서울대생이며 경제적 어려움 없이 자랐다는 사실이 밝혀졌다고 해서 그게 이 노래의 사회적 의미를 재고해야 할 이유는 아니라고 본다. 그보다는 이 노래의 사회비판적이면서 자학개그적인 면이 동시대 청년들의 공감을 얻었다는 게 '88만원 세대적' 노래임을 보여준다고 할까.

설운도가 부른 〈나침반〉(1984, 김상길 작사, 이유림 작곡)을 들어보자.

종로로 갈까요 명동으로 갈까요
차라리 청량리로 떠날까요
많은 사람 오고 가는 을지로에서
떠나버린 그 사람을 찾고 있어요
(중략)
미아리로 갈까요 영등포로 갈까요
을지로 길모퉁이에 나는 서 있네

-〈나침반〉 가사

3. 김창남 엮음, 〈대중음악의 이해〉, 한울, 2012, 대중음악과 세대, 168~169쪽.

이 노래에서도 화자는 떠나버린 연인을 찾아 거리를 헤매는 모습이지만, 감정이입을 달리 하게 되면 그는 마음이 갈 곳을 잃어 길모퉁이에 우두커니 서 있는 도시인의 자화상이 될 수도 있겠다. 우리가 사는 이 사회는 갈 곳 없는 신세들을 수없이 양산하는 곳이므로.

노래와 위로의 메커니즘

공감의 힘

노래(음악)는 왜 생겨났을까. '위로의 힘' 때문이라고 답해놓고 보면 그럴듯하다. 왜 사람들이 열심히 노래를 만들어 부르고 듣는지 설명이 된다. 그렇지만 불완전한 대답이다. '어떻게'가 빠졌기 때문이다. 노래는 어떻게 위로의 힘을 발휘하는 것일까. 다시 말해 노래와 위로 사이의 메커니즘(작용 원리)은 무엇인가. 여기엔 심리적 요인과 신경과학적 요인 두 가지가 있다고 본다. 좀 거창해 보이니 쉽게 말해보자. 노래가 우리를 위로해주는 비결은 '공감'과 '호르몬' 덕분이다.

몇 달 전 박진영이 SBS 〈K팝스타4〉에서 어떤 참가자의 노래에 대해 이런 심사평을 했다. "아쉬웠다. 음정이 불안하니까 감정이입이 안 됐다." 이건 굉장한 혹평이라고 봐야 한다. 가수나 가수

지망생이 노래를 하는데 감정이입이 안 됐다는 건 그저 박자가 불안했다거나 음 이탈이 있었다는 것과 다르다. 노래를 제대로 소화하지 못했다, 가슴으로 부르지 못했다는 비판이나 마찬가지다.

타냐 불라노바라는 러시아 여가수가 〈깔르이벨나야(자장가)〉를 부르는 장면이 생각난다. 이 노래는 홀로 남겨진 미혼모가 아기를 재우며 "모든 일이 다 잘될 거야"라고 독백하는 내용인데, 유튜브를 보면 그녀는 여러 무대에서 이 노래를 부를 때마다 눈물을 흘린다. 노래에 감정이입이 잘됐기 때문이라고 할 수 있다(물론 슬픈 노래라고 해서 다 울며 부르라는 법은 없다. 가령 진미령은 〈하얀 민들레〉—1979, 신봉승 작사, 유승엽 작곡—라는 슬픈 사연의 노래를 밝고 경쾌하게 부름으로써 더욱 슬퍼지는 역설적 효과를 얻었다).

감정이입感情移入이란 무엇인가. 자신의 감정을 작품에 투사하는 것이다. 노래에서 감정이입은 대략 3단계에 걸쳐 이뤄진다. 첫째, 작사·작곡가가 작품을 만들 때다. 둘째, 가수가 이 노래를 부를 때다. 셋째, 청자가 이 노래를 들을 때다. 싱어송라이터의 경우는 첫째와 둘째 단계가 합쳐진다. 어쨌든 노래는 만들고, 부르고, 듣는 단계에서 감정이입이 중층적으로 이뤄지는 예술이다.

감정이입은 미학적 용어이기도 한데, 미학이라고 하면 왠지 쓸데없이 심오한 얘기가 나올 것 같다. 그렇다면 좀 더 일상적인 말 '공감'으로 바꿔 써도 하등 문제 될 게 없다. 실제로 감정이입을 설명하는 말에는 공감이라는 표현이 빠지지 않는다. 〈위키백과〉는 감정이입을 "자신의 감정을 대상에게 이입시키거나 대상의 감정을 자신에게 이입시켜서 서로 공감하는 것"이라고 풀이했다. 〈국어국문학자료사전〉은 감정이입 항목에서 "비슷한 것으로 '공감共感·sympathy'이 있는데, 이것은 사람과 사람 사이의 감정이입이나 전달을 말하며 인간 이외의 동물·식물·무생물 등과의 관계는 포함되지 않는다"는 설명을 붙여놓았다.[1] 〈교육심리학 용어사전〉은 "공감이라고도 한다. 일반적으로 타인의 감정, 지각, 사고를 대신 경험하는 것을 의미한다"고 썼다.[2]

따라서 감정이입이라는 말 대신 공감이나 일체감, 역지사지易地思之(상대방과 입장을 바꿔 생각해보는 것)를 써도 뜻은 통한다. 다소 장황하게 감정이입과 공감에 관해 이야기한 이유가 있다. 바로 공감이 위로의 출발점이기 때문이다. 노래가 위로로 연결되는 '메커니즘'은 이렇다. "노래에 감정을 불어넣어 공감을 일으키면 위로가 된다." 이것이 노래가 위로의 힘을 발휘하는 심리적 요인, 즉 공감, 공감력이다.

또 한 가지는 왜 하고많은 예술 분야 가운데 노래를 위로의 매개체로 지목하느냐는 질문에 관한 것이다. 강렬한 감정이입·공감력을 가진 다른 장르도 많지 않은가. 그 대답은 다른 여러 예술과 비교해 노래의 공감력이 탁월하다는 데서 찾을 수 있다. 그 접근성과 일상성 때문이다. 영화, 소설, 연극, 무용, 미술 등도 우리를 위로할 수 있겠지만 노래만큼 일상적이면서 접근이 쉬운 건

1. 이응백, 김원경, 김선풍, 〈국어국문학자료사전〉, 한국사전연구사, 1998.
2. 한국교육심리학회, 〈교육심리학용어사전〉, 학지사, 2000.

없다.

호르몬의 과학

노래를 듣는 것을 통한 심리적 공감은 위로를 가져다준다. 그러나 그것만이 다는 아니다. 글머리에 심리적 요인과 함께 신경과학적 요인을 얘기했다. 노래는 우리의 몸속에 의학적인 현상을 일으킨다. 신경전달물질이라고 하는 호르몬이 움직이는 것이다. 일본의 음악심리 카운슬러 사이토 히로시는 이렇게 설명한다.

"뇌의 여러 부위 가운데 가장 원시적인 대뇌변연계大腦邊緣系란 곳이 있다. 이곳에서 분비되는 것이 도파민과 베타 엔도르핀이다. 맛있는 음식을 먹으면 기분이 좋아지고, 성행위를 할 때나 잠을 잘 때 느끼는 다행감多幸感 · euphoria은 바로 이 물질 덕분이다. 도파민, 베타 엔도르핀, 세로토닌은 기분을 고조시키고 감정을 컨트롤한다. 좋아하는 음악을 들었을 때 기분이 좋아지는 이유는 측좌핵側坐核의 활동이 촉진되면서 도파민 분비량이 늘어나기 때문이다. 단지 음악을 들었을 뿐인데 뇌부터 기분이 좋아지고 긍정적인 감정까지 이끌어내다니 정말 대단하지 않은가."[3]

음악이 현대인의 스트레스 해소에 도움이 된다는 그의 설명도 유용하다. 스트레스 호르몬의 대표주자는 코르티솔이다. 그런데 실험 결과 심신이 편안해지는 음악을 들은 후에 코르티솔이 저하하고 심리 상태도 긍정적으로 바뀌었다고 한다. 음악을 들음으로써 도파민, 베타 엔도르핀 등의 분비가 늘고 스트레스 호르몬인 코르티솔이 떨어진 것이 과학적으로 측정됐다. 이는 음악 치료의 효용성을 보여준다. 음악을 듣는 행위는 요컨대 '생리현상'이다.[4]

음반 프로듀서 겸 신경과학자인 대니얼 레비틴은 대중음악과 신경전달물질 두 방면 모두의 전문가랄 수 있다. 그도 음악치료에 관심을 표명한다.

"나는 음악을 하는 사람으로서 음악이 행사하는 도저히 말로 표현할 수 없는 엄청난 힘을 매일매일 느낀다. 음악으로 병이 치유된 사람들을 직접 본 적도 있다. 알츠하이머병, 뇌졸중, 기타 퇴행성 뇌질환으로 기억을 잃은 사람들이 양로원이나 재활원에서 마지막으로 의지하는 것이 음악이라고 한다.

(…) 음악을 들으면 뇌의 화학구조에 변화가 일어나 기분이 좋아지고 스트레스가 줄고 면역체계가 튼튼해지며, 직접 노래하거나 연주하면 이런 효과가 증대된다. 사람들에게 노래 교습을 시킨 다음 이들의 혈중 화학성분을 조사했다. 그 결과 옥시토신의 농도가 몰라보게 상승한 것으로 나타났다. 옥시토신은 오르가슴 때 분비되어 기분을 좋게 해주는 호르몬으로 (…) 서로 간에 강한 유대감이 생긴다. 사람들이 함께 노래할 때 옥시토신이 분비되는 이유는 (…) 음악의 사회적 유대기능과 관계가 있는지도 모른다.

3. 사이토 히로시, 〈음악심리학-마음을 컨트롤하는 소리의 기술〉, 이소담 옮김, 스카이출판사, 2013, 46~47쪽.
4. 같은 책, 64~66쪽.

한편 음악 청취는 기분 조절에 관여하는 신경전달물질인 세로토닌에도 직접 영향을 미친다. 즐거운 음악을 들으면 세로토닌 수치가 실시간으로 증가하는 것으로 밝혀졌다. 명상음악은 코르티솔(스트레스 호르몬) 수치를 떨어뜨린다."[5]

나는 봄여름가을겨울이 부른 〈사람들은 모두 변하나 봐〉(1988, 김종진 작사 작곡)를 들으며 위로를 얻을 때가 있다. 앞에서도 말했지만 어떤 노래가 위로를 주느냐는 질문엔 정답이 없다. 이 곡은 탄탄한 구성과 김종진의 '인간적인' 보컬로 깊은 인상을 주었는데, 특히 가사가 음미할 만하다. 가령 "세월 흘러가면 변해가는 건 어리기 때문이야"라는 구절. 나를 포함해 사람들이 변하는 이유가 '어려서'란다. 즉 미숙해서 중심을 못 잡고 왔다 갔다 하게 된다는 진단이다. 고개를 끄덕이게 된다. 우리의 딜레마는 그럼에도 불구하고 어리지 않은 체해야 한다는 것 아닐까. 나잇값을 해야 한다는 강박관념 때문에.

멤버 전태관은 말한다. "김종진 보컬이 잘하는 건 아니에요. 그런데 굉장히 매력이 있어요. 어느 정도 어눌하고 그렇지만 느낌만큼은 다른 사람이라면 못 살릴 것 같아요."[6]

사람들은 모두 변하나 봐 그래 나도 변했으니까
모두 변해가는 모습에 나도 따라 변하겠지
사람들은 모두 변하나 봐 그래 너도 변했으니까
너의 변해가는 모습에 나도 따라 변한 거야

이리로 가는 걸까 저리로 가는 걸까

어디로 향해가는 건지 난 알 수 없지만

세월 흘러가면 변해가는 건 어리기 때문이야

그래 그렇게 변해들 가는 건 자기만 아는 이유 (하략)

-〈사람들은 모두 변하나 봐〉 가사

5. 대니얼 레비틴, 〈호모 무지쿠스-문명의 사운드트랙을 찾아서〉, 장호연 옮김, 마티, 2009, 107~114쪽.
6. Mnet 레전드 100 아티스트 제작팀, 〈레전드 100 아티스트〉, 한권의책, 2013, 봄여름가을겨울, 251쪽.

블루스와 우리 노래의 한

블루스에 대한 오해

지난 한 세기 동안 서양사회에서 가장 중요한 위로의 노래를 들라면 나는 블루스를 들겠다. 블루스를 음악적으로 정의하자면 I-IV-V7이란 단순 코드 진행을 기초로 해서 12마디 혹은 16마디 악절로 이뤄진 형식을 말한다. 가사의 내용은 무엇이든 가능하다. (…) 하지만 원래는 불운을 맞아 곤경에 처하게 된 사람을 노래했다. 그래서 블루스는 사람들에게 위로를 준다. 슬픈 사람이 슬픈 음악을 듣고 기분이 나아지게 됨을 보여주는 예다.[1]

캐나다 맥길대 교수(심리학) 대니얼 레비틴이 자신의 책 〈호모 무지쿠스〉에서 한 말이다(나는 이 책을 쓰면서 그의 책 〈호모 무지쿠스

The World in Six Songs: How the Musical Brain Created Human Nature〉와 〈뇌의 왈츠This Is Your Brain on Music: The Science of a Human Obsession〉를 많이 참고했다. 이참에 저자를 간략히 소개하면, 그는 베이비붐 세대로 1957년 히피의 본고장 샌프란시스코에서 태어났다. 로큰롤의 황금기에 사춘기를 보내며 록 밴드를 결성해 연주 생활을 했고, 녹음 엔지니어와 프로듀서로 많은 앨범을 제작했다. 그러다가 다시 신경심리학을 공부해 음악인지심리학 분야의 전문가가 된 독특한 이력의 소유자다. 한마디로 대중음악의 이론과 실제에 두루 밝은 사람이다).

블루스가 어떤 음악이길래 그는 이런 말을 했을까? 그보다 먼저 할 얘기가 있다. 블루스에 얽힌 나의 추억이다. 대학 2학년 땐가 서울 명동의 어느 '고고클럽'에서 처음 블루스라는 춤을 춰봤다. 졸업반 선배들의 사은회 뒤풀이 자리였다. 쌍쌍파티여서 짝이 없던 나는 부랴부랴 친구한테 부탁해 파트너를 '조달'했는데 뜻밖의 퀸카였다. 그땐 아직 디스코가 상륙하기 전이라 춤이라고 하면 다 '고고춤'이었다. 문제는 고고춤 뒤의 블루스 타임이었다. 한층 어두워진 조명 아래 애절하고 느린 음악에 맞춰 방금 만난 파트너와 밀착해 스텝을 밟는다는 게 난감했다. 다행히 성격 시원한 그녀가 잘 리드해준 덕에 넘어갈 수 있었다. 아득한 기분 속에 감미롭게 흐르던 노래를 기억한다. 〈필링스Feelings〉였다. 브라질의 싱어송라이터 모리스 앨버트가 1975년 불러 장기간 빌보드

1. 대니얼 레비틴, 〈호모 무지쿠스-문명의 사운드트랙을 찾아서〉, 장호연 옮김, 마티, 2009, 149~150쪽.

상위 차트에 오른 노래다(참고로 이 노래는 전형적인 블루스 곡이라고 할 수 없지만 옛날엔 이 곡조에 맞춰 블루스를 많이들 추었다).

대학 시절 블루스의 추억부터 먼저 꺼낸 것은 블루스에 대한 오해를 말하기 위해서다. 달착지근하면서 음울하고 때로는 음침한 댄스 음악, 블루스에 대한 일반적 인식이었다. "블루스는 미국에 강제로 끌려온 흑인 노예들의 절규이며 자유를 향한 갈구의 음악이지만 우리나라에서는 퇴폐적인 카바레에서 남녀가 서로 부둥켜안고 춤을 추는 장면이 떠오르는 이른바 '작업용 춤곡'으로 인식되었다."[2]

어째서 이런 오해가 생겼나. 우리의 블루스 역사를 살펴보자. 우리나라에 블루스라는 말이 들어온 건 1930년대였다. 당시 젊은 음악평론가 김관은 1936년에 발간된 〈여성〉지의 '사교무도私交舞蹈와 음악'이라는 글에서 블루스를 소개했다. 김관은 이 글에서 '부르스'와 '슬로 폭스트롯토'의 리듬과 '악센트'를 비교하는 등 블루스를 댄스 음악으로 받아들였다. 블루스가 유럽의 사교댄스계와 일본을 거쳐 들어오면서 그 본질이 상당 부분 왜곡 수용되었음을 보여준다.[3] 이것이 지금까지도 한국에서 블루스가 사교댄스의 하나로 여겨지는 요인이다.

그러나 블루스는 원래 그런 게 아니었다. 미국 흑인들의 고통스러운 역사가 담겨 있는 음악이다. '블루스'라는 단어 자체가 우울함을 뜻하는 '블루'에서 파생되었다는 점에서 짐작되듯 고된 노동, 인종차별, 경제적 궁핍에 시달리던 흑인들의 한과 절망이

고스란히 서려 있는 음악이다. 흑인들에게 블루스는 현실의 애환을 잊게 해주는 위로의 음악이자, 삶의 힘겨움을 흥으로 승화시킬 수 있는 구원과도 같은 음악이었다.

초기의 블루스(포크 블루스·컨트리 블루스)는 노예해방이 이루어진, 19세기 중엽 이후 생긴 것이다. 이리저리 떠돌아다니며 길거리 술집이나 시장터 축제에서 연주하는 블루스 맨Blues Man들을 통해 다른 지역으로 퍼졌다. 독특하게 느린 블루스의 리듬은 백인들 사이에도 널리 퍼져 많은 춤곡들이 나왔으며, 그러한 음악과 춤에도 블루스라는 이름이 붙게 되었다.[4]

초기엔 블루스의 본고장 미국에도 블루스에 대한 편향적 시각이 존재했다. 음악평론가 최유준은 블루스에 대해 이렇게 썼다. "미국 사회의 지배 세력이었던 백인 계층WASP 청중들에게 블루스는 줄곧 인종주의적 맥락과 함께 타자화되면서 '탄식하는 듯한 음조'로 간주되고 '타락한 것' 나아가 '술자리에나 적합한 것'으로 폄하되어온 것은 한국과 다르지 않다." 이때 바람직한 음조로 간주된 것은 유럽적 전통에 뿌리를 두는 음질서이며, 블루스는 백인 취향의 팝음악 양식에 대한 타자로서 수용돼왔다는 것이다. 이 때문에 '블루스의 아버지'로 불리는 윌리엄 핸디(1873~1958) 마저 1903년 미시시피 델타 지역에서 블루스를 처음 들었을 때

2. Mnet 레전드 100 아티스트 제작팀, 〈레전드 100 아티스트〉, 한권의책, 2013, 신촌블루스, 285쪽.
3. 최유준, 〈대중음악과 공감의 그늘〉, 전남대학교 출판부, 2014, 블루스와 슬픈 음악의 정치학, 61쪽.
4. 위키백과, 블루스, 2015년 3월 13일 최종 수정.

의 상황을 자신의 자서전에 기술하면서 자신이 "들어본 것들 가운데 가장 이상한 음악"이었다고 술회했다.[5] 그는 나중에 블루스의 고전으로 꼽히는 〈세인트루이스 블루스〉를 작곡한다. 블루스가 생성 초기에는 발상지, 즉 고향에서도 생소한 음악 취급을 당했던 것이다.

한국형 블루스

한국인에게 블루스가 친근하게 다가오는 것은 고난과 한恨이라는 요소 때문이 아닌가 추측된다. 한민족이 누군가. 유난히 한이 많은 민족이라고들 한다. 근세에도 일제강점과 동족상잔에 이어 남북 분단을 겪고 있다. 미국 흑인들이 겪어온 고난과 삶의 고단함이 묻어나는 블루스에 정서적으로 공감할 가능성이 크다는 말이다. 둘을 묶는 공통분모가 바로 한이다. 물론 이건 단정적으로 말하기는 어렵다. 음악에 대한 개인의 공감에도 수많은 변수가 작용하는데, 하물며 집단적 공감은 말할 것도 없다.

어찌 됐든 출발부터 이런 오해가 있었음에도 불구하고 블루스는 그 후 우리 노래에서 친숙한 장르가 된다. 이난영이 부른 〈다방의 푸른 꿈〉(1939, 조명암 작사, 김해송 작곡)은 작곡자 김해송의 천재성이 드러나는 재즈 스타일의 곡인데, 블루스 음계의 특징인 '미♭'을 구사한다(블루스는 제3음 미와 제7음 시를 반음 떨어뜨리는 블루노트가 특징 중 하나다). 그러다 보니 해방 후 1960년대까지 헤아릴 수 없을 정도로 많은 일본식 블루스 가요가 히트곡 대열에 들어섰다. 〈인천 블루스〉 〈애수의 블루스〉 〈워싱턴 블루스〉 〈비애 블루스〉 〈소공동 블루스〉 〈청춘 블루스〉 〈대전 블루스〉 〈순정의 블루스〉 등이 그것이다. 이 노래들은 대도시 곳곳에서 확산되어 가던 사교댄스의 유행과도 밀접한 연관이 있었다.[6]

안정애가 부른 〈대전 블루스〉(1959, 최치수 작사, 김부해 작곡)는 끈끈한 블루스 리듬과 애절한 가락으로 대전역을 배경으로 헤어지는 사람들의 비통한 심정을 잘 담아냈다는 평을 들은 대히트곡이다.

잘 있거라 나는 간다 이별의 말도 없이
떠나가는 새벽 열차 대전발 영시 오십분
세상은 잠이 들어 고요한 이 밤
나만이 소리치며 울 줄이야
아 붙잡아도 뿌리치는 목포행 완행열차 -〈대전 블루스〉 1절 가사

주현미가 1986년에 부른 〈눈물의 블루스〉(정은이 작사, 남국인 작곡)는 초기 한국에 전달된 '사교댄스로서의 블루스'의 성격을 충실히 드러내는 가사가 인상적이다.

오색등 네온불이 속삭이듯이 나를 유혹하는 밤

5. 최유준, 앞의 책, 45~46쪽.
6. 같은 책, 67쪽.

가슴을 휘젓듯이 흐느끼는 색소폰 소리 아 나를 울리네
이 순간이 지나고 나면 떠날 당신이기에
그대 품에 안기운 채 젖은 눈을 감추네
아 블루스 블루스 블루스 연주자여
그 음악을 멈추지 말아요

-〈눈물의 블루스〉 1절 가사

이런 〈○○블루스〉 노래들은 형식적으로는 느린 네 박자 춤곡이며 내용은 애절하고 비통한 정서를 담았다는 점에서는 블루스적이라고 볼 수 있다. 하지만 거기서 끝이었다. 대부분 트로트 리듬과 가락이 바탕이 됐고, 블루노트도 아주 예외적으로 구사되는 정도였다. 요컨대 블루스 음악 특유의 '블루지bluesy'한 느낌을 전달하기는 부족했다. 시인 김선우는 언젠가 블루스 가수 강허달림에 관한 글에서 '블루지'를 '애이불비哀而不悲 흐느낌'이라고 설명했다. "슬프되 슬픔을 바로 드러내지 않고 몸속으로 깊이 스미게 했다가 이윽고 연의 줄을 풀어주듯 조금씩 간곡하게 흘러나오는 목소리"라고 썼다.[7]

그 점에서 프로젝트 그룹 신촌블루스의 등장은 주목할 만한 것이었다. 신촌블루스는 그때까지의 일본식 블루스를 철지난 양식으로 치부하고 미국식 (혹은 영국식 록 블루스에 기반을 둔) 블루스를 선보이기 시작했다.[8] 1988년 나온 신촌블루스의 데뷔 앨범은 기존 블루스에 대한 고정관념을 송두리째 바꿔놓았다. 한영애의 절절한 감정이 전해지는 〈그대 없는 거리〉(엄인호 작사 작곡)와 엄인호와 정서용이 함께 노래한 〈아쉬움〉(엄인호 작사 작곡), 절창 박인수의 진가를 발휘한 〈봄비〉(1969, 신중현 작사 작곡) 같은 곡들은 청량제 역할을 하며 호평을 받았다. 30대 멤버들이 주축을 이룬 언더그라운드 밴드의 음반이었는데도 수십만 장이 팔리며 큰 반향을 일으켰다. 당시에는 생경했던 정통 블루스를 모태로 했기에 더욱 그랬다.[9]

별빛 같은 너의 눈망울에 이슬방울 맺힐 때
마주잡은 너의 두 손에는 안타까운 마음뿐
조그마한 너의 두 손으로 내게 전한 편지는
하고픈 말 마저 다 못하고 끝을 맺고 말았네
뒤돌아 가는 너의 모습 너무나 아쉬워
달려가 너의 손을 잡고 무슨 말을 해야 할까
마주잡은 너의 두 손에는 안타까운 마음뿐 (하략)

-〈아쉬움〉 가사

재미있는 것은 신촌블루스가 이렇게 정통 블루스를 추구하면서도 이른바 '뽕끼'를 탈피하지는 못했다는 점이다. 가령 신촌블루스 2집(1989)에 실린 〈골목길〉(엄인호 작사 작곡)은 그전에도 다른 가수들이 불렀지만 호응이 적었는데, 김현식이라는 보컬을 만나자 비로소 매력이 드러났다. 김현식의 소울풀한 음성과 이 곡

7. 김선우, "블루스 너머 강허달림", 〈한겨레〉 2015년 3월 19일자.
8. 최유준, 앞의 책, 68쪽.
9. Mnet 레전드 100 아티스트 제작팀, 앞의 책, 285쪽.

이 가지고 있는 애절한 '뽕끼'의 궁합은 너무나 이상적인 것이었다.[10] 엄인호와 함께 이 밴드를 주도한 이정선은 이렇게 회고했다. "신촌블루스를 처음 시작했을 때 블루스는 블루스인데 사실 음악 스케일은 뽕짝이었습니다. 그러니까 대중이 좋아할 대중취향적인 음악이었죠. 한데 점점 블루스를 공부하고 본질에 접근하게 되면서 엄인호랑 '우리는 뽕 블루스 밴드'라며 웃었던 기억이 납니다."[11] 이런 것들을 종합하면 신촌블루스의 정체성은 '한국형 블루스'라는 생각이 든다. 한국인이 부르는 대중가요가 다른 나라 사람의 것과 같을 수 없나. 그건 블루스도 예외가 아니다. 들여오되 자기 것으로 만드는 것이다.

〈Both Sides Now〉(1969)의 가수 조니 미첼은 "대부분의 백인 가수들은 빌리 홀리데이나 베시 스미스 같은 흑인 가수들의 감정에 전혀 미치지 못한다"고 말한다. "흑인들은 음들 하나하나에 온갖 인간의 감정을 가득 담아서 노래하죠. 젊었을 때 나는 전형적인 백인 포크 가수의 목소리였고, 감정을 어떻게 담아야 하는지 전혀 몰랐어요." 조니 미첼 같은 대가수도 흑인 음악을 제대로 소화하기 어려웠다는 얘기다. 그는 그 이유로 "흑인 문화는 훨씬 균형이 잡혀 있어서 감정과 영성에 많은 가치를 두지만, 백인 문화는 이런 것들을 억압하려고만 한다"는 견해를 밝혔다.[12]

그런 점에서 영미권 대중음악의 원류라고까지 하는 '흑인 음악'에 대해 한국인이 문화적 친연성을 갖고 있다는 건 고무적인 일이다. 흑인들이 주도하는 음악 장르는 여럿 있다. 블루스 말고도 소울, 펑크funk, 재즈와 알앤비, 그리고 힙합과 랩도 있다. 이런 음악들에 대한 우리의 수용 능력은 탁월한 편이라고 본다. 그 친연성이 과연 공통된 한의 정서에서 비롯된 건지 다른 무엇인지는 잘 알 수 없지만, 우리 대중음악을 다양하고 풍부하게 만드는 자산으로 활용할 수 있다는 건 분명하다.

10. 박준흠, 〈한국 대중음악 100대 명반 음반리뷰〉, 선, 2008, 228~229쪽.
11. 박준흠, 〈한국 대중음악 100대 명반 인터뷰〉, 선, 2009, 271쪽.
12. 대니얼 레비틴, 앞의 책, 233쪽.

노래는 추억이다

"그런 날들이 있었지"

이상은의 〈담다디〉(1988, 김남균 작사 작곡)를 들으면 하와이의 추억을 떠올리지 않을 수 없다. 1988년 가을이니 벌써 27년 전 일이다. 나는 〈경향신문〉 사회부 기자로서 순항훈련에 나선 해군사관생도들이 탄 해군 마산함에 동승 취재 중이었다. 진해를 출발해 괌, 미드웨이를 거쳐 호놀룰루에 기항한 훈련 참가자들에게 현지 교민들이 따뜻한 환영식을 베풀어주었다. 그날 해군 군악대가 연주한 곡 가운데 하나가 바로 〈담다디〉였다.

〈담다디〉는 그해 여름 강변가요제에서 '선머슴' 같은 이상은이 꺽다리 춤을 추며 불러 대상을 차지한 뒤 한창 뜨고 있던 노래였다. 군악대는 '담다디 담다디'가 반복되는 노래 도입부의 후크송을 아주 느리게 연주하기 시작했다. 신나는 리듬의 곡을 정반대로 해석한 게 정말 인상적이었다. 거의 아다지오 소스테누토(느리게 소리를 충분히 끌면서)로 가다가 서서히 본래 템포로 돌아오는 독특한 편곡이었다. 그 뒤로 태평양을 횡단해 미국 본토로 항해하는 함상에서 군악대장 등과 어울려 멸치 안주로 소주를 마시기도 했는데, 그날 〈담다디〉 연주에 대해서도 얘기가 오갔는지는 기억나지 않는다. 아무튼 나는 그 연주가 울려 퍼지던 그날 석양 무렵의 하와이 공원을 잊지 못한다.

나의 〈담다디〉 추억에 이어 4월과 5월의 〈옛사랑〉(1974, 백순진 작사 작곡)에 대해 '청허'라는 블로거가 올려놓은 추억담도 소개하고 싶다. "7080 시대에 살았던 모든 사람들이면 한번쯤 부르거나, 산에서 하는 멤버십 트레이닝 때 기타 반주에 시에라 컵에 가득 부은 30도짜리 소주 마시면서 불렀던 그 노래입니다. 누구나가 한번쯤 그런 기억이 가슴을 채우지 않습니까?"

고요하고 어두운 밤이 어스레한 등불의 밤이
외로움에 아픈 마음에 차곡차곡 쌓입니다
우리님이 가신 뒤에는 저를 버리고 가신 뒤에
하염없이 긴긴밤들을 싫도록 받았습니다
돌아오는 화요일은 옛님과 헤어지던 날
전날의 즐겁던 일들이 추억에 물들은 날
잊지 못할 옛사랑

-〈옛사랑〉 가사

슬픈 사랑 노래에서 빠질 수 없는 게 추억이다. 〈옛사랑〉은 '옛님과 헤어지던 화요일'을 추억하며 만든 노래다. '청허'라는 블로거는 이 노래를 불렀던 자신의 젊은 날을 '시에라 컵에 가득 부은 30도짜리 소주'로 추억한다. 지금은 20도 이하로 밍밍해졌지만 그땐 소주가 그렇게 독했다. 독한 소주도 지난날을 되새기게 하는 훌륭한 소품이다. 이런 사례는 노래와 추억이라는 관계에 대해 두 가지 중요한 사실을 말해준다. 첫째, 수많은 노래가 추억 덕분에 탄생한다. 즉 추억을 주제로 한 노래가 많다. 둘째, 그 노래들은 훗날 다시 추억거리가 된다. 노래와 추억은 이렇게 중층적·복합적으로 얽혀 있다.

'노래는 추억이다'라는 제목의 이 글에 소개하고 싶은 노래가 있다. 이 노래는 옛일을 추억하는 내용이면서 필자의 개인적 추억이 담겨 있기도 하다. 1993년 모스크바 대학에서 러시아어 연수를 하고 있을 때였다. 6월 어느 날 열차에 몸을 실었다. 문득 산에 오르고 싶은 열망에 휩싸였기 때문이었다. 알다시피 평야지대인 모스크바 근처엔 산이 없다. 지도를 살펴보니 흑해 연안 크림반도에 1천5백 미터 정도 높이의 산 '로만 코슈'가 있었다. 러시아인 친구 드미트리와 함께 그곳으로 떠났다. 24시간 동안 기차를 타고 도착한 크림반도의 주도主都 심페로폴. 식사하러 들어간 카페에서 귀에 익은 팝송이 흘러나왔다. 메리 홉킨이 부른 〈도즈 워 더 데이즈Those were the days(그런 날들이 있었지)〉였다. 그걸 4인조 밴드가 러시아어로 부르고 있었다.

내가 드미트리에게 무심코 말했다. "팝송을 러시아어로 부르네." 그가 어이없다는 반응을 보였다. "무슨 소릴, 이건 원래 러시아 노래야." 그제야 이 곡이 러시아 사람들이 애창하는 〈다로고이 들린노유(Дорогой длинною · 머나먼 길)〉라는 사실을 알게 됐다. 보리스 포민이 작곡하고 콘스탄틴 포드렙스키가 작사한 곡으로 1917년에 발표됐다. 그걸 메리 홉킨이 1968년 번안, 리메이크해 세계적으로 유명해진 것이다. 나는 친구한테 가사를 적어달라고 해 여행 내내 함께 부르고 다녔다. 원곡 가사는 이렇다.

Ехали на тройке с бубенцами
А вдали мелькали огоньки
Мне б теперь, соколики, за вами
Душу бы развеять от тоски
Дорогой длинною да ночкой лунною
Да с песней той, что вдаль летит, звеня
Да с той старинною, с той семиструнною
Что по ночам так мучила меня

방울 달린 트로이카(삼두마차)를 타고 떠나는 밤
저 멀리 불빛이 반짝이네
지금 당신이 내 곁에 있다면
우수로 가득 찬 이 마음을 흩어놓을 수 있으련만

(후렴) 달빛 밝은 밤 머나먼 길을 따라
저 멀리 울려 퍼지는 노래와 일곱 줄의 기타 소리는
어찌하여 밤마다 나를 이토록 고통스럽게 하는가

-〈다로고이 들린노유〉 1절 가사

원곡도 애절한 사랑의 추억에 관한 것이었지만, 영어 번안 가사도 썩 훌륭하다. 18세 웨일스 시골뜨기 소녀를 일약 세계적 스타로 만든 것은 청아하고 호소력 짙은 목소리와 함께 가슴에 절절하게 와 닿는 노랫말일 것이다. 결코 끝날 것 같지 않던 행복한 젊은 시절을 회상하는 노래다.

Once upon a time there was a tavern
Where we used to raise a glass or two
Remember how we laughed away the hours
And dreamed of all the great things we would do
Those were the days my friend
We thought they'd never end
We'd sing and dance forever and a day
We'd live the life we choose
We'd fight and never lose
For we were young and sure to have our way
La la la la···

Those were the days, oh yes those were the days

예전에 거기엔 선술집이 있었지
종종 술 한두 잔씩 허공을 향해 치켜들던
우리가 얼마나 깔깔대며 시간을 보냈는지 기억해
그리고 우리가 꿈꾸었던 위대한 일들을
그런 날들이 있었지 친구야
우린 그날들이 결코 끝나지 않을 줄 알았지
우린 늘 노래하고 춤추며 지내리라
우리가 선택한 삶을 살 수 있으리라
싸우고 결코 지지 않으리라
왜냐면 우린 젊었고 우리 길을 갈 거라고 확신했거든
라 라 라 라…
그런 날들이 있었지, 오 그래 그런 날들이 있었지

–〈도즈 워 더 데이즈〉 1절 가사

추억과 회상 그리고 노래

옛일을 추억追憶하는 노래도 있고 회상回想하는 노래도 있다. 무슨 차이가 있을까. 사전적으론 둘 다 '지나간 일을 돌이켜 생각하는 것'이라는 뜻으로 똑같다. 그러나 뉘앙스에는 미세한 차이가 있다. 그건 '거리 두기'의 차이다. 추억은 과거에 몰입하려 하지만 회상은 관조하려 한다. 따라서 추억한다는 말엔 지나간 일을 아름답게 바라보려는 미화의 정서가 깔려 있지만, 회상한다에는 담담하게 돌아보려는 태도가 강하다. 물론 이건 주관적인 느낌이다.

통계는 없지만, 노래의 '팔할'쯤은 사랑이 주제일 거다. 그렇다면 떠나간 사랑, 옛사랑을 추억하고 회상하는 노래도 부지기수인 건 당연하다. 그렇다 보니 제목이 〈회상〉인 동명이곡同名異曲도 산울림(1982), 김현식(1984), 임지훈(1987), 터보(1997) 등 여러 개 된다. 그래선지 김성호는 제목에 아예 자기 이름을 넣은 〈김성호의 회상〉(1989)을 만들어 불렀다. 그녀와 함께했던 시간들을 회상하는 가사와 감성적 멜로디, 가수의 나지막한 목소리가 잘 어우러지는 노래다. "한두 번 원망도 했었지만 좋은 사람이었어 음/ 하지만 꼭 그렇진 않아 너무 내 맘을 아프게 했지"라는 가사는 사랑과 미움이 엇갈리는 심정을 솔직히 표현한 것 같다.

바람이 몹시 불던 날이었지 그녀는 조그만 손을 흔들고
어색한 미소를 지으면서 나의 눈을 보았지 음
하지만 붙잡을 수는 없었어 지금은 후회를 하고 있지만
멀어져 가는 뒷모습 보면서 두려움도 느꼈지 음
나는 가슴 아팠어
때로는 눈물도 흘렸지 이제는 혼자라고 느낄 때
보고 싶은 마음 한이 없지만 찢어진 사진 한 장 남질 않았네
그녀는 울면서 갔지만 내 맘도 편하지 않았어

그때는 너무나 어렸었기에 그녀의 소중함을 알지 못했네 (하략)

-〈김성호의 회상〉 가사

어떤 노래를 들으면 꼭 생각나는 사람이 있다. 내 경우 펄 시스터스의 〈커피 한잔〉을 들으면 장선이라는 고교 동창이 떠오른다. 40년이 지났어도 그가 이 노래를 웃기게 개사해 부른 것이 기억에 남아 있기 때문이다. 이런 식으로 일제강점기 때 김영춘이 부른 〈홍도야 우지 마라〉는 조용일, 성재희의 〈보슬비 오는 거리〉는 구자명, 이수영의 〈하얀 면사포〉는 박승제, 서유석의 〈그림자〉는 노재덕 등, 특정 노래를 들으면 저절로 친구들이 떠오른다. 추억도 덤으로 따라온다. 이 노래들이 그들의 애창곡이 된 이유도 제각각일 것이다. 노래 취향이 사람마다 다 다를뿐더러, 취향이 형성된 사정도 그럴 것이다.

노래에는 이렇게 회상과 추억으로 끌어들이는 강력한 힘이 있다. 이는 음악심리학적으로도 설명된다. 일본의 음악심리 카운슬러 사이토 히로시는 "감정은 시각으로 들어오는 정보보다 청각으로 들어오는 정보에 더 빠르게 움직인다"고 말한다.[1]

눈으로 보는 것보다 귀로 듣는 게 감정 전달이 더 빠르다는 뜻이다. '백문이불여일견百聞不如一見'이라는 상식을 뒤엎는 말이다. 사이토의 설명을 들어보자.

1. 사이토 히로시, 〈음악심리학-마음을 컨트롤하는 소리의 기술〉, 이소담 옮김, 스카이출판사, 2013, 45쪽.

"정신을 잃은 사람이 의식을 되찾을 때도 시각보다 청각이 먼저 반응한다. 누군가의 부름에 응답하면서 의식이 돌아오고 그다음에 눈을 뜬다. 뇌의 반응 역시 시각보다 청각에서 오는 자극에 더 민감하다. (…) 그래서 소리, 그리고 음악은 '감정'에 직접적으로 호소할 수 있는 것이다."

이 때문에 감동적인 음악은 아주 짧은 순간에 감정을 자극해 눈물을 흘리게 한다는 것이다.[2]

미국의 뇌과학자 대니얼 레비틴은 "많은 사람들이 음악 덕분에 오랫동안 묻혀 있던 기억이 생각났다고 말하는데, 대중적인 사랑의 노래가 특히 그런 것 같다"고 말했다. 그는 뇌과학자다운 설명을 한다. "우리가 경험하는 거의 모든 것이 기억 속에 각인되는데 문제는 이를 끄집어내는 것"이라면서 '인출 단서'라는 말을 사용한다. 음악이 뇌에서 어떤 기억을 끄집어내도록 돕는 효과적인 '인출 단서' 역할을 한다는 것이다. 그는 "팝송은 짧은 기간 동안 라디오에서 집중적으로 들리므로 냄새만큼이나 효과적인 인출 단서가 된다"고 말한다.[3]

사이토 히로시는 시각보다 강한 청각의 힘을 강조했지만, 나는 다른 관점에서 노래를 시각예술인 사진과 비교해본다. 사진은 피사체를 카메라로 담아냄으로써 훗날 추억을 재생시킨다. 그것을 문학적으로 '피사체가 불러일으키는 아련한 추억'이라고 부를 수도 있을 것이다.[4]

세월이 흘러 공간이 사라지고 피사체의 흔적마저 사라져버려도 사진은 남는다. 그래서 추억을 재생시킨다. 그 점에서 사진과 노래의 기능은 같다. 가령 종착역이 현실에서 없어지더라도 사진의 이미지는 남는다. 노래 속 종착역도 그러하다. 〈이별의 종착역〉(1960, 손석우 작사 작곡, 손시향 노래)이라는 노래가 탄생할 때 그것은 영속적인 생명력을 얻는다. 다시 말하지만 노래도 사진처럼 추억을 전달하고 매개하는 강력한 힘이 있다.

찾아갈 곳은 못되드라 내 고향 버리고 떠난 고향이길래
수박등 흐려진 선창가 전봇대에 기대서서 울 적에
똑딱선 푸로페라 소리가 이 밤도 처량하게 들린다
물 위의 복사꽃 그림자같이 내 고향 꿈이 어린다

-〈고향의 그림자〉(1954, 손로원 작사, 박시춘 작곡, 남인수 노래) 1절 가사

이 노래는 생전에 김남주 시인(1946~1994)이 좋아해 즐겨 불렀다고 한다. 고향을 그리는 노래지만 시인의 사후에 후배들은 술자리에서 이 곡을 부르며 시인을 추억했다. 시인이 좋아했던 향수의 노래가 시인을 추억하는 노래가 된 것이다. 유튜브의 이 노래에 누군가 이런 댓글을 써놓았다. "초등학교 다닐 때에 형님들

2. 같은 책, 44~45쪽.
3. 대니얼 레비틴, 〈호모 무지쿠스-문명의 사운드트랙을 찾아서〉, 장호연 옮김, 마티, 2009, 301~302쪽.
4. "우주의 순환일런가…런던 도심에 '부표'처럼 뜬 안면도-손현주 작가 런던서 사진", 경향신문 웹페이지 2014년 6월 23일자.

께서 이 〈고향의 그림자〉를 부르시곤 했는데 따라서 부른 지 벌써 60년도 더 지난 세월, 지금도 그때가 생각납니다. 그때가 그립습니다. 몸은 늙고 병들어도 추억은 되살아나 그때 그 당시로 달려가곤 합니다. 내 생애 남은 시간도 많이 부르면서 즐겁게 살아가렵니다. '인생은 오락가락 청춘만 늙는다, 늙어가는 이 청춘에 젊어지는 옛 추억'이라는 신파 대사가 생각납니다."

원미연이 부른 〈이별여행〉(1991, 김기호 작사, 신재홍 작곡)은 두 연인이 특이하게 이별여행을 떠나는데, 여기선 "언제까지 너에게 좋은 기억만을 남기고 싶어"라는 가사가 마음에 와 닿는다. 기억을 추억으로 바꿔도 괜찮을 것이다.

투명한 너의 눈빛이 어쩐지 부담스러워
아무런 말도 못하고 창가에 기대어 바라보네
이렇게 떠나가지만, 너에겐 정말 미안해
하지만 언제까지나 너를 잊을 수 없을 거야
벽에 걸린 그림처럼 너는 표정 없이 바라보지만
이 거리를 난 떠나가리 내가 아는 너를 위한 이별여행을
언제까지 너에게 좋은 기억만을 남기고 싶어
이제는 모든 걸 변명처럼 느끼겠지 (하략)

-〈이별여행〉 가사

이선희의 〈아 옛날이여〉(1985, 송수욱 작사, 송주호 작곡)도 추억이라는 말은 없지만 추억을 그리워하는 노래다. 절규하듯 그리워

하다가 잊어야 한다고 다짐한다.

노래는 많은 경우 과거의 시공을 회상한다. 그래서 추억을 돕는다. 그것이 거친 삶에 위로가 된다.

2장

사랑은 왜 아픈가

왜 사랑 노래는 슬픈가

매달리는 이별, 쿨한 이별

맨 처음 고백, 애인 있어요

에레나, 금순이, 화, 경상도 아가씨

친구와 우정 노래

왜 사랑 노래는 슬픈가

슬픈 노래는 부르지 않을 거야?

옛날 교회 목사님 설교가 기억난다. "세상 노래를 한 번 잘 들어보세요. 온통 슬픈 것들뿐입니다." 목사님 말씀은 '그 이유는 세상살이에 슬픈 일이 많기 때문이다, 고로 믿고 평안을 얻어라'라는 취지였지만, 진짜로 그런 것 같다. 유행가는 슬픈 게 참 많다. 유행가의 대부분이 남녀 간 사랑 노래인데다, 사랑 노래도 태반이 슬픈 것들이니 그럴 수밖에 없다.

가요에서 슬픈 노래의 비율은 얼마나 될까. 공식 통계는 없지만 대략 추측을 가능케 하는 논문이 있다. 이지연·신수진은 논문을 통해 젊은 미혼 남녀의 사랑 감정을 소재로 하는 노래가 전체 가요에서 차지하는 비중이 1960년대에는 62.6%, 70년대에는 63.9%, 80년대에는 73.6%, 90년대에는 82.6%로 증가했다고 밝혔다. 이들은 또 일제강점기부터 1950년대까지는 '임을 잃은 사람들의 사랑', 60~80년대에는 '낭만적 사랑의 정착'이 이뤄진 것으로 분석했다. 논문은 1920년대부터 2000년대까지 나온 대중가요 1천220곡의 가사를 분석 대상으로 했다.[1] 논문에 따르면 사랑 노래의 비중은 갈수록 높아지고 있다. 그렇다면 슬픈 사랑 노래도 비슷한 추세일 것이다.

슬픈 사랑 노래는 너무나 많지만, 몇 가지만 골라보자.

말없이 건네주고 달아난 차가운 손
가슴속 울려주는 눈물 젖은 편지
하얀 종이 위에 곱게 써 내려간
너의 진실 알아내곤 난 그만 울어버렸네
멍 뚫린 내 가슴에 서러움이 물 흐르면
떠나버린 너에게 사랑 노래 보낸다 -〈편지〉 가사

1974년 어니언스가 부른 〈편지〉(김미선 작사, 임창제 작곡)다. 이 글의 제목이 '왜 사랑 노래는 슬픈가'인데, 이 노래 마지막 소절에도 '사랑 노래'가 나온다. 과연 이 사랑 노래도 슬프디슬프다. 그(또는 그녀)가 주고 달아난 편지가 눈물에 젖었다. 노래는 작사

1. "강준만의 세상읽기-'왜 사랑타령은 식지 않는가'", 〈한겨레21〉 2006년 8월 3일자. 이 기사가 인용한 이지연·신수진의 논문, 〈한국 대중가요에 나타난 낭만적 사랑〉, 〈한국가족관계학회지〉 제9권 제1호(2004. 4), 25~55쪽 재인용.

가가 쓴 시에 곡을 붙여 만들어졌다. 그래서 원작과 조금 다르다. 가령 원작의 마지막 연은 "멍하니 뚫린 내 가슴에/ 서러움의 물 흐를 때/ 그렇게 떠나가버린/ 너에게/ 나는 사랑의 노래를 보낸다"로 돼 있다.

조덕배는 〈슬픈 노래는 부르지 않을 거야〉(1988, 김양화 작사, 조덕배 작곡)에서 이렇게 노래한다. 너와의 추억, 미련, 사랑 모든 걸 잊겠다고, 슬픈 노래를 부르지 않겠다고. 이건 역설이자 반어법이다. 잊지 못해서 슬픈 노래를 부르면서 그걸 부인하고 있으니 말이다.

이 노래에선 "그리운 사람 다시 그립다 해도 잊어줄게"라고 하지만, 이문세의 〈옛사랑〉(1991, 이영훈 작사 작곡)은 이와 반대로 "그리운 것은 그리운 대로 내 맘에 둘 거야"라고 다짐한다. 아무리 잊으려 애써도 소용없는 옛사랑을 그냥 소중히 간직하겠다는 뜻 같다.

남들도 모르게 서성이다 울었지
지나온 일들이 가슴에 사무쳐
텅 빈 하늘 밑 불빛들 켜져가면
옛사랑 그 이름 아껴 불러보네
찬바람 불어와 옷깃을 여미우다
후회가 또 화가 난 눈물이 흐르네
누가 물어도 아플 것 같지 않던
지나온 내 모습 모두 거짓인가

이제 그리운 것은 그리운 대로 내 맘에 둘 거야
그대 생각이 나면 생각난 대로 내버려두듯이
(중략)
사랑이란 게 지겨울 때가 있지
내 맘에 고독이 너무 흘러넘쳐
눈 녹은 봄날 푸르른 잎새 위에
옛사랑 그대 모습 영원 속에 있네 (하략)

-〈옛사랑〉 가사

이영훈은 이렇게 말했다. "어쩌다가 이 곡의 가사를 쓰고 난 후 더 이상 쓸 말이 없었다. 아니, '하고 싶은 말이 없었다'가 정확한 표현일 것이다. 이 곡 이후에 쓴 내 노래의 가사들은 모두 별첨 정도일 뿐이다."[2] 2008년 병으로 세상을 떠난 그가 이 곡의 가사에 얼마나 애착을 가졌는지 보여준다. "사랑이란 게 지겨울 때가 있지"는 노랫말에서 흔치 않은 표현이다. 한데 그가 평소 지극한 사랑을 바친 아내 김은옥은 "우리의 연애는 그의 음악처럼 잔잔했고 따뜻했지만, 단 한 번도 지겹다거나, 왜 이리 시간이 더디 가나 하고 생각한 적은 없었던 것 같다"고 쓰고 있다.[3] 서로 어긋난 진

2. 이영훈 · 김은옥, 〈Art Book 광화문 연가-이영훈의 삶과 음악〉, 민음사, 2009, 음악 편(옛사랑의 작곡노트), 100쪽.
3. 같은 책, 삶 편, 23쪽. 이영훈의 지극한 아내 사랑은 1990년 2월 12일에 쓴 일기(사랑하는 아내에게)에서 드러난다. "세상 어느 것보다도 그대를 사랑하고 (이것이 나의 노래라면 가장 진실한 노랫말일 것이오) 나 자신의 게으름과 나태함으로 잊고 지내온 많은 것들과 많은 기억들. 소중한 나의 감성과 감각, 지적 본능. 아름다움을 느끼는 자연의 낮과 밤, 바람, 들녘, 풀, 별. 이 모든 것들의 주인, 나의 여인 은옥. (…) 사랑하오. 당신은 내 존재의 증명이오"(25쪽).

술일까. 아마 이영훈은 사랑이 떠나간 뒤 엄습하는 엄청난 적막과 고독을 전달하기 위해 그런 파격적 표현을 선택했을 것이다.

사랑, 이별, 눈물의 정서를 신파조로, 달리 말해 거침없이 드러내는 게 트로트다. 트로트인 남진의 〈가슴 아프게〉를 하나 더 예로 들겠다. 1967년 정두수가 작사하고 박춘석이 작곡한 곡이다. 이 가슴 아픈 사랑엔 황당한 가정법이 동원된다.

> 당신과 나 사이에 저 바다가 없었다면
> 쓰라린 이별만은 없었을 것을
> 해 저문 부두에서 떠나가는 연락선을
> 가슴 아프게 가슴 아프게 바라보지 않았으리
> 갈매기도 내 마음 같이 목메어 운다
>
> –〈가슴 아프게〉 1절 가사

학교 영어 시간에 가정법 과거라는 게 현재 사실의 반대를 가정하는 거라고 배웠다. '바다가 없었다면'이라는 가정은 현재 사실과 동떨어진, 턱없는 가정이다. 하지만 화자에겐 몹시 절박하다. 황당한 가정이라 해서 뭐랄 사람 없다. 대중음악은 때로 유치함이 강점이다. 고상 떨지 않고, 자기감정을 절제하지 않고 모두 드러내버리는 것, 그게 가요와 사람들을 가까워지게 한다. 점입가경으로 마지막 소절에선 갈매기가 자기처럼 운다고 한다. 애먼 갈매기한테 자기감정을 이입한 것이다.

왜 질질 짜냐고?

어째서 사람들은 이렇게 슬픈 노래를 만들고 듣는 걸까. 세상살이가 슬퍼서라는 목사님 말도 일리는 있다. 불교에선 인간세상을 고해苦海라고 하지 않나. 그러나 그건 절반의 진실일 뿐이다. 인생이 고해라고 해도 왜 유독 슬픈 노래를 들어야 하나. 그럴수록 기쁘고 희망찬 노래를 찾지 않고? 그건 슬픈 노래의 '역설' 때문이다.

음악평론가 임진모는 이렇게 설명한다. "대중가요는 기본적으로 사랑과 이별을 노래하지만 우리 마음에 오랫동안 저장되는 것은 얻은 사랑에 대한 기쁨보다는 잃은 사랑에 대한 고통이에요. 누군가와 헤어지는 것은 우리에게 매우 절실한 문제이기 때문에 대중가요는 바로 그것을 건드리는 거죠. 그래서 실제로 히트한 곡을 보면 상대를 얻어서 기뻐 날뛰는 노래보다 사랑을 잃어버렸을 때의 외로움과 쓸쓸함을 표현한 노래가 훨씬 더 많습니다."[4] 덧붙인다면 사랑의 과정과 결과에는 기쁨보다 슬픔이 많다는 사실이리라. 아무 갈등 없이 사랑하고 또 결혼까지 해 잘사는 커플의 비율이 얼마나 될까.

이 문제에 대해서는 뇌과학자 대니얼 레비틴의 이론을 경청할 만하다. "슬플 때 많은 사람들은 슬픈 음악을 듣는다. 얼핏 생각하면 행복한 음악으로 기분전환을 해야 할 것 같다. 그러나 연

4. Mnet 레전드 100 송 제작팀, 〈레전드 100 송〉, 스코어, 2014, 289쪽.

구에 따르면 그렇지 않다. 슬플 때면 신경안정 호르몬인 프롤락틴이 배출된다. (…) 음악학자 데이빗 휴런은 슬픈 음악이 우리 뇌를 '속여' 프롤락틴을 분비하게 만든다고 생각한다. 아무튼 이렇게 해서 나오는 프롤락틴이 우리의 기분을 전환시킨다는 것이다."

그는 심리적인 분석도 한다. 슬픈 기분이 들면 자기가 혼자이고 격리돼 있다는 느낌을 받는다. 이때 행복한 음악을 들으면 자신이 더 혼자라고, 더 이해받지 못한다고 느낄 수 있어 역효과가 난다. 슬플 때 슬픈 노래를 들으면 위로를 얻을 수 있다.[5]

레비틴의 결론은 이런 것이다. "슬픈 노래를 들으면 우리를 이해해주는 사람이 있으므로 혼자가 아니라는 위로를 얻게 된다. 다른 사람들도 곤경을 이겨냈으니 우리도 할 수 있다는 희망을 주고, 슬픈 경험이 결국에는 미적으로 멋진 경험으로 승화되었다며 우리를 들뜨게 한다." 그는 그러면서 슬픈 사람을 가장 위로해준 노래로 블루스를 꼽는다.[6] 따라서 한국인만 슬픈 노래에서 위로를 구하는 것은 아니다. 그건 보편적 정서다.

일본의 음악심리 카운슬러 사이토 히로시도 '슬플 때 슬픈 음악이 좋은 이유'를 설명한다. "낙담했을 때는 밝은 곡을 들어도 정신적으로 치유되지 않는다. 따라서 먼저 자신의 기분을 대변해줄 수 있는 음악을 골라야 한다. 지금의 정신 상태와 가까운 음악을 들으면 '날 이해해줬다'라는 안도감을 느낀다."[7]

그 점에선 클래식 음악도 마찬가지다. 대표적인 슬픈 음악으로 꼽히는 것이 차이코프스키의 교향곡 6번 〈비창Pathetique〉이다. '悲愴'이라는 한자 곡명이 말해주듯 곡 전체에 절망적 비애감과 우울함이 넘쳐흐른다. 50분의 연주는 4악장 아다지오 라멘토소(느리고 비통하게)로 숨이 끊어지듯, 불빛이 사그라지듯 마감된다. 자, 이 곡을 듣고 나면 비통해질까. 일부 그럴 수도 있겠으나 대부분은 마음이 안정되고 정화된 느낌을 갖게 된다. 카타르시스를 얻는 것이다.

이것은 소리꾼 장사익이 "같이 울어주는 것이 위로거든. 내가 〈동백아가씨〉를 부르면 사람들이 같이 울거든. 비 온 뒤에 하늘이 개는 것처럼, 슬픔에 푹 빠졌다가 거기서 나오면 개운해지는 거지. 일종의 카타르시스야"라고 말한 것과 같은 이치다.[8] 영남대 교수 이동순은 이미자의 노래에 대해 이런 말을 했다. "한바탕 흐느껴 울다 보면 가슴속이 후련해지는 일! (…) 우리가 울어야 할 슬픔을 대신 울어주고, 우리가 받아야 할 고통을 반감시켜주는 곡비哭婢의 모습을 나는 이미자에게서 발견한다."

그러면서 그는 이미자의 〈울어라 열풍아〉(1965, 한산도 작사, 백영호 작곡) 얘기를 꺼낸다. "'못 견디게 괴로워도 울지 못하고', 이 대목을 따라 부르는 사람들은 그저 도입부에서부터 목이 울컥 멘

5. 대니얼 레비틴, 〈호모 무지쿠스-문명의 사운드트랙을 찾아서〉, 장호연 옮김, 마티, 2009, 148쪽.
6. 같은 책, 149~151쪽.
7. 사이토 히로시, 〈음악심리학-마음을 컨트롤하는 소리의 기술〉, 이소담 옮김, 스카이출판사, 2013, 80쪽.
8. 장유정, 〈노래풍경-장유정의 음악 산문집〉, 알마, 2013, 154쪽.

다. 왜냐하면 말 못할 괴로움을 가슴 깊이 묻어둔 자신의 처지와 너무나도 닮아 있기 때문이다."[9]

못 견디게 괴로워도 울지 못하고
가는 님을 웃음으로 보내는 마음
그 누구가 알아주나 기막힌 내 사랑을
울어라 열풍아 밤이 새도록

-〈울어라 열풍아〉 1절 가사

그런 점에서 유홍준이 소개한 미대생 에피소드가 의미심장하게 다가온다. 그는 다산 정약용의 〈매화와 새〉 그림과 글씨를 평가하면서 "(귀양살이 신세라) 붓의 쓰임새가 단조롭고 먹빛과 채색의 변화도 구사되지 못했건만 화면 전체에 감도는 눈물겨운 애잔함이란 누구도 흉내 못 낼 것 같다. 그래서 나는 예술은 감동과 감정에 근거할 때 제 빛을 낼 수 있다고 믿는 것이다"고 말했다. 그 다음 덧붙인 게 미대생 얘기다. "나는 미술대학에서 학생들을 가르치다 보니 이따금 실기실을 둘러보게 되는데 어느 날 갑자기 그림이 좋아지는 학생이 간혹 있는 것을 발견하게 된다. 그런 경우 열 중 아홉은 실연당한 학생이었다."[10]

마지막으로 이스라엘 출신 사회학자 에바 일루즈가 쓴 책 〈사랑은 왜 아픈가〉의 한 대목을 소개한다. 이 책은 이 시대 사랑의 아픔의 근원을 사회학적 맥락에서, 경제적 거래행위로 변모해버린 사랑에서 찾고 있다.

"아픔 없는 열정적 사랑이란 있을 수 없으며 이 아픔을 두려워하지 말아야 한다. (…) 고통이 아프기는 하지만 그렇다고 고통으로 죽는 것은 아니다. (…) 아픔은 자연의 산물이며 모순으로 가득한 세상에서 살아 있음을 확인해주는 자연의 지표다."[11]

9. 이동순, 〈번지 없는 주막-한국가요사의 잃어버린 번지를 찾아서〉, 선, 2007, 274~ 275쪽.
10. 유홍준, 〈나의 문화유산 답사기〉, 창작과비평사, 1993, 52쪽.
11. 에바 일루즈, 〈사랑은 왜 아픈가-사랑의 사회학〉, 김희상 옮김, 돌베개, 2013, 471쪽.

매달리는 이별, 쿨한 이별

"울며불며 찾아봐도"

인생을 딱 부러지게 정의하기 어렵다면, 이건 어떨까. 만나고 헤어지는 게 인생이라고. 안 그런가. 평생을 함께하는 반려자와의 만남을 포함해서 산다는 건 만남과 헤어짐의 연속이다. 그러고 보면 우리가 쉽게 입에 올리는 만남과 이별은 꽤나 묵직한 철학적·종교적 함의가 있는 것이다. 당연히 만남과 이별은 수많은 노래의 소재가 된다. 노래에선 그것이 어떻게 그려지는가.

노사연은 〈만남〉(1989, 박신 작사, 최대석 작곡)에서 '우리 만남은 우연이 아니라 운명'이라고 노래한다. 사람들은 사랑에 빠지면 상대와의 만남을 운명으로 규정하고 싶어 하는 경향이 있다. 〈너는 내 운명〉이라는 영화나 드라마가 나온 것도 그런 맥락일 게다. 그러나 이 노래에선 그 운명적 만남이 헤어짐으로 끝나는가 보다. 후렴에서 후회, 눈물이라는 단어가 나오는 것으로 보아 그렇다. 이 암시만으로 우리는 노래 속 만남이 해피엔딩이 아님을 안다. 수많은 사랑 노래의 귀결이 이별인 것에 익숙해 있으므로.

김광석은 〈서른 즈음에〉(1994, 강승원 작사 작곡)에서 "매일 이별하며 살고 있구나"라고 노래했다. 만남과 헤어짐 가운데 헤어짐에 방점을 둔 건 떠나가는 청춘을 아쉬워하는 노래이기 때문이다. 가슴에 확 와 닿는 가사다. 2007년 대중음악 평론가들 사이에서 1990년 이후 최고의 노랫말로 선정되기도 했다.

또 하루 멀어져간다 내뿜은 담배 연기처럼
작기만 한 내 기억 속에 무얼 채워 살고 있는지
점점 더 멀어져간다 머물러 있는 청춘인 줄 알았는데
비어가는 내 가슴속엔 더 아무것도 찾을 수 없네
계절은 다시 돌아오지만 떠나간 내 사랑은 어디에
내가 떠나보낸 것도 아닌데 내가 떠나온 것도 아닌데
조금씩 잊혀져간다 머물러 있는 사랑인 줄 알았는데
또 하루 멀어져간다 매일 이별하며 살고 있구나
매일 이별하며 살고 있구나

–〈서른 즈음에〉 1절 가사

노래 속의 이별은 사랑하는 사람과의 이별에 그치지 않는다. 더 포괄적이다. 떠나보내는 것 가운데 제일 큰 건 청춘이다. 그 속에 사랑도 무엇도 다 들어 있다. 문득 "청춘도 사랑도 다 마셔버렸네"라는 노랫말이 생각난다. 박건이 부른 〈그 사람 이름은 잊었지만〉(1971, 신명순 작사, 김희갑 작곡)이다.

지금도 마로니에는 피고 있겠지
눈물 속에 봄비가 흘러내리듯
임자 잃은 술잔에 어리는 그 얼굴
아 청춘도 사랑도 다 마셔버렸네
그 길에 마로니에 잎이 지던 날 (하략)

-〈그 사람 이름은 잊었지만〉 1절 가사

태진아는 〈동반자〉(2004, 조성현 작사, 태진아 작곡)를 불렀다. 가수인 아들 이루(조성현)가 작사하고 태진아가 작곡한 부자 '동반' 작품이었다.

사랑했기에 운명, 동반자라고 믿었던 사람도 사랑이 식으면 하루아침에 원망의 대상이 된다. 도성이 부른 〈배신자〉(1971, 이인섭 작사, 김광빈 작곡)가 그런 노래다. 가사에 나오는 더벅머리는 '더부룩하게 난 머리털'이다. 작사자가 왜 하필 더벅머리 사나이라고 했는지 못내 궁금하다.

얄밉게 떠난 님아 얄밉게 떠난 님아
내 청춘 내 순정을 짓밟아놓고 얄밉게 떠난 님아
더벅머리 사나이에 상처를 주고

너 혼자 미련 없이 돌아서서 가는가
배신자여 배신자여 사랑의 배신자여 (하략) -〈배신자〉 가사

시 속에서 이별은 어떻게 그려져 있나. 김소월의 〈진달래꽃〉(1925)의 화자는 이른바 애이불비哀而不悲(아파도 슬픔을 드러내지 않는 것)라고 해서, 소리 내지 않고 숨죽여 흐느낀다. 이별의 정한情恨을 극적으로 내면화했다. 이 시를 가사로 만든 노래가 마야의 〈진달래꽃〉(2003, 우지민 작곡)이다. '죽어도 아니 눈물 흘리오리다', 이것이 이별을 맞는 우리의 전통적 정서였다.

나 보기가 역겨워 가실 때에는
말없이 고이 보내드리오리다
영변에 약산 진달래꽃
아름 따다 가실 길에 뿌리오리다
가시는 걸음 걸음 놓인 그 꽃을
사뿐히 즈려밟고 가시옵소서
나 보기가 역겨워 가실 때에는
죽어도 아니 눈물 흘리오리다 -〈진달래꽃〉 가사

그러나 만해 한용운의 시 〈님의 침묵〉(1926)은 이별의 정한을 달리 표현한다. 화자는 여성적이며 체념적인 태도를 벗어던지고 "님은 갔지마는 나는 님을 보내지 아니하였습니다"라고 선언한

다. 이별을 부정 또는 극복하는 것이다. 시 속의 '님'이 단지 남녀 간 사랑의 대상을 넘어선 조국, 절대적 존재로 해석되는 것은 이 때문이다.

이 시에는 불교의 중요한 가르침이 들어 있다. "우리는 만날 때에 떠날 것을 염려하는 것과 같이 떠날 때에 다시 만날 것을 믿습니다"가 그것으로, 출전은 〈열반경〉의 '회자정리거자필반會者定離去者必返'이다. 머리로는 알아도 몸으로 깨닫기는 어려운 말이다. '만나는 사람은 반드시 헤어지게 된다'는 회자정리도 그렇지만, '떠난 자는 반드시 돌아온다'는 뜻의 거자필반은 함부로 쓰기 어렵다. '날카로운 첫 키스의 추억'에서 보듯 시는 당시로는 파격적인 연애시의 형태를 띠고 있다. 만해가 총독부의 검열을 피하기 위해 그런 화법을 구사했지만 그 바닥엔 한층 심원한 종교적 신념이 깔려 있다.

세속의 가요에다 대고 연애감정을 이렇게 차원 높은 신앙의 경지로 승화시키라고 주문하는 건 물론 무리다. 노래는 그렇게 고상할 필요가 없는 대중예술이며 때로는 유치함이 강점이 되는 장르이기 때문이다. 그렇지만 이별 노래도 살펴보면 시대에 따라 차이가 있다. 특히 사랑이 끝난 뒤에 남는 미련을 대하는 태도에서 그렇다. 남인수의 〈애수의 소야곡〉(1938, 이부풍 작사, 박시춘 작곡)엔 신파적 태도와 미련이 뒤섞여 있다. 옛사랑을 깨끗이 잊지 못하고 자꾸 끌리는 건 미련 탓이다. 그러면서도 이별과 패배를 받아들이고 순응하는 신파적 태도에서 한 발짝도 벗어나지 못한다.

최헌은 〈가을비 우산 속〉(1979, 이두형 작사, 백태기 작곡)에서 "그리움이 눈처럼 쌓인 거리를/ 나 혼자서 걸었네 미련 때문에"라고 노래했다. 〈애수의 소야곡〉처럼 눈물로 달래는 정도까지는 아니지만 미련 때문에 우산을 쓰고 헤맨다. 옛날 이별 노래들의 정서는 대부분 이런 선에 머문다. 나훈아가 부른 〈님 그리워〉(1969, 손진석 작사, 심형섭 작곡)는 떠난 임을 '울며불며' 찾는다.

물어물어 찾아왔오 그 님이 계시던 곳
차가운 밤바람만 몰아치는데 그 님은 간 곳이 없네
저 달 보고 물어본다 님 계신 곳을
울며불며 찾아봐도 그 님은 간 곳이 없네

-〈님 그리워〉 1절 가사

여진은 〈그리움만 쌓이네〉(1979, 여진 작사 작곡)에서 변심한 사람에게 이별이 그리 쉽냐고, 그리움만 쌓인다고, 보고 싶다고 노래한다.

최호섭의 〈세월이 가면〉(1988, 최명섭 작사, 최귀섭 작곡)은 이별 순간의 허탈한 심정을 노래한다. 두 사람은 서로 원하면서도 헤어져야 한다. 그런 상황에서 화자는 그대에게 부탁한다. "그리운 마음은 잊더라도, 사랑했던 것만은 잊지 말아달라"고. 사실 같은 말 아닌가. 미련이라는 관점에서 보면 미련을 버리겠다고 다짐하면서도 버리지 못하는 이중심리를 절묘하게 표현했다.

그대 나를 위해 웃음을 보여도
허탈한 표정 감출 순 없어
힘없이 뒤돌아서는 그대의 모습을
흐린 눈으로 바라만 보네
나는 알고 있어요 우리의 사랑은
이것이 마지막이라는 것을
서로가 원한다 해도 영원할 순 없어요
저 흘러가는 시간 앞에서는
세월이 가면 가슴이 터질 듯한
그리운 마음이야 잊는다 해도
한없이 소중했던 사랑이 있었음은
잊지 말고 기억해줘요 (하략)

-〈세월이 가면〉 가사

이 노래는 변진섭이 부른 〈홀로 된다는 것〉(1988, 지예 작사, 하광훈 작곡)을 연상하게 한다. 후렴구의 "이별은 두렵지 않아 눈물은 참을 수 있어/ 하지만 홀로 된다는 것이 나를 슬프게 해"라는 대목이 그렇다. '이별하는 건 괜찮지만, 혼자가 되는 건 싫다.' 이걸 이기심의 발로로 해석하는 건 얕은 이해가 아닐까. 나는 도저히 이별을 받아들일 수 없는 심정을 강조하기 위한 수사법이라고 본다. 일종의 동어반복이다.

아주 덤덤한 얼굴로 나는 뒤돌아섰지만

나의 허무한 마음은 가눌 길이 없네
아직 못다 한 말들이 내게 남겨져 있지만
아픈 마음에 목이 메어와 아무 말 못했네
지난날들을 되새기며 수많은 추억을 헤이며
길고 긴 밤을 새워야지 나의 외로움 달래야지
이별은 두렵지 않아 눈물은 참을 수 있어
하지만 홀로 된다는 것이 나를 슬프게 해 (하략)

-〈홀로 된다는 것〉 가사

윤수일은 〈사랑만은 않겠어요〉(1978, 안치행 작사 작곡)라고 노래한다. 이것도 미련을 표현하는 방식이다. 얼마나 괴로웠으면 그런 다짐을 할까. 통음한 이튿날 후회하며 술 끊겠다고 다짐하듯이? 그게 될까.

그런가 하면 윤종신의 〈너의 결혼식〉(1992, 박주연 작사, 정석원 작곡)은 남자들의 찌질함을 대변하는 노래다. 애인의 결혼식장까지 찾아가 우는 것은 참 뭐랄까, '찌질함의 종결자' 같은 모습이다.

"너 때문에 울지 않을래"

하지만 2000년 들어 이별 노래에도 변화가 시작되었다. 이별 노래는 곧 질질 짜는 노래라는 천편일률적 등식이 바뀐 것이다. 임현정은 〈사랑은 봄비처럼 이별은 겨울비처럼〉(2003, 임현정 작사 작곡)에서 상대의 이별 통보를 자못 꿋꿋이 견뎌내는 '나'를 노래한다.

묻지 않을게 니가 떠나는 이유
이제 사랑하지 않는다는 걸 알기에
야윈 너의 맘 어디에도
내 사랑 머물 수 없음을 알기에
이해해볼게 혼자 남겨진 이유
이젠 나의 눈물 닦아줄 너는 없기에
지금 나의 곁에 있는 건
그림자뿐임을 난 알기에
(중략)
기도해볼게 니가 잊혀지기를
슬픈 사랑이 다신 내게 오지 않기를
세월 가는 대로 그대로
무뎌진 가슴만 남아 있기를 (하략)

-〈사랑은 봄비처럼 이별은 겨울비처럼〉 가사

이 노래도 "왜 머물 순 없는지 떠나야 하는지"라고 야속해한다. 하지만 '님아, 그 강을 건너지 마오' 하며 애걸하는 식은 아니다. 그보다는 닥쳐온 이별을 담담히 받아들이려 애쓴다. 임현정의 다른 노래 〈첫사랑〉(2000)도 수채화처럼 담담하게 첫사랑을 추억한다. 그리고 "다시 누군가와 행복하기를"이라고 '지나버린 사랑 그대'에게 말한다. 화자에게 첫사랑은 이로써 "오래전 영화 속에 소설 속에 주인공 이름처럼 이제 아련한" 사람이 되었다. 내게 〈첫사랑〉이 깊은 인상을 주는 것은 이례적인 딕션(발음, 어법)이다. 노래 시작이 "햇살처럼 눈부시게 다가와…"인데 딕션은 "햇살처럼 눈부/ 시게다가와…"로 나온다. 통상적인 딕션을 깨뜨린 이 대목이 신선한 느낌을 준다.

브라운 아이즈의 〈점점〉(2002, 한경혜 작사, 윤건 작곡)을 들어보자. 이별한 뒤로 슬픔에 익숙해지고 편해져가는 자신을 고백한다. 이제 두렵고 불편한 건 "점점 너의 얼굴도 생각이 안 나고 내 슬픔도 멀어져 가는 것"이라는 사실이다.

점점 넌 멀어지나 봐 웃고 있는 날 봐
때론 며칠씩 편하게 지내
점점 널 잊는 것 같아 먼 일처럼
점점 넌 떠나가나 봐
하루는 미치고 다음 날이면 괜찮아졌어
다만 슬픔에 익숙해질 뿐인걸 점점
어쩌다 또 생각나 너를 그릴 때가 오면
숨 막히게 지쳐 애써 참아낼 수 있겠지
그렇게 널 버려 내 아픔도 점점
점점 넌 멀어지나 봐
그게 편해지나 봐 너의 얼굴도 생각이 안 나

점점 너를 버릴 것 같아 (하략)

–〈점점〉 가사

브라운 아이즈의 〈벌써 일 년〉(2001, 한경혜 작사, 윤건 작곡)도 이별 뒤에 부르는 노래다. 하지만 〈점점〉과는 반대로 여전히 너를 그리워한다. "일 년 뒤에도 그 일 년 뒤에도 널 기다려"라며.

이때까지는 젊은 세대의 이별 노래가 대체로 슬픔에 함몰되지 않고 이른바 '쿨'함을 유지하려는 모습에 머물러 있었다. 그러나 2010년에 들어와선 그 틀도 깨지는 것 같다. 쿨하려 애쓰는 단계를 넘어선다.

씨스타는 〈So Cool〉(2011, 용감한 형제 작사 작곡)에서 "웃기고 앉아 있네"라고 코웃음 친다. 날 버린 네가 불행해지라고 빌기까지 한다. 노래에서 보이는 이별에 대한 이런 태도 변화는 놀라울 정도여서 가히 혁명적이라 해도 지나치지 않다.

에일리가 부른 〈보여줄게〉(2012, 강은경 작사, 김도훈·이현승 작곡)는 실연의 상처를 준 상대를 원망하기보다 달라진 나를 보여주겠다는 의지를 보인다.

내가 사준 옷을 걸치고 내가 사준 향술 뿌리고
지금쯤 넌 그녈 만나 또 웃고 있겠지
그렇게 좋았던 거니 날 버리고 떠날 만큼
얼마나 더 어떻게 더 잘해야 한 거니
너를 아무리 지울래도 함께한 날이 얼마인데

지난 시간이 억울해서 자꾸 눈물이 흐르지만

보여줄게 완전히 달라진 나 보여줄게 훨씬 더 예뻐진 나

바보처럼 사랑 때문에 떠난 너 때문에 울지 않을래

더 멋진 남잘 만나 꼭 보여줄게 너보다 행복한 나

(중략)

니가 줬던 반질 버리고 니가 썼던 편질 지우고

미련 없이 후회 없이 잊어줄 거야 너를 잊을래 너를 지울래 (하략)

-〈보여줄게〉 가사

이별 노래의 변천사를 살펴봤다. 옛날 노래는 이별의 슬픔을 여과 없이—〈동백아가씨〉처럼 숨죽이며 슬픔을 삼키는 것도 있지만, 그것도 크게 보면 같은 범주다—토로하는 데 반해, 젊은 세대 노래는 이별을 냉정하게 받아들이고 의연해지려는 태도가 강하다. 젊은이들의 사랑이 덜 뜨거워져서일까. 아닐 것이다. 인터넷에서 '쿨한 이별 노래'를 검색해보니 수많은 노래를 소개하고 평한 글들이 올라와 있다. "헤어지고 슬픈 노래만 들으며 울다가 처량해 보여서 쿨한 노래들을 찾아 들으며 정리하기 시작했다"는 글도 눈에 띈다. 세대, 또는 시대가 다르다고 이별의 아픔도 달라질까. 표현 방식만 다를 뿐 본질은 똑같으리라.

맨 처음 고백, 애인 있어요

맨 처음 고백

대학 때 읽은 중급 러시아어 강독 책에 '중요한 대화(바쥐느이 라즈가보르)'라는 글이 나온다. 사랑을 고백하는 이야기다. 고백하기 위해 노심초사, 진땀 흘리는 심리 상태를 잘 묘사했다.

'오늘은 꼭 얘기할 거야.' 발로자는 다짐한다. 그런데 어디에서 해야 할까. 저녁때 극장에 갔는데 표가 없다. '차라리 잘됐어. 내가 사랑 얘기를 하려는데 영화에서도 사랑 얘기가 나오면 니나가 헷갈릴지도 몰라.' 카페로 간다. 발로자는 얘기를 어떻게 꺼내야 할지 고민하고 있는데 니나는 커피를 마시며 빤히 바라보기만 한다. 그러다 "새로 쓴 시가 있어?" 하고 묻는다. 기회다. 발로자는 최근 쓴 연애시를 들려주고 싶었다. 하지만 카페엔 손님이 많아 시를 읽는 소리가 옆자리까지 들릴 것 같다. 거리로 나온다. 날씨가 따뜻해 집까지 걸어가며 얘기를 하기에 딱 좋다. 한데 니나가 버스를 타고 가자고 한다. 발로자는 버스에서 내려 걸음을 세기 시작한다. 하나, 둘…, 열…, 스물. 천이 되면 꼭 얘기해야지. 니나가 말한다. "우리 아파트 엘리베이터가 고장이야." 잘됐다. 7층까지 걸어 올라가면서 얘기해야지. 그런데 엘리베이터는 아무 문제 없이 작동되었다. 불행한 저녁이다. 그러나 모든 게 발로자의 생각처럼 꼬인 건 아니었다. 5층까지 왔을 때 엘리베이터가 서버렸다. 두 사람은 오랫동안 갇혀 있었다. 그곳에서 마침내 발로자는 고백했다. 오래전부터 사랑하고 있다고.

사랑 고백은 일생일대의 사건이다. 그것 때문에 얼마나 많은 청춘이 망설이고 가슴 졸이며 고뇌하는가. 그런 영화나 소설 속 장면도 많다. 투르게네프의 소설 〈그 전날 밤〉(1860)에 나오는 고백 장면도 꽤 인상적이다. 러시아 귀족의 딸인 엘레나와 조국해방에 헌신하는 불가리아의 가난한 유학생 인사로프가 사랑에 빠진다.

인사로프와 엘레나는 비 오는 날 교회 근처에서 마주친다. 인사로프는 자기 처지를 알기에 조용히 떠나려던 참이었다. 엘레나가 먼저 사랑을 고백한다. "당신은 내가 당신을 사랑한다고 먼저 말할 수밖에 없게 만들고 있군요. 자, 봐요, 내가 말했어요." 이렇게 말하고는 그의 품에 몸을 던졌다. 한동안 둘이 껴안은 채 시간이 흐른다. 인사로프가 묻는다. "나와 어디든 갈 거야?" 엘레나가 답한다. "이 세상 끝까지. 네가 있는 곳에 나도 있을 거야." 인사로프는 그 자리에서 자신이 거지처럼 가난하고 러시아인이 아니라는 점, 엘레나가 조국을 떠나야 할 것이며 많이 고생할 것이라는 점, 엘레나의 부모가 결혼을 승낙하지 않을 것이라는 점 등 그들 앞에 놓인 문제점들을 열거한다. 여자는 대답한다. "다 알아…. 난 널 사랑해." 그렇게 두 사람은 사랑 고백에서 결혼 약속까지 일사천리로 진행한다. 요즘 연애감각으론 터무니없지만, 우리 또한 불과 한 세대 전만 해도 사랑 고백을 청혼으로 여기곤 했으니 그리 이상할 것 없다.

러시아어로 이 대목을 읽으면 두 사람의 대화에서 '당신(브이)'이라는 호칭이 어느 순간 '너(뜨이)'로 바뀌는 걸 관찰할 수 있다. 독일어와 프랑스어처럼 러시아어 2인칭은 반말과 존댓말을 구분해 쓰는데 사랑을 고백하면서 자연스럽게 반말로 바뀐다.

사랑 고백 노래로는 송창식의 〈맨 처음 고백〉(1974, 송창식 작사 작곡)이 고전적이다. 앞서 소개한 발로자처럼 기회를 엿보며 조마조마해하고 우물쭈물해하는 남자의 심리가 더없이 잘 그려졌다. 그러나 끝내 고백을 결행하지 못한다.

말을 해도 좋을까 사랑하고 있다고
마음 한 번 먹는 데 하루 이틀 사흘
돌아서서 말할까 마주 서서 말할까

이런저런 생각에 일주일 이 주일

맨 처음 고백은 몹시도 힘이 들어라

땀만 흘리며 우물쭈물 바보 같으니

화를 내면 어쩌나 가버리면 어쩌나

눈치만 살피다가 한 달 두 달 석 달 (하략)

-〈맨 처음 고백〉 가사

같은 앨범에 실린 〈한 번쯤〉도 비슷한 계열의 노래라 할 수 있다. 〈한 번쯤〉은 송창식 노래 중 가장 대중적 성공을 거둔 노래에 속한다. 트로트풍의 리듬과 멜로디가 섞인 곡조가 친근하고, 앞에서 걸어가며 말을 붙여주길 기다리는 여자와 뒤따라가며 뒤를 돌아보기를 기다리는 남자의 심정을 코믹하게 묘사한 덕이다.

이보다 훨씬 전에 끝내 고백을 못하고 만 청춘 남녀를 그린 노래가 있다. 〈갑돌이와 갑순이〉(1939, 김다인 작사, 김부해 작곡)다.

이 노래는 전통 음악과 서양 음악이 혼합돼 한때 대중음악의 주요 장르로 부상한 신민요다. 가사가 해학적이지만 음미해보면 자못 교훈적이기도 하다. 좋아하면서도 솔직히 고백하지 못하다간 땅을 치며 후회하게 된다는 것이다. 김세레나의 대표곡으로 우리 귀에 친숙한 이 노래는 실은 1939년에 발표된 원곡 〈온돌야화〉를 다듬은 것이었다.[1] 원곡 작곡자는 전기현(1909~1943?)으로 알려져 있다. 음악저작권협회엔 김부해(1918~1988) 작곡으로 나

1. 김창남 엮음, 〈대중음악의 이해〉, 한울, 2012, 이준희, 한국 대중음악의 출발, 트로트와 신민요, 259쪽.

와 있으나, 그가 〈대전 블루스〉(1959, 최치수 작사) 등을 작곡한 본격 활동 시기가 1950년대부터라는 점으로 미루어 그는 편곡자였던 것 같다. 김부해는 1965년 김세레나를 〈새타령〉(김부해 작곡)과 〈갑돌이와 갑순이〉로 데뷔시켰다.

고백이 힘든 건 김동률이 부른 〈취중진담〉(1996, 김동률 작사 작곡)에서도 마찬가지다. 하지만 여기선 끙끙 앓기만 하지는 않는다. 그런 노래가 통하는 시대는 지났다. 비록 술기운을 빌려서이지만 고백을 결행한다. 사랑 고백도 진화하는 걸 보여준다.

그래 난 취했는지도 몰라 실수인지도 몰라
아침이면 까마득히 생각이 안 나 불안해할지도 몰라
하지만 꼭 오늘 밤엔 해야 할 말이 있어
약한 모습 미안해도 술김에 하는 말이라 생각지는 마
언제나 네 앞에 서면 준비했었던 말도
왜 난 반대로 말해놓고 돌아서 후회하는지
이젠 고백할게 처음부터 너를 사랑해왔다고
이렇게 널 사랑해
어설픈 나의 말이 촌스럽고 못 미더워도
그냥 하는 말이 아냐
두 번 다시 이런 일 없을 거야
아침이 밝아오면
다시 한 번 널 품에 안고 사랑한다 말할게

자꾸 왜 웃기만 하는 거니 농담처럼 들리니
아무 말도 하지 않고
어린애 보듯 날 바라보기만 하니 (하략)
-〈취중진담〉 가사

유튜브에 오른 이 노래에 누군가 댓글을 달면서 자신의 사연을 적었다. 중학교 때 짝사랑한 여자아이에게 고3 때에야 고백을 했다는 것이다. 결과는 거절이었다. 그렇지만 이 노래 덕분에 용기를 냈고 고백한 것을 후회하지 않는다고 했다. 이 댓글에 대해서 '못해서 후회하는 것보다 하고 후회하는 것이 낫다. 홧팅!'이라는 반응이 많았다.

애인 있어요

독특한 사랑 고백도 있다. 이은미의 〈애인 있어요〉(2005, 최은하 작사, 윤일상 작곡)는 〈맨 처음 고백〉처럼 독백 형태의 고백이지만 훨씬 내밀한 방식으로 진행된다. 화자는 '애인 있어요'라고 해놓고 제3자 얘기처럼 애인의 정체를 드러내지 않다가 마지막에 가서야 '그대'라고 털어놓는다. '그대'는 어지간히도 무심한 성격인 듯하다. 요즘도 애인 없이 지내냐고 묻지를 않나, 좋은 사람 소개해주겠다고 하질 않나. 그러니 화자는 가슴앓이를 하면서 '너무 소중해 꼭 숨겨두었다'고 독백하는 수밖에 없다.

아직도 넌 혼잔 거니 물어보네요

난 그저 웃어요
사랑하고 있죠 사랑하는 사람 있어요
그대는 내가 안쓰러운 건가 봐
좋은 사람 있다며 한번 만나보라 말하죠
그댄 모르죠 내게도 멋진 애인이 있다는 걸
너무 소중해 꼭 숨겨두었죠
그 사람 나만 볼 수 있어요 내 눈에만 보여요
내 입술에 영원히 담아둘 거야
가끔씩 차오르는 눈물만 알고 있죠
그 사람 그대라는 걸 (하략)

-〈애인 있어요〉 가사

그러나 역시 고백은 고백이다. 본질은 변함없다. 태연이 부른 〈만약에〉(2008, 송재원 작사, 김준범·이창희 작곡)는 거절에 대한 두려움 등 고백을 하고 난 뒤에 벌어질 일에 대한 번민으로 가득 찬 노래다. 이런저런 경우의 수를 생각할 수밖에 없는 처지를 〈만약에〉라는 제목이 함축적으로 보여준다.

고백 하면 보통 처음 하는 고백을 의미하지만, 이미 사랑에 빠진 사람이 표현을 달리해 '고백'할 수도 있다. 이선희는 〈알고 싶어요〉(1986, 양인자 작사, 김희갑 작곡)에서 "깊은 밤에 홀로 깨어 눈물 흘린 적 없나요/ 때로는 일기장에 내 얘기도 쓰시나요"라고 노래했다. 그가 내 얘기를 일기장에 썼다는 건 움직일 수 없는 사랑의 징표일 터인데, 사랑하면 그런 것까지도 궁금해지는 법이다.

이영현은 〈사랑은 이렇게〉(2012, 개미·태윤미 작사, 개미 작곡)에서 문득 상대를 사랑하게 되었다는 사실을 깨닫는 순간을 "어느 날의 너를 내 안에 채워가고"라고 노래하는데 절묘한 표현이라는 생각이 든다. 분명한 건 사랑이 떠나가면 모든 게 끝난 거다. 그 마음을 이문세는 〈붉은 노을〉(1988, 이영훈 작사 작곡)에서 이렇게 노래했다. "난 너를 사랑하네 이 세상은 너뿐이야/ 소리쳐 부르지만 저 대답 없는 노을만 붉게 타는데."

에레나, 금순이, 화, 경상도 아가씨

순희와 순이

때로는 이름 하나가 상상력을 모락모락 피어오르게 한다. 노래 속에 나오는 여인의 이름이 그렇다. 안다성이 부른 〈에레나가 된 순희〉(1958, 손로원 작사, 한복남 작곡)는 제목부터 강한 상상력을 발동시킨다. 순희 하면 어떤 느낌이 드나. 옛날에 아주 흔했던 여자 이름이다. 바둑이, 영희, 철수와 함께 초등학교 국어책에도 너무 많이 나와 고유명사라기보단 보통명사 같은 이름이다. 노래에선 그 순희가 에레나라는 서양 이름을 쓰는 여자가 됐단다. 대체 무슨 곡절이 있었길래?

가사에 따르면 순희는 한국전쟁을 겪은 뒤 어찌어찌하다 카바레 댄서가 된 여인이다. 이 여인은 과거엔 "석유 불 등잔 밑에 밤을 새면서 실패 감던", "시집간 열아홉 살 꿈을 꾸면서 노래하던"

순희였다. 노래에서 밝히진 않았지만 이 역전 카바레는 미군을 상대하는 곳일 성싶다. 거기서 이름조차 에레나로 바뀐, 말소리도 이상하게 달라진 순희가 오늘 밤도 춤을 추고 있다. 가끔씩 목이 메어 울기도 하면서 말이다. 곡은 흔치 않은 탱고 리듬이다. 강렬한 탱고 악센트와 트로트의 결합이 도리어 구슬픈 느낌을 준다. 가슴 찡하게 한다.

그날 밤 극장 앞에 그 역전 캬바레에서
보았다는 그 소문이 들리는 순희
석유 불 등잔 밑에 밤을 새면서
실패 감던 순희가 다홍치마 순희가
이름조차 에레나로 달라진 순희 순희
오늘 밤도 파티에서 춤을 추더라

–〈에레나가 된 순희〉 1절 가사

에레나는 엘레나의 일본식 발음이다. 오림픽, 부르스 등 이른바 '식민지 발음'인데, 이런 발음이 묘하게 옛날 맛을 낼 때가 있다. 이 여자 이름도 서양에선 흔한 것이다. 프랑스엔 대담하고 지적인 연주로 이름난 엘렌 그리모Helene Grimaud라는 피아니스트가 있다. 영어권에서 쓰는 이름 헬렌도 어원이 같다. 하지만 이 이름이 가장 흔한 나라는 러시아다. 러시아에서 엘레나는 우리의 순희처럼 평범한 이름이다(러시아어로 정확한 발음은 '옐레나'다). 차이라면 우리는 이런 '고전적' 이름이 거의 사라진 반면 러시아엔 여전히 많다. 부를 땐 주로 레나라는 애칭을 쓴다.

순희인가, 순이인가. 정확한 이름이 헷갈려 확인해보니 음악저작권협회엔 이 곡이 두 이름으로 모두 등록돼 있다. 하긴, 순희면 어떻고 순이면 어떠랴. 이 지극히 한국적인 이름은 옛날 우리들의 딸, 누이, 애인의 통칭이나 마찬가지였는데….

최선옥 시인이 지난해 7월 웹에 올린 〈순이〉라는 글을 소개한다.

> "메리나 해피도 있는데 하필 순이가 뭐예요?"
>
> 강아지 이름이 촌스럽다고 아이가 불만입니다.
>
> "순이가 어때서. 갓 한글 튼 일학년, 국어책의 순이와 영희와 철수는 얼마나 정겨웠는데."
>
> 그러고 보니, 애달픈 순이도 있었네요. 공장이며 담 높은 집으로 불려가던 어린 순이들.
>
> 편물기에 실 짱짱하게 엮던 손, 한 올 한 올 가발을 심던 손, 빨래를 하던 작은 손이 아껴 모은 목돈을 생계비며 오라비 학비로 보내던 눈물겨운 순이들이었습니다. (중략)
>
> 어느 이웃 할머니의 성함이 하필 우리 집 순이와 같아서 멋쩍게 웃다가 귀한 순이, 고마운 순이에 대해 생각해봤습니다.

〈에레나가 된 순희〉는 다른 노래 〈댄서의 순정〉(김영일 작사, 김부해 작곡, 박신자 노래)을 연상케 한다. 1959년 나온 음반엔 '땐사의 純情'이라는 고풍스러운 이름이 붙어 있다. 이 댄서에겐 이름이 없다. 그저 좋든 싫든 춤춰야 하는 게 팔자다.

이름도 몰라요 성도 몰라
처음 본 남자 품에 얼싸 안겨
푸른 등불 아래 붉은 등불 아래
춤추는 댄서의 순정
그대는 몰라 그대는 몰라 울어라 색소폰아 -〈댄서의 순정〉 1절 가사

이 노래는 1970년대 중반 김추자 등 여러 가수가 리메이크해 대학가를 중심으로 크게 유행했다. 트로트곡치고는 이례적 성공이었다. 대학생들이 이 곡을 역설적인 사회풍자로 받아들여 애창한 것이다. 이렇게 되자 당시 방송윤리위원회는 '무드와 가사가 저속하다'는 이유로 방송금지 처분을 내렸다.

순이라는 이름은 김민기가 만든 〈강변에서〉(1974)에도 나온다. 어린 여자 공장노동자 순이의 고단한 퇴근길을 그린 노래다.

서산에 붉은 해 걸리고 강변에 앉아서 쉬노라면
낯익은 얼굴이 하나 둘 집으로 돌아온다
늘어진 어깨마다 휑한 두 눈마다
붉은 노을이 물들면 왠지 맘이 설레인다
강 건너 공장의 굴뚝엔 시커먼 연기가 펴오르고
순이네 뎅그런 굴뚝엔 파란 실오라기 펴오른다

바람은 어두워가고 별들은 춤추는데

건너 공장에 나간 순이는 왜 안 돌아오는 걸까 (하략) -〈강변에서〉 가사

공장 굴뚝의 시커먼 연기와 순이네 뎅그런 굴뚝의 파란 실오라기 연기를 대비시킨 게 돋보인다. 한 폭의 풍경화 같은 노래다. 송창식이 취입한 1974년 음반을 들어보면 후렴 부분의 '열여섯 살 순이'를 '열아홉 살 순이'로 바꿔 부르고 있다. 당시 공연윤리위원회가 '근로기준법상 열여섯 살은 취업을 할 수 없다'는 이유로 개작을 지시했기 때문이었다. 서슬 퍼런 유신 아래서 열여섯 살 순이는 제 나이조차 솔직히 밝힐 수 없었던 것이다.

순이가 등장하는 노래는 이것 말고도 많다. 〈순이 생각〉(1978)은 오랜만에 고향을 찾는 화자가 사랑하는 여자와 재회할 설렘을 노래한다. 오매불망 시골에서 그를 기다리는 여자가 바로 순이다. 만약 그 이름이 경아나 희야였다면? 도무지 안 어울렸을 것이다. 백영규가 작사 작곡했고 그가 속한 혼성 듀오 '물레방아'가 불렀다. 송대관이 부른 노래에도 〈우리 순이〉(1990, 진남성 작사 작곡)가 있다. 이 곡 속의 순이는 백영규가 부른 순이와는 달리 '가난했다는 그 한 가지 이유로 서울로 간 순이'다. '아무것도 모르는 순진한 여자'다. 그런데 소식이 끊겼다. 화자는 그래서 절규한다. "난 찾아야 해 우리 순이"라고. 김국환도 꽃순이라는 여자를 찾는 노래를 불렀다. 〈꽃순이를 아시나요〉(1988, 김중순 작사, 김희갑 작곡)에서 "꽃순이를 아시나요 꽃처럼 어여쁜 꽃순이/ 나의 눈에 이

슬 남기고 내 곁을 떠나간 꽃순이"라고 슬퍼한다.

우리 가요의 '고전' 반열에 든 노래 〈굳세어라 금순아〉(1953, 강사랑 작사, 박시춘 작곡, 현인 노래)도 헤어진 여자를 찾는 노래라는 점은 같다. 그러나 이들을 헤어지게 만든 건 전쟁이다. 가사에서 금순이가 애인인지 피붙이인지도 분명치 않다. 하기야 죽느냐 사느냐의 극한 상황 속에서 사랑 타령은 사치스러운 감정이었을 게다. 가족이든 사랑하는 사람이든 전쟁 통에 뿔뿔이 흩어져 생사를 알 길이 없는 피난민들의 절박한 심정이 녹아 있다.

눈보라가 휘날리는 바람 찬 흥남부두에
목을 놓아 불러봤다 찾아를 봤다
금순아 어디로 가고 길을 잃고 헤매었던가
피눈물을 흘리면서 일사 이후 나 홀로 왔다

일가친척 없는 몸이 지금은 무엇을 하나
이 내 몸은 국제시장 장사치기다
금순아 보고 싶구나 고향 꿈도 그리워진다
영도다리 난간 위에 초생달만 외로이 떴다

—〈굳세어라 금순아〉 1·2절 가사

금순이는 흥남철수 때 헤어진 걸로 보인다. 중공군의 한국전쟁 참가로 전세가 뒤집히자 1950년 말 유엔군과 민간인 수십만 명이 흥남항을 통해 탈출해 부산에 정박했다. 이듬해 1월 4일에는 서울마저 중공군에 빼앗기게 된다. 노랫말의 '흥남부두' '일사(후퇴)'는 물론 '국제시장' '영도다리' 모두 한국전쟁의 비극이 녹아든 단어들이다. '금순이'라는 이름도 거기에 포함될 만하다. 이 노래가 전쟁 참상을 매우 실감나게 묘사한 덕에 '국민가요'급 인기를 누렸다고 하니까. 가요평론가 이영미는 '흥남부두의 금순이는 어디로 갔을까'라는 독특한 제목의 가요비평 책을 쓰기도 했다. 정말 궁금하지 않은가. 그때 그 금순이는 어디서 무얼 하고 살았을까.

진짜 금순이를 찾으려는 노력도 실제로 있었다. 부산 〈국제신문〉은 2014년 초 남북 이산가족 중 실제 이름이 금순이인 사람을 찾기 위한 취재를 했다. 대한적십자사에 따르면 당시 이산가족 상봉 신청자 12만 9천35명 중 생존자는 7만 2천491명으로, 생존자 가운데 이름이 '금순'인 북의 어머니나 누이를 찾는 신청자는 무려 1천250명에 이르렀다. 북의 가족을 찾는 '금순'이라는 이름의 남쪽 신청자도 272명 있었다.[1]

태진아의 〈옥경이〉(1989, 조운파 작사, 임종수 작곡)에서 이런 질문에 묵묵부답인 옥경이라는 여인을 만날 수 있다. 그는 고향, 이름, 어디서 어떻게 살았는지 물어봐도 일절 대답하지 않는다. 태진아는 약동적인 스윙 리듬의 이 곡을 고생한 아내에 대한 미안함과 애모의 심정으로 노래해 큰 성공을 거뒀다. 태진아는 "집사람 이름으로 만든 노래고, 1988년 미국에서 돌아와 재기에 성공해 오늘을 만들어준 노래"라며 이 곡에 대한 고마운 심정을 밝힌다.

방실이가 부른 〈서울탱고〉(1990, 소산 작사, 방기남 작곡) 속 여인도 옥경이와 비슷한 과거사 침묵형이다. 다만 '아무것도 묻지 말고 술이나 한잔 하고 가라'는 적극적 체념 같은 게 느껴진다.

화, 경상도 아가씨

1970년대 포크음악에도 꼭 소개해야 할 여자 이름이 있다. 노래 제목이기도 한 〈화〉다. 1972년 백순진이 작사 작곡했고, 듀엣 4월과 5월이 불렀다. 조금은 독특한 외자 이름을 쓴 탓에 오해를 피하기 위해서였는지 앨범엔 '和'라는 한자명까지 병기돼 있다. 곡 서두의 '라라(한 옥타브 위)미솔라라'가 네 번 반복되는 기타 리프가 개성 있다. 가사도 서정성이 뛰어나다. 사랑에 빠지면 세상이 온통 그 남자 그 여자와 관계있는 게 되는 법이다. 그러니 동그란 반지를 봐도 떠오르는 건 화의 얼굴이다. 이런 걸 감정이입이라고 한다. 이 대목은 잘 알려진 국민적 가곡 〈얼굴〉(1967, 심봉석 작사, 신귀복 작곡)을 연상케 한다("동그라미 그리려다 무심코 그린 얼굴/ 내 마음따라 피어나던 하아얀 그때 꿈을/ 풀잎에 연 이슬처럼 빛나던 눈동자/ 동그랗게 동그랗게 맴돌다 가는 얼굴").

너와 맹세한 반지 보며
반지같이 동그란 너의 얼굴 그리며

1. "신 영도다리…만남과 부활 〈상〉 금순이를 찾아서, 누이야 살아있다면 예서 만나자-영도다리는 오늘도 기다린다", 국제신문 웹페이지 2014년 1월 21일자.

오늘도 젖은 짚단 태우듯 또 하루를 보냈다
오늘도 젖은 짚단 태우듯
너와 맹세한 반지 보며
반지같이 동그란 너의 얼굴 그리며
오늘도 애태우며 또 너를 생각했다
오늘도 애태우며
이대로 헤어질 순 없다
화가 이 세상 끝에 있다면
끝까지 따르리 그래도 안 되면
화 안 된다 더 가지 마

-〈화〉 가사

'젖은 짚단 태우듯'도 절묘한 표현이다. 이에 대해 '뱅쿠버 사는 영만리 촌놈'이라는 블로거가 이런 글을 올렸다. "이 가사를 듣고 놀랐다. 어떻게 젖은 짚단을 태워보았지? 촌에서 젖은 짚단 태우는 게 얼마나 힘들고 눈물겨운 일인지 안 해본 사람은 모르는데, 저런 말이 노래 가사에까지 나오다니…."

노래엔 이름이 없거나 모르는 여인들도 많이 나온다. 이장희는 〈애인〉(1973)에서 '눈이 몹시 커다란 이름 모를 아가씨'와의 이별을 슬퍼했다. 김정호는 '말없이 기다리다 쓸쓸히 돌아서서' 떠나가는 〈이름 모를 소녀〉(1974)의 뒷모습을 그렸다. 하지만 내게 더욱 강렬한 기억으로 남아 있는 노래는 둘다섯의 〈긴 머리 소녀〉(1975, 손철·이두진 작사, 이두진 작곡)다. 젊은 시절 이 노래를 들을 땐 황순원의 단편소설 〈소나기〉 속 장면들이 머릿속에 떠오르곤 했다. 어쩐지 분위기가 닮았기 때문이다. 비, 개울, 징검다리 같은 노랫말이 그렇다. 소설 속 소녀는 단발머리를 나풀거리는데 노래에선 긴 머리 소녀인 게 다르긴 했지만.

나는 이 글을 쓰면서야 그 느낌이 맞았음을 확인했다. 둘다섯의 이두진이 "이 노래가 소설 〈소나기〉의 윤 초시네 증손녀를 모델로, 소설 내용을 압축적으로 담아낸 것"이라고 밝혔던 사실을 알았기 때문이다. 그는 동시에 이 노래에는 집을 떠나 도회의 공단에서 일해야 했던 어린 농촌 소녀들을 위한 뜻도 담았다고 밝혔다.

빗소리 들리면 떠오르는 모습
달처럼 탐스런 하얀 얼굴
우연히 만났다 말없이 가버린
긴 머리 소녀야
눈먼 아이처럼 귀먼 아이처럼
조심 조심 징검다리 건너던
개울 건너 작은 집의 긴 머리 소녀야
눈 감고 두 손 모아 널 위해 기도하리라

-〈긴 머리 소녀〉 가사

역시 이름은 안 나오지만 노래에서 중요한 역할을 하는 정 많은 여성이 있다. 한국전쟁 중인 1953년 피란지 부산에서 박재홍이 부른 〈경상도 아가씨〉(손로원 작사, 이재호 작곡)에 나오는 여성이다.

사십 계단 층층대에 앉아 우는 나그네
울지 말고 속 시원히 말 좀 하세요
피난살이 처량스러 동정하는 판잣집에
경상도 아가씨가 애처로워 묻는구나
그래도 대답 없이 슬피 우는 이북 고향 언제 가려나

고향길이 틀 때까지 국제시장 거리에
담배장사 하더래도 살아보세요
정이 들면 부산항도 내가 살든 정든 산천
경상도 아가씨가 두 손목을 잡는구나
그래도 뼈에 맺힌 내 고장이 이북 고향 언제 가려나

-〈경상도 아가씨〉 1·2절 가사

이 노래를 들으면서 무엇보다 와 닿는 건 이 경상도 아가씨의 따뜻한 마음씨다. 그 마음씨가 가사 곳곳에 배어 있다. 그래서 노래의 주인공은 이북이 고향인 피난민이지만 중심인물은 제목대로 경상도 아가씨다. 지금은 거의 안 쓰는 말이지만 옛날엔 계단을 층층대라고들 했다. 피난 온 나그네가 바로 그 '층층대'에 앉아 울고 있자 경상도 아가씨가 다가와 위로의 말을 건넨다. 국제시장에서 담배장사든 뭐든 해서라도 꿋꿋하게 살라고 격려해준다. 전쟁 통에 누군들 편안한 사람이 있겠냐만 그녀는 손목을 잡고 함께 울어주기까지 한다. 상대의 힘든 처지에 진심으로 공감해주는 모습이다.

지금도 부산 중심가인 중앙동엔 이 노래의 모델이 된 40계단이 남아 있다. 그곳엔 이 노래 1절 가사가 적혀 있는 '사십계단기념비'가 세워졌다. 세월이 흐르면 노래만 남고 자취는 사라지는 법이다. 하지만 이곳은 노래의 자취도 함께 보존된 경우다. 곡조는 구슬프지만 리듬은 역설적으로 경쾌하다. 특히 '피난살이 처량스러 동정하는 판잣집에' 부분에선 절묘한 엇박자를 구사해 노래의 맛을 더했다. '조선의 슈베르트'로 불렸던 작곡가 이재호(1919~1960)의 재능이 돋보인다.

한국전쟁을 소재로 한 가요로 〈굳세어라 금순아〉와 쌍벽을 이루는 것이 〈이별의 부산 정거장〉(1954, 유호 작사, 박시춘 작곡, 남인수 노래)이다. 이 곡에도 경상도 아가씨가 나온다. 쓰라린 피난살이를 마치고 환도 열차로 떠나는 부산역에서의 이별 풍경을 절절하게 그려냈다. 경상도 아가씨는 여기서도 울고 있다. 모진 세월을 겪으며 쌓인 정 때문이었을까. 2절은 그 심정을 안다는 듯 "기적도 목이 메어 소리 높이 우는구나"고 한 술 더 뜬다.

보슬비가 소리도 없이 이별 슬픈 부산 정거장
잘 가세요 잘 있어요 눈물의 기적이 운다
한 많은 피난살이 설움도 많아 그래도 잊지 못할 판잣집이여
경상도 사투리의 아가씨가 슬피우네 이별의 부산 정거장

-〈이별의 부산 정거장〉 1절 가사

친구와 우정 노래

흔들린 우정과 잘못된 만남

삶에서 가장 소중한 인간관계는 무엇일까. 부부·부모 자식·형제자매·스승과 제자·애인·친구 사이 정도를 꼽을 수 있겠다. 우선순위는 사람마다 그리고 때에 따라 달라지겠지만, 맨 마지막에 꼽았다고 해서 친구가 소중하지 않다고 말할 사람은 없으리라. 그렇다면 남녀 간의 사랑과 친구 사이의 우정 중 뭐가 더 중요할까. 둘을 비교하는 것 자체가 의미 없는 짓이겠지만, 사랑보다 더 스스럼없는 게 우정이라고 말할 수 있지 않을까. 가령 사랑에서 비롯한 고통, 괴로움마저 털어놓을 수 있는 상대가 친구이고 그걸 가능하게 만드는 것이 우정이라고 말이다.

보컬그룹 피노키오가 1992년 부른 〈사랑과 우정 사이〉(오태호 작사 작곡)는 우정으로 알고 만나던 남녀가 어느 순간 사랑으로 발전한 걸 불현듯 깨닫고 당황스러워하며 상대를 떠나는 아픈 심정을 섬세하게 그려냈다. 이 노래는 남녀 간의 우정이 과연 지속 가능한 거냐는 해묵은 논쟁을 지폈음직도 하다. 세대에 따라 생각이 다를지 모른다.

머리를 쓸어 올리는 너의 모습
시간은 조금씩 우리를 갈라놓는데
어디서부턴지 무엇 때문인지
작은 너의 손을 잡기도 난 두려워
어차피 헤어짐을 아는 나에게
우리의 만남이 짧아도 미련은 없네
누구도 널 대신할 순 없지만
아닌 걸 아닌 걸 미련일 뿐
멈추고 싶던 순간들 행복한 기억
그 무엇과도 바꿀 수가 없던 너를
이젠 나의 눈물과 바꿔야 하나
숨겨온 너의 진심을 알게 됐으니
사랑보다 먼 우정보다는 가까운
날 보는 너의 그 마음을 이젠 떠나리
내 자신보다 이 세상 그 누구보다
널 아끼던 내가 미워지네 (하략)

–〈사랑과 우정 사이〉 가사

사랑과 우정 사이에서의 갈등은 특이한 소재이긴 하지만 이 계열의 노래도 몇 곡 발견할 수 있다. 1985년 양하영이 부른 〈친구라 하네〉(강영철 작사 작곡)는 이런 노래의 원조격이 아닌가 한다.

사랑이라 말하지 못하고 그저 친구라 하네
긴 날을 마주 보며 살아도 친구라 하네
사랑이라 말하면 가슴 떨림 다신 없을까 봐
느낌 곱게 간직하며 그저 친구라 하네
인연 인연보다 강한 운명 운명보다
더 따뜻한 신의 사랑으로 만나
서로 호흡이고 서로 느낌 되고
서로 닮아가며 서로가 전부인 친구
(중략)
긴 세월 지나가도 사랑을 친구라 하네
사랑이라 말하면 가슴 떨림 다신 없을까 봐
사랑이야

-〈친구라 하네〉 가사

노래 마지막은 탄식 같은 '사랑이야(도시도라)'로 마무리되면서 긴 여운을 남긴다. 이렇게 사랑을 사랑이라 말 못하고 그저 친구로, 아니면 동료나 선후배로 치부하며 괴로워하는 관계가 요즘도 있을까. 있을 것이다. 마음의 흐름은 시대와 상관없이 비슷한 거니까. 2AM이 2009년 부른 〈친구의 고백〉(박진영 작사 작곡)이 그렇다.

여기서 방향을 약간 틀어, 여자 때문에 우정에 금이 가게 되는 상황도 노래는 놓치지 않는다. 홍경민의 〈흔들린 우정〉(2000, 김창환 작사 작곡)이 그런 스토리인데 막판에 뉘우치고 우정과 의리를 선택한 게 대견하긴 하다.

> 아냐 이게 아닌데 왜 난 자꾸만 친구의 여자가 좋을까
> 이러면 안 되지 하면서 왜 내 맘속엔 온통 그녀 생각뿐일까
> 친구 몰래 걸려온 그녀의 전화가 난 왜 이리도 설레일까
> 냉정하게 거절하면 되는데 왜 난 그녀를 거절하지 못할까
> 정말 난 미치겠어 나도 나를 잘 모르겠어
> 오랜 친구와의 우정을 외면한 채 여자 땜에 흔들리는 게
> 너무나 괴로워 나만 포기하면 되는데 (하략)
>
> -〈흔들린 우정〉 가사

재미있는 건 다운타운 디제이 출신 김창환이 앞서 작사 작곡한 김건모의 〈잘못된 만남〉(1995)도 신세대적 삼각관계가 소재였다는 점이다. 이 곡이 들어 있는 김건모의 3집은 280만 장이 팔려 기네스북에 올랐다. 평론가 임진모의 말이다. "〈잘못된 만남〉이 그만큼 사랑을 받을 수 있었던 것은 신세대들의 사랑법을 잘 그렸기 때문입니다. 내가 좋아하는 여자가 있는데 알고 보니 그 여자가 내 친구랑 사귀고 있더라…. 이건 그 당시 우리나라 노래 가사

에서는 찾아볼 수 없는 자유분방한 모습이거든요. 그렇기 때문에 청춘들이 더 열광하지 않았나 싶습니다."[1]

휴식 같은 친구의 우정

그러나 지금까지는 친구와 우정의 본령을 담은 노래라고 하기는 어렵다. 이성 친구에게 우정을 넘어선 연애감정을 갖게 되는 것은 때로 있을 수 있는 일이고 잘못된 것이랄 수도 없다. 다만 친구에 관한 진짜 좋은 노래는 따로 있다는 말이다. 김민우가 부른 〈휴식 같은 친구〉(1990, 박주연 작사, 하광훈 작곡)는 여자 친구가 남자들의 우정이란 어떤 건지 궁금해하는 것으로 말문을 연다. 노래 전반부는 슬로 템포로 진행되다가 간주가 흐른 뒤 후렴 "너는 언제나 나에게 휴식이 되어준 친구였고(미미미레미파/파미파레레레미파미)"부터 빨라진다. 강한 드럼 비트가 뒷받침해준다. 이런 템포 변화는 필요할 때 서로 힘이 돼주는 친구 사이를 표현하기 위한 것 같다. 정말이지, 살다 보면 그런 친구가 그립다. 쑥스러워 말은 안 해도 내심 자랑스러운 마음이 드는, 미더운 친구….

내 좋은 여자 친구는 가끔씩
나를 보면 애길 해달라 졸라대고는 하지
남자들만의 우정이라는 것이
어떤 건지 궁금하다며 말해달라지
그럴 땐 난 가만히 혼자서 웃고 있다가

너의 얼굴 떠올라 또 한 번 웃지
언젠지 난 어둔 밤길을 달려
불이 꺼진 너의 창문을 두드리고는 들어가
네 옆에 그냥 누워만 있었지
(중략)
너는 언제나 나에게 휴식이 되어준 친구였고
또 괴로웠을 때는 나에게 해답을 보여줬어
나 한 번도 말은 안 했지만 너 혹시 알고 있니
너를 자랑스러워한다는 걸 (하략)

-〈휴식 같은 친구〉 가사

최백호가 부른 〈영일만 친구〉(1979, 김명원 작사, 최백호 작곡) 속의 친구는 바다가 좋아 바닷가에서 산다. 가사엔 생략돼 있어도 말이 적고 가슴은 따뜻한 친구일 거라는 느낌이 온다.

바닷가에서 오두막집을 짓고
사는 어릴 적 내 친구
푸른 파도 마시며
넓은 바다의 아침을 맞는다
누가 뭐래도 나의 친구는 바다가 고향이란다
갈매기 나래 위에 시를 적어 띄우는

1. Mnet 레전드 100 송 제작팀, 〈레전드 100송〉, 스코어, 2014, 401쪽.

젊은 날 뛰는 가슴 안고
수평선까지 달려나가는 돛을 높이 올리자
거친 바다를 달려라 영일만 친구야 (하략)

-〈영일만 친구〉 가사

이숙의 〈우정〉(1974, 길옥윤 작사 작곡)은 학교를 졸업하며 작별하는 친구들에게 우정을 간직하자고 다짐하는, 참 고전적인 노래다. 그때 뿔뿔이 흩어졌던 친구들은 지금 어디서 어떻게들 살고 있는지… 보고 싶다.

오 사랑하는 친구 즐거웠던 날들
꽃 피고 지는 학원 꿈같이 지냈네
세월은 흘러가고 작별의 날이 왔네
젊은 새처럼 높이 다 같이 날으네
우리들의 우정을 깊이 간직하자
행운을 빌며 안녕 친구여 안녕

-〈우정〉 1절 가사

비슷한 시기에 나온 이용복의 〈친구〉(1973, 김영광 작사 작곡)도 학창시절 친구를 그리워하는 노래다.

나에겐 진정한 친구가 있었네 나에게 둘도 없는
그러나 그 친구 내 곁을 떠나갔네
내 마음 아직도 다정한 꿈만을 생각하고 있는데

내 친구 지금은 어디서 무엇할까
즐겁던 학창시절 돌이켜 생각하니
내 마음 옛날같이 변함없건만
친구야 친구야 어디에 있느냐 소식을 전해다오
친구들 지금은 어떻게 변했을까

-〈친구〉 가사

박상규가 부른 〈친구야 친구〉(1977, 전우 작사, 이복윤 작곡)도 친구 노래의 명곡 반열에 들 만하다. 박상규는 그야말로 친구 같은 목소리, 친근한 창법으로 이 노래를 소화했다. 그는 2013년 작고했는데, 조영남은 그를 대단한 술꾼으로 회고한다. "상규 형은 여러 가지 면에서 탁월한 구석이 있었다. 우선 술이 바닥날 때까지 마신다. 시간이 얼마나 소비되건 그건 문제가 아니다. 닭 똥구멍처럼 입을 모아 안주를 씹는데 뭐 안주랄 것도 없이 밥상 위에 놓인 모든 음식을 다 끝까지 먹어치운다. 불가사의하게 술과 음식이 한 입으로 한도 끝도 없이 들어간다."[2] 이 노래를 들으면 그가 이런 식으로 술을 마시며 친구들과 얼마나 유쾌하게 어울렸을지 눈에 선하다.

여보게 친구 웃어나 보게
어쩌다 말다툼 한번 했다고 등질 수 있나

2. 조영남 · 이나리, 〈쎄시봉 시대〉, 민음인, 2011, 78쪽.

아지랑이 언덕에 푸르러간 보리 따라
솔향기 시냇가에서 가재를 잡던
아하 자네와 난 친구야 친구
여보게 친구 웃어나 보게
(중략)
개구쟁이 시절엔 누가 컸나 키를 재며
동구 밖 황토길에서 공차기 하던
아하 자네와 난 친구야 친구 (하략)

–〈친구야 친구〉 가사

박효신이 부르고 김범수가 피처링으로 참여한 〈친구라는 건〉(2004, 한경혜 작사, 황찬희 작곡)은 신세대 감각을 살린 친구 노래다. 졸업 뒤 술집에서 오랜만에 만난 두 친구가 앞으로 우정 변치 말자고 다짐한다. 부디 그렇게 됐으면 좋겠다. 결혼해서 아이를 낳고 살다 보면 젊은 시절 친구와 나누었던 호연지기는 어느새 사라져버린다. 그리고 아련한 추억만 남기 십상인 것이다.

3장

노랫말은 시일까

노랫말은 시일까

시인들이 좋아하는 가요, 〈봄날은 간다〉

노랫말이 뛰어난 서정성을 보일 때 '시적詩的'이라거나 한 편의 서정시 같다고 한다. 이 말에는 노랫말과 시를 동일시하는 생각이 담겨 있다. 정말로 노랫말과 시는 같은 걸까. 이 물음에 답하려면 우선 시가 무엇인지부터 따져봐야 한다. 시는 감흥과 생각을 함축적이고 운율적인 언어로 표현한 것이다. 이 정의에 따른다면 노랫말은 얼마든지 시가 될 수 있다. 먼저 잘 알려진 서정시 한 수를 읊는 것으로 시작하자.

송홧가루 날리는
외딴 봉우리
윤사월 해 길다

꾀꼬리 울면
산지기 외딴집
눈먼 처녀사
문설주에 귀 대고
엿듣고 있다

박목월 시인의 〈윤사월閏四月〉이라는 시다. 1946년에 출간한 〈청록집〉에 실렸다. 7·5조의 운율로 봄철 깊은 산골의 정경을 한 폭의 그림처럼 그려냈다. 이를 위해 '송홧가루, 꾀꼬리, 산지기 외딴집, 문설주' 등 향토적 정감이 짙은 시어를 선택했다. 여기에 눈먼 처녀가 등장한다. 그는 필시 가난한 처지일 산지기의 과년한 딸인데 앞을 못 본다. 그 처녀가 문설주에 귀를 대고 꾀꼬리의 울음소리를 엿듣고 있다. 좋은 봄날, 세상에서 고립된 채. 어떤 느낌이 드나. 토속적이면서 적막한 분위기 속에 애절함과 애잔함이 한꺼번에 다가온다.

전형적인 서정시抒情詩·敍情詩다. 서정시의 한자 抒와 敍는 둘 다 '풀어놓다'로 같은 뜻이다. 시인의 개인적 감정과 정서를 풀어놓은 것이 서정시다. 이 서정시에는 아주 중요한 요소가 있으니 바로 음악성이다. 서정시에서 음악적 운율과 리듬은 필수적인 요소다. 여기엔 발생학적 근거도 있다. 영어로 서정시는 리릭lyric인데, 그 어원은 고대 그리스어 리리코스lyricos다. 리리코스는 그리스 악기 리라lyra를 타며 부르는 노래를 말한다. 또 영어로 서정시와 노랫말은 모두 lyric을 쓴다. 우리가 노랫말과 시를 비슷한 것으로 인식하는 데는 그럴 만한 이유가 있는 것이다.

이처럼 노랫말과 시는 서로 뗄 수 없는 관계다. 때로 지하철에서 스크린 도어에 적혀 있는 시가 마음에 와 닿지 않고 생경하게 느껴질 때 슬그머니 드는 생각이 있다. 이런 생뚱맞은 시보다 훌륭한 시상을 담은 노랫말이 얼마든지 있다는…. 그럼 시인들은 노랫말에 대해 어떤 생각을 하고 있을까.

1953년 백설희가 부른 〈봄날은 간다〉(손로원 작사, 박시춘 작곡)는 노랫말이 빼어난 절창으로 손꼽힌다.

연분홍 치마가 봄바람에 휘날리더라
오늘도 옷고름 씹어가며
산제비 넘나드는 성황당 길에
꽃이 피면 같이 웃고 꽃이 지면 같이 울던
알뜰한 그 맹세에 봄날은 간다

열아홉 시절은 황혼 속에 슬퍼지더라
오늘도 앙가슴 두드리며
뜬구름 흘러가는 신작로 길에
새가 날면 따라 웃고 새가 울면 따라 울던
얄궂은 그 노래에 봄날은 간다
(새파란 풀잎이 물에 떠서 흘러가더라

오늘도 꽃편지 내던지며
청노새 짤랑대는 역마차 길에
별이 뜨면 서로 웃고 별이 지면 서로 울던
실없는 그 기약에 봄날은 간다[1])

-〈봄날은 간다〉 가사

오래전 시인들이 이 노래를 좋아하는 대중가요 노랫말로 지목한 일이 있다. 계간 〈시인세계〉가 2004년 봄호에서 현역 시인 100명을 대상으로 조사한 결과다. 1위가 〈봄날은 간다〉로 16표였고, 2위가 〈킬리만자로의 표범〉(1986, 양인자 작사, 김희갑 작곡, 조용필 노래)과 〈북한강에서〉(1985, 정태춘 작사 작곡 노래)로 각각 10표였다. 양희은이 부른 〈사랑, 그 쓸쓸함에 대하여〉(1991, 양희은 작사, 이병우 작곡)는 7표로 4위, 역시 양희은의 〈한계령〉(1985, 하덕규 작사 작곡)이 6표로 5위였다.

이 조사는 발표된 뒤 여러 차례 인용됐는데, 정제된 문학 언어인 시를 쓰는 시인들이 노래를 과연 어떻게 인식하고 있는지가 흥미로웠기 때문이다. 우리나라 시인들이 가요에 일정한 심리적 선을 긋고 있을 것이라는 선입견을 떨어내기도 했다. 문학적 격조와 자존심에 매여 있을 것 같았던 많은 시인들이 흔쾌히 드러낸 노래 취향은 상당히 다양하고 열린 모습이었던 것이다. 물론 노랫말의 선호를 묻는 조사의 특성상 빠르고 비트가 강한 댄스,

1. 이동순에 따르면 이 노랫말 2절은 SP음반 발표 당시 두 번째 연의 내용이었으나, 언제부턴가 괄호 안의 내용으로 개작되어 불리고 있다. 이동순, 〈번지 없는 주막-한국가요사의 잃어버린 번지를 찾아서〉, 선, 2007, 386~387쪽.

록보다는 트로트와 발라드, 포크가 많이 나오기는 했다.

〈시인세계〉에 기고한 글에서 천양희 시인은 〈봄날은 간다〉를 부를 때면 언니 생각이 난다고 회상했다.

"언니가 잘 불렀던 노래가 〈봄날은 간다〉였다. 사랑하던 사람과 맺어지지 못하고 부모의 뜻대로 중매결혼을 했던 그 언니는 특히 연분홍색을 좋아해서 친정에 올 때는 꼭 분홍색 옷을 입고 왔었다. 그 언니는 친정에 오면 잊지 않고 뒷동산에 있는 성황당과 암자를 찾았다. (…) 암자로 가는 고갯길을 넘어갈 때 언니의 분홍 치마가 바람에 휘날렸다. 앞서가던 언니가 나지막이 〈봄날은 간다〉를 부르며 울고 있었다. 나는 지금도 봄바람에 휘날리던 연분홍 치마와, 언니의 눈물을 잊지 못한다. 가끔 노래방에서 〈봄날은 간다〉를 부를 때면 그때가 생각나서 나도 조금 울 때도 있다."

이동순 교수도 자신의 책에서 누나를 추억한다.

"1950년대 후반의 어느 꽃 피는 봄날, 백설희의 노래를 유달리 좋아하던 누님은 이 노래를 부르다 기어이 두 팔에 얼굴을 묻고 어깨를 들먹였다. 나도 공연히 서러운 마음이 가득해져서 옆에 쪼그리고 앉아 훌쩍거렸다. 나는 그때 누님이 왜 울음을 터뜨렸는지 아직도 그 까닭을 알지 못한다. '열아홉 시절은 황혼 속에 슬퍼지더라'라는 노랫말 속에 흠뻑 빠져들었기 때문일까? 아니면 말할 수 없는 또 다른 사연이 혹시 있었던 것일까?"[2]

천 시인과 이 교수의 언니·누나에 대한 추억에서 절묘하게 겹치는 것은 그들이 이 노래를 부르며 울었다는 사실이다. 왜 울었을까. 이 교수는 아직도 그 까닭을 모른다고 했지만, 천 시인은 '우리네 여인의 애환이 담긴 노래라서'라고 짐작했다. 그럴 것이다. "연분홍 치마가 봄바람에 휘날리더라…"를 들을 때면 가장 한국적인 색 연분홍의 진달래꽃이 저절로 떠오른다. 그 노래를 부르며 눈물짓게 되는 것이 우리 여인들의 보편적 정서였다.

〈봄날은 간다〉엔 동명이곡同名異曲이 있다. 젊은 세대들은 '봄날은 간다'라고 하면 김윤아가 부른 〈봄날은 간다〉(김윤아 작사, 마츠토야 유미 작곡)를 먼저 떠올린다. 2001년 한일 합작 투자로 만든 동명 영화의 엔딩 타이틀곡이었고, 혼성밴드 자우림 보컬 김윤아의 솔로 데뷔곡이기도 하다(영화에서는 백설희의 노래도 배경음악으로 쓰였다). 유지태와 이영애가 주연해 아름다운 영상과 음악으로 호평 받았다. "사랑이 어떻게 변하니?"와 "라면 먹고 갈래요?"가 명대사로 기억되는 영화다.

백설희의 〈봄날은 간다〉가 떠나간 젊은 날의 사랑에 대한 정한情恨의 표출이었다면, 김윤아의 〈봄날은 간다〉는 아름답고 슬픈 사랑을 나눈 사람들을 그린 담백한 수채화 같다. 노래엔 사랑이라는 말은 아예 안 나온다. 즉 백설희 노래에서 느껴지는 한 같은 것은 없다.

김윤아의 노랫말도 시인들의 주목을 받은 적이 있다. 카카오뮤직과 문학과지성사가 지난해 시인 14명에게 2000년 이후 노래

2. 같은 책, 388쪽.

중 아름다운 노랫말 5곡씩을 추천해달라고 했다. 여기엔 이소라의 〈바람이 분다〉(2004, 이소라 작사, 이승환 작곡), 요조의 〈우리는 선처럼 가만히 누워〉(2010, 요조 작사 작곡), 김광진의 〈편지〉(2008, 허승경 작사, 김광진 작곡), 루시드 폴의 〈물이 되는 꿈〉(2005, 루시드 폴 작사 작곡), 델리스파이스의 〈고백〉(2003, 김민규 작사 작곡), 브로콜리 너마저의 〈보편적인 노래〉(2008, 윤덕원 작사 작곡), 그리고 김윤아의 〈봄날은 간다〉가 뽑혔다.

한두 곡 빼곤 내겐 생소한 노래들이다. 그렇지만 중요한 사실이 확인된다. 요즘 노래가 서정성이 사라지고 음유시인도 보기 어렵다고들 하지만 그건 부분적 진실일 뿐이라는 것이다. 얼마든지 심금을 울리고 누선을 자극하는 서정시 수준의 노랫말은 계속 창작되고 있는 것이다. 또 이 점에 대해서는 세상에서 언어를 가장 아름답게 조탁한다는 시인들도 대체로 긍정적인 것 같다.

노래로 만들어진 시

사실 노랫말과 문학, 시 사이에는 무슨 단단하고 높은 벽이 있는 게 아니다. 우리 가요사를 보더라도 일제강점기에는 전문 작사가와 기성 문인 출신 작사가 두 부류가 공존했다. 기성 문인들인 이광수, 주요한, 김억, 이서구, 정인섭, 박영호, 김용호, 조명암, 윤극영, 이하윤, 박노홍 등이 '가요시(가사)' 작품을 썼다.[3]

시가 노래로 만들어진 것도 많다. 1970년대 기념비적 저항시인 김지하의 〈타는 목마름으로〉(1975)에 서울대 노래패 메아리 출신 이성현이 곡을 붙였고 1997년 안치환이 노래했다.

내 머리는 너를 잊은 지 오래
내 발길도 너를 잊은 지 너무도 오래
오직 한 가닥 타는 가슴 속
목마름의 기억이 네 이름을 남몰래 쓴다
타는 목마름으로
타는 목마름으로
민주주의여 만세 (하략)

-〈타는 목마름으로〉 가사

또 정지용의 〈향수〉를 박인수, 이동원이 불렀다(1989, 김희갑 작곡). 김현수의 〈토함산〉을 송창식(1978)이, 고은의 〈세노야〉를 양희은(1971, 김광희 작곡)이, 김남조의 〈그대 있음에〉를 송창식(1976)이 노래했다. 박두진의 〈해야〉를 조하문(1987)이 개사해 불렀고, 고은의 〈가을편지〉를 김민기(1971)가, 정호승의 〈우리가 어느 별에서〉를 안치환(1990)이, 김동환의 〈산 너머 남촌에는〉을 박재란(1965, 김동현 작곡)이, 고은의 〈작은 배〉를 조동진(1974)이, 김소월의 〈진달래꽃〉을 마야(2003, 우지민 작곡)가 불렀다. 김광섭의 〈저녁에〉를 유심초가 〈어디서 무엇이 되어 다시 만나랴〉라는 제목(1980, 이세문 작곡)으로 부르는 등 시를 노래로 만든 수많은

3. 같은 책, 226쪽.

사례가 있다.

그렇다면 가수, 특히 자작곡을 직접 부르는 싱어송라이터들의 생각은 어떨까. 가왕으로 불리는 조용필은 〈꿈〉(1991) 등을 작사 작곡한 싱어송라이터이기도 하다. 그는 한 인터뷰에서 "내가 하는 노래에는 한 발짝 물러서서 반투명 정도의 말들을 집어넣는 경우가 많다. 가사는 시적이어야 하고, 패션도 필요하다고 본다"고 말했다.[4]

"비에 젖은 이 거리 위로 사람들이 그저 흘러간다/ 흐르는 것이 어디 사람뿐이냐 우리들의 한 시대도 거기 묻혀 흘러간다"(〈92년 장마, 종로에서〉) 같은 노랫말을 통해 만만치 않은 서정시의 감각을 발휘해온 정태춘은 이렇게 말했다. "노랫말의 문학성이랄까, 노래가 붙지 않더라도 글 자체로서 완결성을 갖고 있는 가사, 튼튼한 상징과 허술하지 않은 스토리 구조 등을 가진 가사를 쓰고 싶었습니다."[5] 그는 2004년 〈노독일처老獨一處〉라는 시집을 내기도 했다.

트윈폴리오의 윤형주는 이런 술회를 한 적이 있다. "노래가 자꾸 히트를 치다 보니 작사 작곡에 자신감이 생겼어요. 그래서 아버지(윤영춘 박사)에게 말했죠. '동주 형님(윤동주 시인) 시를 제가 작곡을 잘해서 노래로 발표해보겠습니다.' 아버님이 생각을 한참 하시더니 '얘야 시 다칠라' 하시면서 '시도 노래다. 시도 음이 있고, 화음이 있고, 리듬이 있다'라고 말씀하셨어요."[6]

알려진 대로 윤형주는 윤동주 시인(1917~1945)의 육촌동생이다. 조영남은 "윤동주가 (1945년 2월) 일본 후쿠오카 감옥에서 옥사했을 때 유골을 들고 온 사람이 형주 아버지 윤영춘 박사였다는 소리를 나는 여러 번 들었다"고 술회했다.[7] 이 일화는 윤형주의 아버지도 시와 노래를 크게 다른 것으로 인식하지는 않고 있음을 보여준다. 다만 윤동주의 시를 대중가요로 만들었다가 행여 '민족시인'의 위상에 누가 될 수도 있다는 노파심이 발동했을 수도 있다.

노랫말이 시라는 인식은 오래전부터 있었다. 가요시, 노래시라는 말이 사용되는 것이 증거다. 가요시라는 말을 처음 쓴 사람은 이하윤(1906~1974)으로, 그는 시인이며 영문학자이자 다수의 신민요, 가요 작사가이기도 했다. 그는 1930년대에 가요시 창작에 몰두했다. 시집 〈물레방아〉(1939)엔 〈가요시초〉가 부록으로 수록돼 있다. 또 가요시의 문학사적 의의에 가장 먼저 주목한 국문학자는 조지훈(1920~1968)이다. 〈한국문화사서설〉(1964)에서 가요시의 정확한 정리를 후학들에게 간곡히 요망하고 있다.[8] 〈단장의 미아리고개〉 등을 쓴 원로 작사가 반야월(1917~2012)도 가사를 즐겨 가요시라고 표현했다. 이동순은 노랫말은 민중들의 생활시라면서 이 가요시 장르가 현대 문학사에 편입돼야 한다고 주장한다.

국내 유일의 아트포크록 뮤지션으로 평가받는 김두수의 생각

4. 박준흠, 〈한국 대중음악 100대 명반 인터뷰〉, 선, 2009, 조용필, 213쪽.
5. Mnet 레전드 100 아티스트 제작팀, 〈레전드 100 아티스트〉, 한권의책, 2013, 정태춘, 187쪽.
6. 같은 책, 윤형주, 61쪽.
7. 조영남 · 이나리, 〈쎄시봉 시대〉, 민음인, 2011, 171쪽.
8. 이동순, 앞의 책, 173쪽.

은 좀 다르다. "당신의 노랫말은 멜로디를 떼어내면 한 편의 시로 평가받는다. 시집을 낼 생각은 없는가"라는 질문에 그는 이렇게 대답했다. "없다. 시 자체는 고유의 음률을 가지고 있어 노래가 될 수 있지만 노래 가사는 음가를 생각하고 작업한 글이기 때문에 멜로디를 떼어내면 의미가 없다. 그래서 시가 될 수 없다고 생각한다."[9]

시와 가사는 별개라는 그의 논리는 상당히 독보적인 것 같다. 그는 시와 가사가 청각예술이라는 점은 인정한다. 하지만 결정적 차이점은 시는 독자 생존이 가능한 반면 멜로디나 음악이 없는 가사는 독자 생존할 수 없다는 논리다. 그러나 그가 학창시절 도보여행 중 얻어냈다는 〈나비〉(1988)나 〈보헤미안〉(1991) 같은 가사를 보면 그 말이 겸손하고 엄밀한 성격의 소산 아닌가 하는 생각이 든다.

저물녘 바위 밭에 홀로 앉아 그윽이 피리를 불 때
어데선가 흰 나비 한 마리 날아와 피리 끝에 앉았던 기억
에헤라 내가 꽃인 줄 알았더냐, 내가 네 님인 줄 알았더냐
너는 훨훨 하늘로 날아올라 다른 꽃을 찾아가거라
아 눈멀고 귀먼 내 영혼은 그저 길에 핀 한 송이 꽃
나비처럼 날아서 먼 하늘로 그저 흐느적 날고 싶지 (하략)

-〈나비〉 가사

전윤호 시인은 계간 〈시인세계〉의 설문조사를 분석한 글에서 "시와 가사가 일맥상통한다고는 하나 시인들이 좋아하는 가사들은 자신들이 쓰는 시에 비해 어느 정도 감정의 과잉이나 감상적인 측면이 용납되는 경향을 보였다. 이는 가사와 시의 차이점이 될 수도 있을 것으로 보인다"고 지적했다. 깎고 또 깎아야 하는 시보다는 아무래도 노랫말이 더 여과 없는 감정 표현이 이뤄지는 경우가 많다는 뜻이다. 지당한 분석이다. 가요는 예술성 못지않게 대중성이 중요하다. 대중에게 더 다가가기 위해 심오함을 버리고 경박함을 취해야 할 때도 있다. 노래는 유치한 게 강점이 될 수 있다. 시와 가사에는 그런 중대한 차이가 있음을 인식해야 한다. 그래야 문학 대 유행가 가사라는 낡은 이분법도 극복할 수 있다.

미국의 문학평론가 크리스토퍼 릭스는 〈바람만이 아는 대답Blowing in the Wind〉(1962)을 부른 전설적 포크 가수 밥 딜런에 대해 대시인인 엘리엇, 키츠, 테니슨과 같은 반열에 놓고 정밀하게 연구할 필요가 있는 시인이라고 평가했다. 2003년 그의 작품을 분석한 500쪽 짜리 책 〈죄악에 대한 딜런의 통찰력Dylan's Visions of Sin〉에서다. 영국 계관시인 앤드류 모션 경은 각급 학교에서 그의 노랫말을 가르쳐야 한다고 주장하기도 한다.[10]

9. 〈한국 대중음악 100대 명반 인터뷰〉, 김두수, 370쪽.
10. Wikipedia, Bob Dylan 2015년 1월 16일 최종 수정.

노랫말의 힘

작사와 작곡 어느 게 먼저인가

남인수를 당대 트로트 스타로 만든 출세작 〈애수의 소야곡〉은 원래 제목과 가사가 다른 것이었다. 1936년 18세 남인수는 〈눈물의 해협〉(김상화 작사, 박시춘 작곡)을 최초로 취입했다.

현해탄 초록 물에 밤이 나리면
님 잃고 고향 잃고 헤매는 배야
서글픈 파도 소래 꿈을 깨우는
외로운 수평선에 짙어 가는 밤

—〈눈물의 해협〉 1절 가사

그런데 어째선지 대중 반응이 시원치 않았다. 박시춘은 이 노래에 미련을 버리지 못하고 곡은 그대로 살리되 가사만 바꿔

1938년 새로 발표했다. 개사改詞는 작가 출신인 이부풍이 맡았다. 그게 〈애수의 소야곡〉이다. 이난영의 〈목포의 눈물〉(1935, 문일석 작사, 손목인 작곡)과 함께 우리 트로트 음악의 고전으로 꼽히는 노래다.

〈애수의 소야곡〉은 발표되자마자 폭발적 인기를 얻었고 남인수는 단번에 최고 가수의 지위에 올랐다.[1]

운다고 옛사랑이 오리요만은
눈물로 달래보는 구슬픈 이 밤
고요히 창을 열고 별빛을 보면
그 누가 불러주나 휘파람 소리

차라리 잊으리라 맹세하건만
못생긴 미련인가 생각하는 밤
가슴에 손을 얹고 눈을 감으면
애타는 숨결마저 싸늘하고나

-〈애수의 소야곡〉 1·2절 가사

이 노래에 대해 평론가 이영미는 "화자는 이별과 패배를 스스로 받아들이고 그에 순응하는 행동을 보여주고 있다"며 "이러한 신파적·트로트적 태도와 이루지 못한 사랑이란 제재가 잘 조응

1. 이동순, 〈번지 없는 주막-한국가요사의 잃어버린 번지를 찾아서〉, 선, 2007, 241쪽.

한다"고 분석한다.[2] 어쨌거나 〈애수의 소야곡〉은 가사를 바꿔 크게 성공했다. 이 '리메이크'의 성공이 전적으로 개사 덕분인지는 알 수 없지만, 최소한 가사의 중요성을 일깨워주는 사례는 된다고 할 수 있다.

그렇다면 노래에서 가사가 갖는 비중은 얼마나 될까? 아니, 질문을 좀 더 단순화해보자. 작곡과 작사 중 어느 게 더 중요한가. 이건 우문愚問이긴 하다. 노래는 작곡과 작사의 경쟁이 아닌 조화로 만들어지는 것이기 때문이다. 어느 게 우월한지 따질 일이 아니다. 그럼에도 많은 사람들이 제 나름의 현답賢答을 내놓았다.

영국의 싱어송라이터 스팅은 "가사와 음악은 늘 서로에게 의존한다. 마네킹과 옷의 관계와 비슷한데, 서로 떨어지면 남는 것은 벌거벗은 인형과 옷감에 지나지 않는다"고 말했다. 즉 음악이라는 마네킹에 맞게 가사라는 옷이 입혀지는 것이라는 뜻이다.[3] 나는 이 말의 역도 성립할 수 있다고 본다. 즉 가사라는 마네킹에 맞게 음악이라는 옷을 입히는 것으로 생각할 수 있다.

그런데 가사를 무시하고 리듬과 선율을 중시하는 사람도 많다. 어떤 이들은 "대체 가사가 음악과 무슨 상관이죠? 가수가 선율을 항상 '라라라' 하고 부를 수는 없잖아요. 그래서 가사를 갖다 붙이는 거예요"라고 말한다.[4] 〈겨울바다〉(1988)를 부른 푸른하늘의 싱어송라이터 유영석도 멜로디를 중시한다. "멜로디는 하나의 요소가 아니라 음악에 있어 절대적이죠. 초기에 저는 드럼도 무시했어요. 제 음악적 운명은 피아노의 선율에 의한 것임을 깨달았죠.

어떤 작곡가도 캐치catchy, 즉 '잘 들리는' 멜로디를 못 써낸다면 그는 이미 창작자로서 힘을 상실했다는 게 제 신념입니다."[5]

이상은도 음악 중시파 같다. "존 레논은 독특한 케이스이지만, 음악 하는 사람들은 메시지를 위해 하지 않는다. 사운드를 위해 음악을 하는 거다. 그래서 거기에 가사가 없어도 된다. 소리라는 본질 자체가 더 중요한 거지, 거기에 사상과 이데올로기가 들어가는 건 전혀 다른 세계의 이야기다."[6]

이런 질문도 나올 수 있다. 순서상 작곡이 먼저인가, 작사가 먼저인가. 인터넷에도 어느 게 먼저인지 궁금해하는 글들이 많이 올라와 있다. 일반적으로는 작곡이 선행되고 그 곡의 분위기와 뉘앙스에 맞춘 내용을 담은 가사를 곡에 입히는 게 보통이다. 그러나 선 작사 후 작곡인 경우도 허다하기 때문에 무엇이 정답이라고 할 수는 없다. 가령 〈마포종점〉(1967, 정두수 작사, 박춘석 작곡)은 작사자가 젊은 부부의 애달픈 사연을 듣고 가사를 먼저 쓴 경우다. 마포 종점 부근 설렁탕집에서 작곡자 박춘석과 소주잔을 기울이다 영감이 떠올랐다고 한다. 김수희가 부른 〈애모〉(1990, 유영건 작사 작곡)도 작사부터 하고 작곡한 노래다. 유영건 본인의 애틋한 사랑 이야기를 먼저 노래시에 담고 곡을 붙였다.[7]

2. 이영미, 〈한국대중가요사〉, 민속원, 2006, 89쪽. 저자는 2절 가사의 '못생긴 미련인가'에 그런 화자의 태도가 잘 드러난다고 보았다. 이 가사는 이후 '못 잊을 미련인가'로 바뀌어 불린다.
3. 대니얼 레비틴, 〈호모 무지쿠스-문명의 사운드트랙을 찾아서〉, 장호연 옮김, 마티, 2009, 30쪽.
4. 같은 책, 41쪽.
5. Mnet 레전드 100 아티스트 제작팀, 〈레전드 100 아티스트〉, 한권의책, 2013, 푸른하늘, 203쪽.
6. 같은 책, 이상은, 179쪽.

이 우문현답 게임은 뇌과학자 레비틴의 다음과 같은 얘기로 마무리할 수 있으리라.

"음악은 가사 없이 그 자체만으로도 적절한 감정을 효율적으로 불러일으킨다(연구에 따르면 사람들은 생소한 기악음악을 듣고도 무슨 감정을 의도한 곡인지 아주 정확하게 알아맞힌다고 한다). 그런데 음악에 가사를 더해 선율, 화성, 리듬과 상호작용을 일으키면 평생 기억에서 지워지지 않을 메시지를 새겨 넣을 수 있다. 나아가 새로운 세대가 노래를 듣고 배워 후대에 물려줄수록 생명력은 더 길어신다."[8]

노래에서 가사의 힘은 막중하다. 주제와 메시지를 좌우하기 때문이다. 이 때문에 노래 분석도 보통 가사를 중심으로 이뤄진다.

가사는 더 다양해져야

많은 뮤지션이 우리 노래는 가사의 다양성이 부족하다는 지적을 한다. 루시드 폴(조윤석)은 자기 노랫말에 스스로 이런 평가를 내린다. 1집 앨범(2000)은 모든 가사가 연애 실패담이었는데 2집에서는 자신이 다른 가사를 쓸 수 있다는 가능성을 보았다고.

"우리나라 대중가요의 가사가 매우 척박하다고 생각한다. 단어나 수사법, 제목을 붙이는 방법이라든지 주제 같은 모든 면에 있어서 사람들이 그걸 계속 깨지 않으면 안 된다. 많은 뮤지션들이 어색하게 들리고 좀 이상한 내용이고 무거워 보이는 이런 것들도 계속 다뤄주지 않으면 우리는 끊임없이 떠나간 그대만을 노래하고 있을 것이다. (…) 이게 결국은 한국 대중음악의 가능성이나 폭을 좁혀가는 거다."

그는 2집에 실린 〈물이 되는 꿈〉 〈할머니의 마음은 바다처럼 넓어라〉 〈들꽃을 보라〉는 다 연애 얘기가 아니라면서 "연애 얘기가 아니라도 내가 가사를 잘 쓸 수 있겠다 생각했었다"고 말했다.[9]

안치환이 자신의 〈사람이 꽃보다 아름다워〉(1998, 정지원 작사, 안치환 작곡)에 대해 "남녀관계에 관한 노래가 99퍼센트인 가요 판에서 이런 노래가 대중을 설득할 수 있다는 것, 이건 내게 소중한 경험이었다"고 고백한 것도 비슷한 맥락이다. 노래가 곧 사랑 타령이라는 도식을 벗어나보려 애썼다는 얘기다.

이기용, 이소영, 김윤태로 이뤄진 3인조 밴드 허클베리핀은 "대중음악에서 협소한 노랫말의 영역이 확대되어야 한다"고 주장한다. 이기용은 이에 대해 "음악은 감성적인 것이기 때문에 사랑 얘기가 잘 어울리긴 한다. 하지만 음악도 살아가는 여러 가지 것들 중 일부이지 않은가. 주류 음악계서부터 천편일률적으로 사랑 얘기만, 그것도 너무 가벼운 방식으로만 되다 보니…"라고 설명했다.[10]

그가 '천편일률적으로'라고 말은 했지만 물론 모든 대중가요가 사랑 얘기만 하고 있는 건 아니다. 윤종신은 산문적이고 디테일

7. 정두수, 〈노래 따라 삼천리〉, 미래를소유한사람들, 2013, 436쪽.
8. 대니얼 레비틴, 앞의 책, 171쪽.
9. 박준흠, 〈한국대중음악 100대 명반 인터뷰〉, 선, 2009, 루시드 폴, 316, 321쪽.
10. 같은 책, 허클베리핀, 359쪽.

한 작사 스타일로 유명하다. 〈치과에서〉(2010)라는 노래에서도 '떠난 그 애'가 나오긴 하지만 접근 방식이 색다르다. 자신의 경험을 토대로 솔직하게 표현된 가사가 재미있다.

> 선생님의 하늘색 마스크 한심해하네
> 그동안 이 아픈 걸 어떻게 참아왔냐고
> 제가 너무 미련하죠 하고 말하려 해도
> 이미 마취제로 굳어버린 혀
> 구멍 뚫린 하늘색 헝겊이 나를 덮는다
> 그 하늘 위로 그려지는 아직 선명한 얼굴
> 이 와중에 떠오르는 너는 도대체 뭐니
> 그라인더 윙하고 나를 향하네 (하략)
>
> -〈치과에서〉 가사

〈팥빙수〉(2007)는 또 어떤가. 어떻게 이런 소재로 노래를 만들 생각을 했나 신기할 정도다. 윤종신은 말한다.

"저는 작은 데서 힌트를 얻고 평범한 일이 대단한 일이라고 생각하는 편이에요. 그래서 가사의 소재 고갈에 대해 고민해본 적이 없어요. 어떤 것이든 노래 위에, 멜로디 위에 얹을 수 있다고 생각하니까요."

이러니까 "한 편의 영화보다 생생한 그의 앨범은 늘 가슴을 뛰게 만든다"는 반응(유희열)이 나올 수 있는 건가.[11] 가사의 소재에 대해 이처럼 열린 마음을 갖는 건 바람직해 보인다. 작품성이라는 다른 문제는 남아 있겠지만.

록 밴드 델리스파이스의 〈챠우챠우〉(1997, 김민규 작사 작곡)는 가사의 또 다른 다양성을 보여준다.

너의 목소리가 들려
아무리 애를 쓰고 막아보려 하는 데도 -〈챠우챠우〉 가사

가사는 처음부터 끝까지 이 말을 반복할 뿐이다. 리듬과 멜로디도 단순해서 한 번이라도 들으면 뇌리에 박힐 만큼 독특한 인상을 남긴다. "〈챠우챠우〉는 '너의 목소리가 들려…'라는 가사를 나직이 읊조리는, 흔히 말하는 하이라이트라고 할 수 있는 고음이 없는 노래입니다. 그런데 그러한 오묘함이 한국 모던 록이라고 불리는 장르를 사람들한테 명확하게 알리는 역할을 했습니다."(강명석 〈아이즈ize〉 편집장)[12]

015B는 1993년 상업주의에 찌든 언론을 비판하는 강한 메시지의 노래 〈제4부〉(정석원 작사, 장호일·정석원 작곡)를 만들어 불렀다.

이 밴드는 사회의 쟁점을 포착하는 작업을 꾸준히 했다. 당시 환경부 전화번호를 제목으로 쓴 〈4210301〉과 〈적敵녹색인생〉을 통해 환경파괴를 비판했다. 환경문제는 정말 중요하다. 노래가

11. 〈레전드 100 아티스트〉, 윤종신, 175쪽.
12. Mnet 레전드 100 송 제작팀, 〈레전드 100 송〉, 스코어, 2014, 408쪽.

외면해선 안 된다. 캐나다 출신 포크 싱어송라이터 조니 미첼은 이렇게 말한다.

"우드스탁 세대로서 우리가 지구에 어떤 짓을 했는지 돌아보면 슬프기 그지없습니다. 계속해서 쓰레기를 버리고 지구를 망가뜨리죠. 자신이 살아가는 행성을 망가뜨리는 우둔한 존재는 인간밖에 없어요."[13]

1995년 패닉은 〈왼손잡이〉(이적 작사 작곡)를 불렀다. 한 가지 기준만 옳다고 강요하는 사회, 다른 사람과 똑같지 않다는 이유로 손가락질 받는 세상에서 왼손잡이는 외로운 소수자를 상징한다. 그들은 오늘도 "모두가 똑같은 손을 들라고 하지 말고, 왼손을 들더라도 그냥 모른 척해줄 순 없겠니"라고 묻는다.

> 나를 봐 내 작은 모습을
> 너는 언제든지 웃을 수 있니
> 너라도 날 보고 한번쯤
> 그냥 모른 척해줄 순 없겠니
> 하지만 때론 세상이 뒤집어진다고
> 나 같은 아이 한 둘이 어지럽힌다고
> 모두가 똑같은 손을 들어야 한다고
> 그런 눈으로 욕하지 마
> 난 아무것도 망치지 않아
> 난 왼손잡이야 (하략)

—〈왼손잡이〉 가사

가사의 힘, 가사가 주는 메시지에 대해 논하려면 1970년대 통기타 포크송과 오늘날의 대중음악 가사를 비교해보는 것도 방법이다. 음악평론가 임진모는 "그 시절의 노래와 요즘 대중가요 노랫말의 격차가 너무 크다"고 말한다. 우선 가사 전달이 다르다. "가수의 음정마저 맞춰주는 오토튠이 득세하는, 인위와 조작의 현재 대중가요는 격한 댄스 리듬이 주도하면서 젊은이들한테마저도 노랫말이 잘 들리지 않는다. 가요 프로에서 노랫말 자막이 깔리는 것은 그러지 않으면 도대체 뭐가 뭔지 모르기 때문이다."

임진모는 "쎄시봉 세대 음악의 핵심은 인간적이고도 낭만이 가득한 그 노랫말"이라고 했다. 그러면서 "쎄시봉의 포크송은 후크송에 감염된 신세대에게는 새로운 콘텐츠였고 그래서 눈과 귀가 쏠리게 된 것"이라고 말했다. 2010년 가을부터 불기 시작한 쎄시봉 콘서트 열풍의 이유를 이렇게 분석한 것이다.[14]

1990년대 포크 음악의 쇠퇴와 관련한 김민기의 분석도 귀 기울여볼 만하다.

"포크의 진면목은 노래 안에 살아가는 이야기를 담을 수 있다는 점이다. 악기들이 복잡하게 끼어들면 노랫말은 필연적으로 위축된다. 삶에 대한 깊이 있는 통찰력을 녹여내는 음유시인들의 음악은 언제 어디서건 생명력이 있는 것이다. 90년대에 우리의 포크 음악이 쇠락한 것은 대중적인 취향이 바뀌었다는 유의 외부

13. 대니얼 레비틴, 앞의 책, 234쪽.
14. 조영남 · 이나리, 〈쎄시봉 시대〉, 민음인, 2011, 283~285쪽.

적 요인 때문만이 아니라고 생각한다. 그보다는 '통기타'가 발휘할 수 있는 음악 정신을 우리의 음악인들이 지켜내지 못한 것이다. 더 가혹하게 얘기한다면 우리나라의 통기타 음악은 밴드를 가질 힘이 없는 뮤지션의 음악 그 이상도 이하도 아닌 수준에서 머뭇거렸던 것이다. 그런 노래들에서 빈혈증을 느끼는 것은 어쩌면 당연하다."[15]

15. 김창남 엮음, 〈김민기〉, 한울, 2004, 517쪽.

노래, 자연의 친구

바람·꽃·별·노을·파도

노래에 사랑 다음으로 자주 올라오는 단골 메뉴는 뭘까. 자연이다. 미국의 컨트리 음악 작곡가 로드니 크로웰은 "인간이 작곡한 최초의 노래는 아마도 날씨, 태양, 달, 비 같은 자연 요소들을 다룬 노래일 것"이라고 말했다. 초창기 인류한테는 이런 것들이 정말로 중요했을 테니까.[1]

단골 메뉴라는 말은 노래의 주제와 소재로 자주 사용된다는 뜻이다. 노래의 중심 생각이나 재료라고 보면 되겠다. 노래엔 크로웰이 말한 것들 말고도 수많은 자연현상, 동식물들이 나온다. 단순히 자연이라는 말로 뭉뚱그리기엔 너무나 광범위하다. 동물만 해도 개에서부터 새, 물고기, 나비 같은 곤충까지 다양하다. 식물은 각종 나무, 꽃들에서 잡초까지 나온다. 산과 들, 바다, 별 등 대

자연도 친숙한 소재다. 인간 정서에 영향이 큰 사계절도 놓칠 수 없는 자연현상이다. 정태춘의 〈시인의 마을〉(1978, 정태춘 작사 작곡)을 들어보자.

> 창문을 열고 음 내다봐요 저 높은 곳에 우뚝 걸린 깃발 펄럭이며
> 당신의 텅 빈 가슴으로 불어오는 더운 열기에 세찬 바람
> 살며시 눈 감고 들어봐요 먼 대지 위를 달리는 사나운 말처럼
> 당신의 고요한 가슴으로 닥쳐오는 숨 가쁜 벗들의 말발굽 소리
> 누가 내게 손수건 한 장 던져주리오 내 작은 가슴에 얹어주리오
> 누가 내게 탈춤의 장단을 쳐주리오 그 장단에 춤추게 하리오
> 나는 고독의 친구 방황의 친구 상념 끊기지 않는
> 번민의 시인이라도 좋겠소
> 나는 일몰의 고갯길을 넘어가는 고행의 방랑자처럼
> 하늘에 빗긴 노을 바라보며
> 시인의 마을에 밤이 오는 소릴 들을 테요 (하략) -〈시인의 마을〉 가사

노랫말 전편에 자연과 벗하는 시인의 정서가 가득하다. 이 노래에 대해 누군가 "시인이라 함은 자연과 생명을 경외하는 영혼의 소유자"라는 댓글을 달았는데, 시인을 잘 정의한 것 같다. 바람, 일몰의 고갯길, 하늘에 빗긴 노을, 밤, 비, 젖은 대기는 모두 시인이 사랑하는 자연이다. 이 노래 후렴의 '나는 고독의 친구 방황의 친구 상념 끊기지 않는' 부분은 처음 발표 때는 '나는 자연의

친구 생명의 친구 상념 끊기지 않는'이었다가 심의로 개사됐다고 한다. 나도 이제껏 원래 가사를 기억하고 있는데, 왜 이렇게 개사됐는지 이유는 모르겠다.

"아침에 일어나 새가 지저귀는 소리에 귀를 기울이는 사람은 풍부한 감성의 소유자다. (…) 벌레 소리나 자연의 소리를 듣고 있으면 귀가 편안해지고 자연히 마음도 차분해진다. 도시에는 귀를 틀어막고 싶을 정도로 온갖 소리가 난무한다. 그러다 보니 소리를 듣지 않는 방법까지 찾아다닐 정도다."[2]

피아니스트 글렌 굴드는 개를 데리고 자연 속을 자주 산책했다. 자연의 소리에서 영감을 얻기 위해서다.[3]

이정선도 자연 속에서 행복해하는 노래를 만들어 불렀다. 〈구름 들꽃 돌 연인〉(1976)이나 '나는 나는 산이 될 테야'라고 다짐하는 〈산사람〉(1978)이 그렇다. 슬픈 분위기의 〈섬소년〉(1974)도 있다.

수많은 노래들이 자연을 통해 감정이입을 하고 있다. 감정이입은 자신의 감정을 다른 사람이나 사물에 불어 넣는 것으로, 자연이야말로 좋은 감정이입 대상이다. 나는 앞서 〈마포종점〉이 전차에 탁월한 감정이입을 했다고 썼는데, 역시 탁월한 사례로 와 닿는 것이 이용복이 부른 〈달맞이꽃〉(1972, 지웅 작사, 김희갑 작곡)이다.

1. 대니얼 레비틴, 〈호모 무지쿠스-문명의 사운드트랙을 찾아서〉, 장호연 옮김, 마티, 2009, 36쪽.
2. 사이토 히로시, 〈음악심리학-마음을 컨드롤하는 소리의 기술〉, 이소담 옮김, 스카이출판사, 2013, 35쪽.
3. 같은 책, 195쪽.

얼마나 기다리다 꽃이 됐나
달 밝은 밤이 오면 홀로 피어
쓸쓸히 쓸쓸히 미소를 띠는
그 이름 달맞이꽃
아 아 아 아 아 아 서산에 달님도 기울어
새파란 달빛 아래 고개 숙인
네 모습 애처롭구나

얼마나 그리우면 꽃이 됐나
한 새벽 올 때까지 홀로 피어
쓸쓸히 쓸쓸히 시들어가는
그 이름 달맞이꽃 (하략)

-〈달맞이꽃〉 가사

달맞이꽃은 2년생 초본으로 해 질 무렵 피었다가 해가 뜨면 꽃잎을 다물어 미국에서는 이브닝 프림로즈evening primrose, 중국에선 야래향夜來香, 일본에선 월견초月見草라고 부른다. 그러다 보니 그리움과 기다림, 애절함의 상징으로 시와 노랫말에 자주 인용된다. 밤에 피는 생태가 시인의 상상력을 자극했다. "얼마나 기다리다 꽃이 됐나" "얼마나 그리우면 꽃이 됐나" 이 두 문장이 노래의 모든 걸 함축해준다. 가사엔 '임'과 비슷한 말조차 비치지 않는다. 그렇지만 임을 향한 화자의 진한 그리움이 그대로 전달된다.

나무와 별이 나오는 어니언스의 〈초저녁 별〉(1974, 이수영 작사 작곡)도 감정이입이 뛰어나다.

먼 곳에서 흘러온 초저녁 별 하나가
느티나무 가지 위에 나를 보고 멈추면
오늘도 붓대 들어 쓰다가 걷고 나서
느티나무 가지 위에 지난 꿈을 새긴다
옛 동산에 종소리 달려가던 너와 나
긴 머리에 머문 눈이 별빛 따라 흐르면
오늘도 붓대 들어 쓰다가 걷고 나서
느티나무 가지 위에 지난 꿈을 새긴다

–〈초저녁 별〉 가사

가사엔 디테일이 없다. 그저 먼 데서 온 초저녁 별, 느티나무, 그리고 무언가를 쓰던 나, 이렇게 3자가 단순 담백하게 그려졌다. 초저녁 별이 나를 보고 멈춘 곳이 느티나무 가지 위다. 그렇게 믿는 거다. 편지 쓰는 일도 없고, 있다 해도 쓰지 않고 치는 이 시대에 듣는 '붓대 들어 쓴다'는 표현도 예스럽고 그윽하다.

어니언스는 우리말로 '양파들'이라는 이름답게 자연과 관계된 노래를 많이 불렀다. 홀로 서 있는 소나무를 노래한 〈외길〉(1974, 김정호 작사 작곡)을 비롯해 〈작은 새〉(1974, 김정호 작사 작곡), 〈저 별과 달을〉(1974, 김정호 작사 작곡), 〈외기러기〉(1974, 임창제 작사 작곡) 등이 있다.

권성연의 〈한여름 밤의 꿈〉(1990, 권성연 작사 작곡)엔 임을 그리워하는 심정을 전달하기 위해 여러 자연물과 자연현상이 동원된다. 별, 바다, 파도, 바람, 그리고 여름밤이다. 세련된 화성 구사, 그리고 감정이입이 돋보이는 노래다. 밤바다의 파도를 보며 '외로운 춤을 춘다'고 표현한 것을 보라. 파도는 그냥 밀려오는 건데 그걸 바라보는 내 마음에 외로움이 고요히 밀려들기 때문이다. 청마 유치환은 파도를 보며 〈그리움〉이라는 격정의 시를 썼다.

파도야 어쩌란 말이냐 파도야 어쩌란 말이냐
임은 뭍같이 까딱 않는데
파도야 어쩌란 말이냐 날 어쩌란 말이냐

-〈그리움〉 전문

그의 격정과 이 노래의 절절한 외로움, 그 아픔의 깊이를 비교할 수 있을까.

권성연은 이 노래로 1990년 강변가요제에서 대상을 받았다. 그렇게 많은 이들의 가슴속에 아련히 잠들어 있던 한여름 밤의 추억들을 일깨워주고는 조용히 사라져버렸다. 마치 한여름 밤의 꿈처럼.

별들도 잠이 드는 이 밤 혼자서 바라보는 바다
외로운 춤을 추는 파도 이렇게 서성이고 있네
오늘 밤엔 나의 곁으로 돌아와 주오 그대
워 귀에 익은 낮은 목소리 다시 들려주오

그대는 내 모습을 내 마음을 잊었나
차가운 바람이 내 사랑을 지웠나
모든 게 예전 그대로이고 달라질 이유 없는데
워 내가 그대를 그리는 것은 한여름 밤의 꿈 -〈한여름 밤의 꿈〉 가사

나무와 새 그리고 연어

어렸을 적 불렀던 나무에 관한 동요 하나가 생각난다. 1950년대 후반에 발표된 〈겨울나무〉(이원수 작사, 정세문 작곡)다.

나무야 나무야 겨울나무야
눈 쌓인 응달에 외로이 서서
아무도 찾지 않는 추운 겨울을
바람 따라 휘파람만 불고 있느냐 -〈겨울나무〉 1절 가사

나는 이 동요를 '음악이 주는 위로'라는 제목의 칼럼에서 이렇게 소개한 적이 있다.

(…) 〈겨울나무〉라는 동요가 있다. '나무야 나무야 겨울나무야'로 시작하는 가사가 동요답지 않게 심오하다. 특히 2절이 그렇다. "평생을 살아봐도 늘 한자리/ 넓은 세상 얘기도 바람께 듣고/ 꽃피던 봄 여름 생각하면서/ 나무는 휘파람만 불고 있구나." 이 정도면 '학의 다리가 길다고 자르지 말라'고 한 〈장자〉가 생각난다.[4]

자료를 보니 작곡자 정세문 선생은 겨울나무가 올바른 교육자의 길을 가겠노라 다짐했던 자신의 처지 같다는 생각으로 이 곡을 만들었다고 한다. 그런 마음가짐이 전달된 건지 작사가 이원수의 가사도 다분히 철학적이다. 나무는 한 번 자리 잡은 곳에 대해 불평할 줄 모른다. 안분지족할 줄 안다. 공자는 〈논어〉 '자로子路'에서 나무를 강하고 굳세고 어눌한 것과 더불어 인仁에 비유하고 있다. 그 질박함 때문이다.[5] 동요의 겨울나무나 〈외길〉의 '비바람 맞으며 홀로 서 있는' 소나무나 그 성품은 똑같다.

이태원은 특이하게 새 노래를 시리즈로 부른 가수다. 1982년 〈솔개〉(윤명환 작사 작곡)를 시작으로 1983년 〈고니〉(이건우 작사, 김현 작곡), 1985년 〈타조〉(이건우 작사, 김현 작곡)를 연속으로 발표했다. 여기서 그치지 않고 〈까치〉 〈앵무새〉도 노래했고, 정광태가 히트시킨 〈도요새의 비밀〉(1983, 박인호 작사 작곡)도 다시 불렀다. 그는 이렇게 말했다.

"솔개나 고니는 인간에게 피해를 주지 않을 뿐 아니라 인간으로부터 자유로운 새들이지요. 그런 새들의 세계를 통해 자유를 노래하고 싶어요."[6]

지금은 그 자유라는 게 막연하게 들릴 수 있지만 그땐 절박하고 의미심장했다. 솔개는 소통 부재의 세상에서 차라리 침묵을 선택하고 마는 우리들 가운데 일부를 상징한다.

우리는 말 안 하고 살 수가 없나 날으는 솔개처럼

권태 속에 내뱉어진 소음으로 주위는 가득 차고
푸른 하늘 높이 구름 속에 살아와
수많은 질문과 대답 속에 지쳐버린 나의 부리여

스치고 지나가던 사람들이 어느덧 내게 다가와
종잡을 수 없는 얘기 속에 나도 우리가 됐소
바로 그때 나를 비웃고 날아가 버린 나의 솔개여
수많은 관계와 관계 속에 잃어버린 나의 얼굴아

-〈솔개〉 1·2절 가사

인순이는 2007년 〈거위의 꿈〉(1997, 이적 작사, 김동률 작곡)을 리메이크해 큰 호응을 얻었다. 그 즈음 내가 〈경향신문〉 '여적'난에 쓴 '인순이의 꿈'을 전재한다.

가수 인순이의 학력은 중졸이다. 중학교 땐 교과서를 팔아 엄마와 이모, 여동생이 며칠 끼니를 때울 정도로 가정 형편이 어려워 고교 진학을 포기했다. 포천 청산중학교 시절 영어 선생님이 결혼한다고 해서 포천 백의리에서 서울 수유리까지 아이들과 버스를 타고 가기로 했다. 책을 팔아 여비로 거금 500원을 만들긴 했는데 가족

4. 〈경향신문〉 2013년 5월 8일자 오피니언 김철웅 칼럼.
5. 강판권, 〈공자가 사랑한 나무 장자가 사랑한 나무〉, 민음사, 2003.
6. "동물세계 소재로 인간 스트레스 해소", 〈동아일보〉 1984년 5월 11일자.

들 생각 때문에 고민하다 가지 못했다. 인순이는 작년 콘서트에 그 선생님을 모신 적이 있다. 히트곡 〈거위의 꿈〉을 절반도 다 못 부르고 목이 메어버렸다.

작년 말 인순이는 한 대학에서 특강을 했다. 혼혈로서 겪어야 했던 어린 시절의 고생담과 가수로 성공하기까지의 곡절들을 솔직하게 털어놨다. "어렸을 때는 혼혈이 큰 문제가 되지 않았지만 사회에 나오니 혼혈에 대한 편견의 벽이 높았다. 혼혈인으로서 할 수 있는 건 많지 않았다"고 말했다. 아직도 근본적인 정체성을 고민하고 있다고도 했다. 인순이는 노래 〈거위의 꿈〉과의 인연을 소개했다. "노래를 만든 사람이 전생에 나와 어떤 인연이 있었기에 내 처지와 똑같은 노래를 만들었는지 깜짝 놀랐다. 결국 이 노래로 가요 프로그램 1위도 해볼 수 있었다."

〈거위의 꿈〉은 가수 이적이 1997년 김동률의 곡에 가사를 붙여 완성한 노래라고 한다. "난 난 꿈이 있었죠 버려지고 찢겨 남루하여도/ 내 가슴 깊숙이 보물과 같이 간직했던 꿈/ 혹 때론 누군가가 뜻 모를 비웃음 내 등 뒤에 흘릴 때도/ 난 참아야 했죠 참을 수 있었죠 그 날을 위해/ (…) 그래요 난, 난 꿈이 있어요 그 꿈을 믿어요 나를 지켜봐요." 가사대로 인순이는 "꿈조차 꿀 수 없는 현실에서 태어났지만 결국 꿈을 이루었다"고 말했다.

올해로 가수 생활 30돌을 맞은 인순이가 또 다른 소박한 꿈을 공개했다. 바로 예술의전당에서 공연하고 싶다는 것이다. 그는 공연 신청이 받아들여지지 않았다면서 "미국 카네기홀에서도 공연을 했는데 예술의전당 오페라홀에서는 대중가수가 설 수 없다는 게 섭섭하고 속상하다"고 했다. 이에 대해 극장 측은 예술의전당은 작품성과 예술성을 중시하는 클래식 중심 연주장으로 인순이의 신청이 우선순위에서 밀린 것이라고 밝혔다. 순수음악과 대중음악의 크로스오버 시대라는데 내년쯤엔 인순이의 꿈이 이뤄질 수 있을까.[7]

이 노래에서 하늘을 나는 꿈을 버리지 않는 거위는 운명의 벽을 넘어서겠다는 의지의 인간을 은유한다. 그 점에선 "아아아 날아라 날아라 타조야/ 우리도 언젠가는 날아갈 거야"라는 가사가 나오는 〈타조〉가 그 원조 격이라 할 수 있다. 거위는 개 대신 집을 지키기도 하는 지혜로운 새다. 어렸을 때 짝을 잃은 거위가 짝을 찾아 슬피 울부짖는 모습을 애처로워하는 공초 오상순의 수필 〈짝 잃은 거위를 곡하노라〉를 읽으며 짠한 심정에 빠졌던 기억이 있다.

넥스트의 〈날아라 병아리〉(1994, 신해철 작사 작곡)는 〈거위의 꿈〉이나 〈타조〉와는 또 다른 의미에서 날지 못하는 병아리에게 '날아라'라고 말한다. 신해철이 병아리의 죽음을 통해 죽음이라는 것을 처음 접한 게 1974년, 그걸 노래로 부른 게 1994년, 그로부터 다시 20년 뒤 신해철은 떠났다. 〈날아라 병아리〉가 그를 추모하는 곡으로 연주되었다. "나 역시 세상에 머무르는 건 영원할

7. 〈경향신문〉 2008년 3월 6일자 〈여적〉 '인순이의 꿈'. 인순이가 그 뒤로 꿈을 이뤘다는 소식은 들리지 않았다.

수 없다는 것을"이라는 가사가 다가온다.

> 육교 위의 네모난 상자 속에서 처음 나와 만난 노란 병아리 얄리는 처음처럼 다시 조그만 상자 속으로 들어가 우리 집 앞뜰에 묻혔다 나는 어린 내 눈에 처음 죽음을 보았던 1974년의 봄을 아직 기억한다
>
> 내가 아주 작을 때 나보다 더 작던 내 친구
> 내 두 손 위에서 노래를 부르면 작은 방을 가득 채웠지
> 품에 안으면 따뜻한 그 느낌 작은 심장이 두근두근 느껴졌었어
> 우리 함께한 날은 그리 길게 가지 못했지
> 어느 날 얄리는 많이 아파 힘없이 누워만 있었지
> 슬픈 눈으로 날갯짓하더니 새벽 무렵엔 차디차게 식어 있었네
> 굿바이 얄리 이젠 아픔 없는 곳에서 하늘을 날고 있을까
> 굿바이 얄리 너의 조그만 무덤가엔 올해도 꽃은 피는지
>
> 눈물이 마를 무렵 희미하게 알 수 있었지
> 나 역시 세상에 머무르는 건 영원할 수 없다는 것을
> 설명한 말을 알 수는 없었지만 어린 나에게 죽음을 가르쳐주었네
> (하략)
>
> -〈날아라 병아리〉 가사

어류도 노래에 나온다. 산울림은 "한밤중에 목이 말라 냉장고

를 열어보니/ 한 귀퉁이에 고등어가 소금에 절여져 있네"라는 가사로 유명한 〈어머니와 고등어〉(1983, 김창완 작사 작곡)를 불렀다. 강산에의 〈거꾸로 강을 거슬러 오르는 저 힘찬 연어들처럼〉(1998, 강산에 작사 작곡)도 있다. 유난히 긴 제목만으로도 왠지 힘 있는 메시지가 전달되는 듯하다.

곤충도 때론 훌륭한 노래 소재다. 자신의 외로운 처지를 개똥벌레에 비유한다면 파격은 파격일 거다. 신형원은 그런 노래 〈개똥벌레〉(1987, 한돌 작사 작곡)를 불러 주목받았다. 인터넷에 누군가 올려놓은 사연이 가슴 찡하다. "초등학생 때 특히 1학년 때 청소 시간마다 선생님께서 틀어주셨습니다. 그땐 너무 어린 나이라 가사 의미도 잘 모르고 그냥 좋은 노랜가 보다 하고 흥얼거리고 그랬는데 10년 후 다시 들어보니까 완전 소름, 가사의 이야기가 제 이야기일 줄은 몰랐던 거죠. 개똥벌레라는 노래가 그렇게 슬픈 곡인 줄도 처음 알았다는…."

아무리 우겨봐도 어쩔 수 없네 저기 개똥 무덤이 내 집인 걸
가슴을 내밀어도 친구가 없네 노래하던 새들도 멀리 날아가네
가지 마라 가지 마라 가지 말아라
나를 위해 한 번만 노래를 해주렴
나나 나나나나 쓰라린 가슴 안고 오늘 밤도 그렇게 울다 잠이 든다

-〈개똥벌레〉 1절 가사

비처럼 음악처럼 – 비와 노래

비와 소리

앞의 '노래, 자연의 친구'에서 비는 다루지 않았다. 수많은 자연현상 가운데 비의 정서를 담은 좋은 노래가 너무 많아서 따로 다루기로 했기 때문이다. 비가 나오는 노래는 왜 이렇게 많을까. 어쩌면 이것도 우문이리라. 비만큼 인간과 친밀하고 우리 정서에 영향을 주는 자연현상이 없기 때문이다. 그렇지 않은가. '창밖에 쏟아지는 빗소리'라는 말만 들어도 뭔가 느낌이 오는 것 같지 않은가.

푸에르토리코 출신 맹인 가수 호세 펠리치아노의 〈비 Rain〉(1969)는 1980~90년대 비 오는 날이면 음악다방이며 카페에서 어김없이 틀어주던 노래다. 가사는 떨어지는 빗방울 소리가 열쇳말이 되어 쓰였다. 'pouring rain'은 그야말로 억수처럼 쏟아지는 비다. 떨어지는 빗방울 소리를 연상시키는 통기타 반주와 효과음 속에 애조 띤 호세의 목소리가 가슴을 적신다.

Listen to the pouring rain listen to it pour
and with every drop of rain you know I love you more
Let it rain all night long Let my love for you grow strong
As long as we're together Who cares about the weather
(하략)

쏟아지는 빗소리에 귀를 기울여봐요 쏟아지는 소리를 들어요
떨어지는 모든 빗방울처럼 나는 당신을 더욱 사랑해요
밤새 내리도록 두세요 당신에 대한 내 사랑이 강해지도록 두세요
우리가 함께 있는 한 날씨야 아무려면 어때요 -〈비Rain〉 가사

1980년대 후반부터 90년대 초까지 서울 명륜시장 쪽 대학로 모퉁이에 바르비종이라는 카페를 열어 장사를 했던 내 친구에겐 이 노래가 특별하다. 지붕 일부가 함석으로 된 2층 카페였는데, 비가 오면 이 노래를 틀어달라는 신청이 쇄도했단다. 함석지붕을 사정없이 두드리는 빗방울 소리, 그것은 영락없이 애절한 〈비Rain〉 멜로디에 맞춘 드럼 반주였다. 실연한 누군가에게는 타닥타닥 소리가 몹시 아프게 들렸을지도 모른다. 함석지붕에 떨어지는 빗소리를 인상적, 관능적으로 묘사한 소설의 한 장면이 있다.

"그러니까 옛날에 영화 찍고 나서 어느 날인가 극장에 영화가 걸리고 어쩌고 하는데 충무로 다방에서 만난 정 감독님이 갑자기 내 손을 잡고는 갈 곳이 있다고 하는 거야. 그래서 따라나섰다가 그만 서귀포까지 가게 됐거든. 맞아, 사랑의 줄행랑이었던 거지. 요즘 같으면 어디 파타고니아나 마케도니아 같은 곳으로 도망쳤을 텐데, 그때는 외국으로 나갈 수가 없었던 시절이니까 나름 갈 수 있는 한 가장 먼 곳까지 간 셈이지. 그렇게 서귀포시 정방동 136-2번지에서 바다 보면서 3개월 남짓 살았어. 함석지붕 집이었는데, 빗소리가 얼마나 좋았는지 몰라. 우리가 살림을 차린 사월에는 미 정도였는데, 점점 높아지더니 칠월이 되니까 솔 정도까지 올라가더라. 그 사람 부인이 애 데리고 찾아오지만 않았어도 시 정도까지 올라가지 않았을까? 그 석 달 동안 밤이면 감독님 품 안에서 빗소리를 들으면서 누워 있었지." (김연수 단편소설 〈사월의 미, 칠월의 솔〉에서)

빗방울 소리를 모티프로 만든 음악으로 유명한 것이 쇼팽의 〈빗방울 전주곡〉이다. 작곡할 때는 전주곡 24개 가운데 그냥 15번 D♭조였는데, 언제부터인지 사람들이 빗방울이라 부르기 시작했다. 왼손의 반주가 곡 전체에 걸쳐 반복하는 A♭(계이름으로는 솔→미)음이 떨어지는 빗방울을 연상시키기 때문이다. 음악에 대한 일화도 전해진다. 쇼팽은 연상의 여인 조르주 상드와 지중해 섬 마요르카에 머물고 있었다. 쇼팽은 결핵으로 각혈을 할 정도로 건강이 나빴다. 어느 날 상드가 외출한 사이 비가 왔다. 쇼팽은 빗소리를 들으며 이 곡을 작곡해 상드에게 들려주었다. 몸이 몹시 쇠약하고 곤궁한 시기에 연인에게 주기 위해 만든 곡이라는 얘기다. 그런 배경을 알고 들으면 더 우울한 음악이다.

빗소리라는 제목의 노래도 많다. 주찬권은 〈빗소리〉(2012, 주찬권 작사 작곡)에서 "빗소리 들으면 잊혀져 간 기억들이/ 떠올라 다시 떠올라 나를 데리고 가네"라고 노래했다. 조동진은 〈빗소리 바람 소리〉(1982, 조동진 작사 작곡)에서 "메마른 나의 맘속에 빗물 적시며/ 어둡고 깊은 잠에서 나를 깨우는 아 저 빗소리 아 저 빗소리"라고 했다. 소리와 청각이 기억을 일깨우는 힘은 크다. 앞의 '노래는 추억이다'에서 "뇌의 반응은 시각보다 청각에서 오는 자극에 더 민감하다"는 사이토 히로시의 주장을 인용한 바 있지만, 비의 경우도 그럴 것이다.

송창식은 〈비의 나그네〉(1972, 이장희 작사 작곡)에서 밤비 내리는 소리를 임이 오는 소리, 임이 가는 소리라고 여긴다. 이걸 두고 '비도 오는데 제정신이 아니어서'라고 생각할 사람은 없으리라. 그만큼 임이 그리워서다. 이것도 광의의 감정이입이다.

> 님이 오시나 보다 밤비 내리는 소리
> 님 발자욱 소리 밤비 내리는 소리
> 님이 가시나 보다 밤비 그치는 소리
> 님 발자욱 소리 밤비 그치는 소리

밤비 따라 왔다가 밤비 따라 돌아가는
내 님은 비의 나그네
내려라 밤비야 내 님 오시게 내려라
주룩주룩 끝없이 내려라 (하략)

-〈비의 나그네〉 가사

김세환의 〈비〉(1974, 이장희 작사 작곡)는 쏟아지는 소낙비, 그리고 천둥소리까지 담고 있다.

우리 처음 만난 날 비가 몹시 내렸지
쏟아지는 빗속을 둘이 마냥 걸었네
함박 젖은 머리에 물방울이 돋았던
그대 모습 아련히 내 가슴에 남아 있네
먹구름아 모여라 하늘 가득 모여라
소낙비야 내려라 천둥아 울리렴
오늘 비가 내리네 추억처럼 내리네
내 가슴에 내리네 눈물처럼 내리네 (하략)

-〈비〉 가사

비와 계절

계절과 결합한 비 노래도 많다. 단연 봄비 노래가 압도적이며 그중에서 클래식과 같은 존재는 박인수의 〈봄비〉(1969, 신중현 작사 작곡)다. 어릴 적 흑백 텔레비전으로 박인수가 절규하듯 〈봄비〉를 부르는 모습을 보고 전율했던 기억이 지금도 남아 있다.

이슬비 나리는 길을 걸으면
봄비에 젖어서 길을 걸으면
나 혼자 쓸쓸히 빗방울 소리에
마음을 달래도
외로운 가슴을 달랠 길 없네
한없이 적시는 내 눈 우에는
빗방울 떨어져 눈물이 되었나
한없이 흐르네
봄비 나를 울려주는 봄비
언제까지 나리려나 마음마저 울려주네 봄비 (하략)

-〈봄비〉 가사

가사도 곡조도 슬프다기보다는 차라리 서럽다. 외롭다고 하는데 이유는 알 수 없다. 실연 때문인지 다른 것 때문인지. 왠지 단순히 사랑을 잃은 것보다 더 심오한, 실존적인 이유가 있을 것 같다. 곡을 만든 사람은 '한국 록의 대부' 신중현이다. 그는 〈봄비〉에 흑인 음악의 전유물이던 소울을 담아 처음엔 이정화에게 주었지만 관심을 끌지 못하자 1970년 다시 박인수가 녹음하도록 했다. 이게 단숨에 대중을 매료시켰다. 1946년생으로 한국전쟁 중 어머니와 헤어져 미국에 입양까지 갔다 돌아온 박인수가 백인들도 잘 이해 못하는 흑인들의 소울을 제대로 불러낸 것이다. 신중현은 회고록에서 박인수에 대해 "흑인보다 더 흑인의 영혼을 지닌 아티스트"라고 평했다고 한다. 그만큼 소울에 어울리는 목소리와 창법을 가진 가수였다.

가을비를 노래한 것으로는 최헌의 〈가을비 우산 속〉(1979, 이두형 작사, 백태기 작곡)이 있다. 그는 이 쓸쓸한 노래를 남기고 2012년 세상을 떠났다.

그리움이 눈처럼 쌓인 거리를
나 혼자서 걸었네 미련 때문에
흐르는 세월 따라 잊혀진 그 얼굴이
왜 이다지 속눈썹에 또다시 떠오르나
정다웠던 그 눈길 목소리 어딜 갔나
아픈 가슴 달래며 찾아 헤매이는
가을비 우산 속에 이슬 맺힌다

–〈가을비 우산 속〉 1절 가사

지금 이 글을 쓰는 계절은 겨울이다. 겨울에 비 노래는 안 어울릴까. 아니다. 김종서의 〈겨울비〉(1993, 신대철 작사, 김종서 작곡)도 있다.

여성 싱어송라이터 임현정은 2003년 〈사랑은 봄비처럼 이별은 겨울비처럼〉을 불렀다. 사랑과 이별이라는 정반대 상황을 봄비와 겨울비의 대조적 이미지로 그려냈다. 섬세한 감수성이 돋보이는 노래다.

(전략)
사랑은 봄비처럼 내 마음 적시고

지울 수 없는 추억을 내게 남기고
이제 잊으라는 그 한 마디로
나와 상관없는 다른 꿈을 꾸고
이별은 겨울비처럼 두 눈을 적시고
지울 수 없는 상처만 내게 남기고
이젠 떠난다는 그 한 마디로
나와 상관없는 행복을 꿈꾸는 너 (하략)

-〈사랑은 봄비처럼 이별은 겨울비처럼〉 1절 가사

여름비라는 말은 별로 안 쓰고 노래도 없다. 원래 여름엔 비가 많으니 굳이 여름을 붙일 까닭이 없어선가. 김광석의 〈사랑했지만〉(1993, 한동준 작사 작곡)엔 계절이 안 나오지만 "어제는 하루 종일 비가 내렸어"라는 노랫말로 보아 여름으로 추측할 만하다. 내가 예전에 신문에 쓴 '내일은 비'라는 글을 소개한다.

긴 장마 속에 김소월의 시 〈왕십리〉가 떠오른다. "비가 온다/ 오누나/ 오는 비는/ 올지라도 한 닷새 왔으면 좋지//여드레 스무 날엔/ 온다고 하고/ 초하루 삭망이면 간다고 했지/ 가도가도 왕십리 비가 오네…"

시의 계절은 여름 장마철이다. 시인이 구태여 밝히지 않았어도 '(비가) 한 닷새 왔으면 좋지'라거나, '가도 가도 왕십리 비가 오네'란 구절이 그렇다. 하여 '모든 것이 비에 젖어 있는 왕십리'란 이미지를 통해 우리는 시가 노래하는 이별의 정한에 공감한다. '한 닷새 왔으면 좋지'란 표현에 대해서는 엇갈린 해석이 나오나 보다. 하나는 "(이별 때문에 가슴 아픈데) 닷새 정도만 오면 됐지 왜 자꾸 오느냐"라는 거고, 다른 건 "기왕 올 거면 좍좍 닷새는 쏟아져라"란 뜻이라는 거다. 하지만 시인은 이 부분을 모호하게 남겨놓았다. 어떤 쪽으로 읽어도 좋다는 뜻일 터.

비만큼 사람과 가까운 자연현상도 없다. 사랑할 때 그리고 이별할 때 비처럼 절절히 다가오는 게 있을까. 당연히 비는 가요와 문학의 단골 소재다. 김광석의 〈사랑했지만〉도 비에 관한 노래인데, 접근법이 독특하다. "어제는 하루 종일 비가 내렸어/ 자욱하게 내려앉은 먼지 사이로/ 귓가에 은은하게 울려 퍼지는/ 그대 음성 빗속으로 사라져버려."

헤밍웨이의 〈무기여 잘 있거라〉에서도 비는 중요한 설정이다. 소설 마지막은 "나는 병원을 떠나 빗속을 걸어 호텔로 돌아왔다"로 끝난다. 이 하드보일드 문체의 대가는 사랑하는 여인이 아기를 낳다 숨지는 비극적 장면을 이렇게 마무리했다. 비는 비극, 허무, 죽음을 상징하지만 작가는 수십 번 고쳐 쓴 끝에 감정 표현이 절제된 이 문장을 완성했다고 한다.

장마가 유난히 길게 느껴진다. 중부지방은 지난달 중순 장마가 시작된 이래 7월 들어서는 그제까지 거의 매일 비가 내렸다. 서울은 겨우 사흘만 갠 날씨였다. 일기예보에서 '내일은 비'란 말을 듣는 게 일상이 돼버린 셈이다. 거기에다 스콜 현상 같은 국지성 호우가 잦아 가령 강남엔 비가 오고 다른 곳은 맑기도 했다. 모두 기후 변화의 양태들이다. 기상이변에 따른 '극값' 경신 빈도도 높아졌다. 잠시 주춤한 듯하지만 이번 장마는 다음 달 초까지 계속될 거라 한다. 기왕 오는 비, 지루한 장마에 대한 생각을 바꿔보면 어떨까. 비 한번 시원하게 내린다, 더러운 것들 씻어버린다고.[1]

비 노래가 많은 이유는 그것이 이별의 정한情恨을 담기에 딱 좋기 때문이기도 하다. 희미한 옛사랑의 추억이 피어오르는 건 맑게 갠 날, 화창한 날보다 비가 추적추적 내리는 날이 제격이다. 심수봉이 "비가 오면 생각나는 그 사람"으로 시작되는 노래 〈그때 그 사람〉(1978, 심수봉 작사 작곡)을 불러 호소력을 인정받은 것도 진한 공감을 전했기 때문이다.

비가 오면 생각나는 그 사람
언제나 말이 없던 그 사람
사랑의 괴로움을 몰래 감추고
떠난 사람 못 잊어서 울던 그 사람
그 어느 날 차 안에서 내게 물었지
세상에서 제일 슬픈 게 뭐냐고
사랑보다 더 슬픈 건 정이라며

1. 〈경향신문〉 2013년 7월 25일자 〈여적〉 '내일은 비'.

고개를 떨구던 그때 그 사람
외로운 병실에서 기타를 쳐주고
위로하며 다정했던 사랑한 사람
안녕이란 단 한마디 말도 없이
지금은 어디에서 행복할까
어쩌다 한번쯤은 생각해줄까
지금도 보고 싶은 그때 그 사람 (하략)
-〈그때 그 사람〉 가사

아닌 게 아니라 비 노래는 '팔할'이 떠난 사랑을 그리는 노래일 거다. 김현식의 〈비처럼 음악처럼〉(1986, 박성식 작사 작곡)을 들어 보자.

비가 내리고 음악이 흐르면 난 당신을 생각해요
당신이 떠나시던 그 밤에 이렇게 비가 왔어요
비가 내리고 음악이 흐르면 난 당신을 생각해요
당신이 떠나시던 그 밤에 이렇게 비가 왔어요
난 오늘도 이 비를 맞으며 하루를 그냥 보내요
오 아름다운 음악 같은 우리의 사랑의 이야기들은
흐르는 비처럼 너무 아프기 때문이죠 오
(중략)
오 그렇게 아픈 비가 왔어요 오 오 오
-〈비처럼 음악처럼〉 가사

주옥같은 비 노래는 너무나 많다. 1982년 대학가요제 동상을 받은 우순실의 〈잃어버린 우산〉(1982, 오주은 작사, 오주연 작곡)은 가사와 멜로디, 화성적 아름다움이 뛰어난 노래다.

안개비가 하얗게 내리던 밤
그대 사는 작은 섬으로 나를 이끌던 날부터
그대 내겐 단 하나 우산이 되었지만
지금 빗속으로 걸어가는 나는 우산이 없어요
이젠 지나버린 이야기들이 내겐 꿈결 같지만
하얀 종이 위에 그릴 수 있는 작은 사랑이어라
라랄 라라라랄 랄랄라랄라 랄라 라라라랄라
잊혀져간 그날의 기억들은
지금 빗속으로 걸어가는 내겐 우산이 되리라 (하략)

-〈잃어버린 우산〉 가사

낭만과 방랑과 술과 노래와

낭만과 방랑

흔히 낭만적인 곡이라는 표현을 쓴다. 요즘 노래에선 옛날의 낭만이 사라졌다고도 한다. 최백호는 아예 〈낭만에 대하여〉(1995)라는 곡을 만들어 불렀다. 낭만이란 무엇인가. 이 노래로 얘기를 시작하자.

궂은 비 내리는 날
그야말로 옛날식 다방에 앉아
도라지 위스키 한 잔에다
짙은 색소폰 소릴 들어보렴
새빨간 립스틱에
나름대로 멋을 부린 마담에게

실없이 던지는 농담 사이로
짙은 색소폰 소릴 들어보렴
이제 와 새삼 이 나이에
실연의 달콤함이야 있겠냐만은
왠지 한 곳이 비어 있는
내 가슴이 잃어버린 것에 대하여

밤늦은 항구에서
그야말로 연락선 선창가에서
돌아올 사람은 없을지라도
슬픈 뱃고동 소릴 들어보렴
첫사랑 그 소녀는
어디에서 나처럼 늙어갈까
가버린 세월이 서글퍼지는
슬픈 뱃고동 소릴 들어보렴
이제 와 새삼 이 나이에
청춘의 미련이야 있겠냐만은
왠지 한 곳이 비어 있는
내 가슴에 다시 못 올 것에 대하여
낭만에 대하여

–〈낭만에 대하여〉 가사

많은 것을 생각하게 만드는 노래다. 제목부터 독특하다. 청춘을 떠나보낸 중년의 허무, 잃어버린 낭만에 대한 그리움의 노래에 '낭만에 대하여'라는 제목을 붙였다. 왠지 뜨거운 현장에서 한 발짝 떨어져 관조하는 태도 같다. '무엇 무엇에 대하여'는 논문 제목에나 어울리는 표현 아니던가. 게다가 '낭만에 대하여'라는 가사는 맨 끝에, 부제副題처럼 붙었을 뿐이다.

그리고 그 정서를 이국적인 탱고 리듬에 실었다. 발표 당시 최백호는 "탱고는 낭만을 담은 리듬"이라며 "우리나라에서 1960년대 유행한 탱고로 중년 팬들의 젊은 시절 추억을 되살리고 싶었다"고 말했다.[1]

최백호가 그려낸 낭만을 살펴보자. 궂은 비, 옛날식 다방, 도라지 위스키(옛날엔 그런 국산 위스키 상표가 있었고, 다방에서도 잔술로 팔았다. 그래서 기분이 좀 그렇다 싶으면, '마담, 여기 위스키 따블!'을 외치곤 했다), 색소폰, 새빨간 립스틱, 선창가, 뱃고동 같은 것들이 등장한다. 이런 것들이 낭만이라는 추상어와 잘 연결된다고 보았기 때문이리라. 동의할 수 있다. 낭만은 옛것, 첫사랑, 거리와 마음을 촉촉이 적시는 비 그런 것들과 이미지가 통한다.

꼭 낭만을 노래한 가수가 아니더라도 그렇다. 많은 이들에게 낭만은 '다시 못 올 것' 같은 과거완료형으로 다가온다. 낭만에는 상실감을 동반한 아련한 추억 같은 무엇이 묻어 있다. 말하자면 낭만은 대체로 좋은 것이지만 잃어버려서, 또는 잃고 있어 안타까운 것이다.[2]

낭만주의, 즉 로맨티시즘의 어원인 '로맨틱romantic'이라는 말은 중세의 픽션인 로망스에서 파생된 것으로, '비현실적, 놀라운, 지나치게 환상적인, 감상적인' 것을 가리킨다. 로맨티시즘은 계몽주의의 이성에 대립해 감성적 요소, 즉 감정, 느낌, 격정, 상상력, 영감 등을 강조하고, 또 자연적인 것을 추구했다.[3] 우리가 '젊은 시절의 낭만', '열정과 낭만이 넘치던 학창 시절'이라는 표현을 즐겨 쓰는 이유다.

〈낭만에 대하여〉는 여기에 덧붙여 절제의 미학까지 갖추고 있다. 잃어버린 낭만을 그리워하되 드러내놓고 탄식하지는 않는다. "실연의 달콤함이야 있겠냐만은"이라 하고 "청춘의 미련이야 있겠냐만은"이라고 한다. 이유는 체념적이다. "이제 와 새삼 이 나이에" 그럴 수 없다는 거다. 실연조차 달콤했던 그 시절을 담담히 회고한다.

낭만적인 노래는 많지만, 낭만에 관한 노래는 적다는 사실을 아시는가. 노랫말에 '낭만'이 들어간 곡은 의외로 찾기 어렵다. 〈낭만에 대하여〉나, 체리필터가 부른 〈낭만고양이〉(2002) 정도가 고작이다. "내 두 눈 밤이면 별이 되지/ 나의 집은 뒷골목 달과 별이 뜨지요." 한경록이 작사하고 정우진이 작곡한 〈낭만고양이〉는 외로운 도시의 고양이를 의인화하면서 감정이입을 한 노래다. 이렇게 가사 속에 낭만이라는 말이 희소한 까닭은 그 개념이 굉장히 추상

1. "삼바 삼바 삼바 라틴댄스 바람", 〈동아일보〉 1996년 9월 12일자.
2. 〈경향신문〉 2012년 2월 3일자 〈여적〉 'SNS와 낭만'(김철웅 논설실장) 부분 인용.
3. 김영한 외, 〈서양의 지적 운동 1·2〉, 지식산업사, 1994, 로맨티시즘(이종훈), 467~504쪽.

적이기 때문인 듯하다.

반면 낭만과 항상 짝을 이루는 방랑放浪이라는 말은 제법 많은 곡에서 나온다. '정한 곳 없이 이리저리 떠돌아다닌다'는 구체적 행위가 낭만의 정서를 표출하는 데 그만인 것이다.

방랑의 노래는 일제강점기 때부터 있었다. 실향과 방랑은 유독 이 시대에만 집중적으로 드러나는 독특한 제재로서, 일제강점기의 고통스러운 현실을 드러내주었다. 〈황성의 적〉이나 〈번지 없는 주막〉 〈나그네 설움〉 〈눈물 젖은 두만강〉 등이 그러한 절절함을 지니고 있다.[4] 물론 이 시대 노래의 방랑은 지금 우리가 생각하는 낭만적 방랑과는 사뭇 결이 다른, 한 맺힌 것이었다.

우리 가요의 초창기이기도 했던 그때 이미 〈방랑가〉라는 노래가 나와 널리 불렸다. 1931년 이규송이 작사하고(작곡자는 미상) 강석연이 부른 이 노래의 가사는 이렇다.

피 식은 젊은이 눈물에 젖어
낙망과 설움에 병든 몸으로
북국한설 오로라로 끝없이 가는
애달픈 이내 가슴 뉘가 알 거나

돋는 달 지는 해 바라보면서
산 곱고 물 맑은 고향 그리며
외로운 나그네 홀로 눈물 지울 새

방랑의 하루해도 저물어가네 -〈방랑가〉 1·2절 가사

이 노래를 들어보면 레로 시작해 솔로 끝나는 3박자곡이라는 점이 특이하다. 우리 민요 경토리 선율의 구성음이 솔·라·도·레·미이고 '솔'로 마치는 형이 많다는데, 이와 관련 있는 게 아닌가 한다. 흔히들 〈방랑가〉를 평가하면서 이 노래가 식민지 시대에 많이도 발표되었던 유성기 음반 중 이른바 '방랑물放浪物' 가요의 기점 역할을 했다고 한다. 대중의 반응이 워낙 뜨거워서 여러 레코드 회사에서 이애리수를 비롯한 다른 가수의 버전으로 취입하기도 했다.[5]

슈베르트의 가곡 〈겨울 나그네〉처럼 낭만주의는 사랑을 향한 열정, 방랑과 방황을 아름답게 그린다. 방랑 주제의 음악 얘기에 슈베르트의 〈방랑자 환상곡〉을 빼놓고 갈 수 없다.

까닭 없이 삶이 쓸쓸해질 때, 슈베르트가 위안이 돼준다. 피아노곡인 그의 환상곡 C장조 〈방랑자〉를 듣는다. 쇼팽의 음악이 '화사한 우수'라면 슈베르트는 그냥 외롭고 슬프다. 짧은 삶을 보헤미안처럼, 겨울 나그네처럼 살다 가서일까. 그는 가곡 〈방랑하는 나그네〉도 작곡했는데, "그대가 없는 곳, 그곳에 행복이 있다"고 사랑에 찢어지는 마음을 노래한다.

〈방랑자〉는 알프레드 브렌델(1931~)의 연주로 들어볼 일이다. 도

4. 이영미, 〈한국대중가요사〉, 민속원, 2006, 일제시대 방랑 노래의 진정성, 93쪽.
5. "이동순의 가요 이야기, 강석연(하)", 매일신문 웹페이지 2012년 10월 18일자.

수 높은 뿔테안경을 쓴 그는 도무지 낭만적 감정에 휩쓸릴 것 같지 않은 진지한 외모의 피아니스트다. 그런 그가 의외의 말을 했다고 한다. "방랑은 낭만의 조건이다. 그래서 어떤 이는 그 조건을 따르고 (…) 어떤 이는 탈출구가 없는 상황에 내몰려 고통 받는다." 이런 기막힌 말을 던진 그가 독일 TV에서 녹음한 〈방랑자〉 연주를 유튜브에서 봤다. 3악장 피날레에서 보여준, 온몸을 내던지는 격렬한 몸짓은 파격이었다. 그때 그의 가슴속에선 낭만과 방랑의 기쁨, 고통이 교차하지 않았을까.[6]

1976년에는 박인희가 부른 〈방랑자〉가 크게 히트했다. 이탈리아 가수 잔니 모란디의 〈바가본도Vagabondo〉(1975)를 번안한 곡이다.

그림자 벗을 삼아 걷는 길은
서산에 해가 지면 멈추지만
마음의 님을 따라 가고 있는 나의 길은
꿈으로 이어지는 영원한 길
방랑자여 방랑자여 기타를 울려라
방랑자여 방랑자여 노래를 불러라
오늘은 비록 눈물 어린 혼자의 길이지만
먼 훗날에 우리 다시 만나리라 (하략)

-〈방랑자〉 가사

1979년 MBC 대학가요제 대상곡인 〈내가〉(김학래 작사 작곡, 김학래·임철우 노래)의 화자도 방랑자, 떠돌이 신세를 노래한다. 사랑에 실패하고 방랑을 떠나는 이유도 갖가지다. 앞에 나온 슈베르트의 〈방랑하는 나그네〉는 "그대가 없는 곳에 행복이 있다"는 터무니없는 이유로 방랑을 택한다. 〈내가〉에서는 "이내 마음 다하도록 사랑한다면 슬픔과 이별뿐이네"라고 말한다. 모두 분명한 역설이다. 그러나 현실에서는 이치에 닿지 않는 역설이 얼마나 많은가. 그렇지 않다면 그 많은 사랑 노래는 존재할 수 없었으리라. 〈내가〉의 화자는 사랑을 잃더라도 상념의 방랑자가 되어 이 세상 끝까지 가겠노라는 의지를 드러낸다. 현실에서 방랑자가 되긴 힘들다. 대개 정신적으로나 가능하다. 그 점에서 '상념의 방랑자'는 꽤 솔직한 표현이다. 요즘 보기 힘든 사랑이다.

이 세상에 기쁜 꿈 있으니 가득한 사랑의 눈을 내리고
우리 사랑의 노래 있다면 아름다운 생 찾으리라
이 세상에 슬픈 꿈 있으니 외로운 마음에 비를 적시고
우리 그리움의 날개 있다면 상념의 방랑자 되리다

이내 마음 다하도록 사랑한다면 슬픔과 이별뿐이네
이내 온정 다하도록 사랑한다면 진실과 믿음뿐이네

6. 〈경향신문〉 2013년 5월 8일자 김철웅 칼럼 '음악이 주는 위로'에서. "방랑은 낭만의 조건"이라는 말을 브렌델이 언제 어디서 했는지는 확실치 않다. 어떤 마스터클래스에서 했다는 설이 있다.

내가 말없는 방랑자라면 이 세상의 돌이 되겠소

내가 님 찾는 떠돌이라면 이 세상 끝까지 가겠소 (하략)

-〈내가〉 가사

한 잔 술에 설움을

울적할 땐 한 잔 술에 노래 한 곡이 더없이 위로가 된다. 나훈아가 부른 〈머나먼 고향〉(1971, 박정웅 작사 작곡). 모스크바 특파원을 지낼 때 나는 가끔 보드카 한 잔 마시고 한국인이 운영하는 노래방에 가서 이 노래를 부르며 향수를 달래곤 했다(참고로 보드카의 정확한 표기는 보트카가 맞으나 사전엔 보드카로 돼 있다). 유튜브엔 이런 댓글이 눈에 띈다. "나의 18번, 이 노래 잘 불러 군대서 특별휴가까지 갔었는데. 술을 끊은 후에 '한 잔 술'이 '한 잔 커피'로 바뀌었지요!" 그래, 노래는 추억이고 낭만이다.

머나먼 남쪽 하늘 아래 그리운 고향

사랑하는 부모 형제 이 몸을 기다려

천리타향 낯선 거리 헤매는 발길

한 잔 술에 설움을 타서 마셔도

마음은 고향 하늘을 달려갑니다

-〈머나먼 고향〉 가사

이장희는 1974년 〈한 잔의 추억〉을 만들어 불렀다.

늦은 밤 쓸쓸히 창가에 앉아
꺼져가는 불빛을 바라보면은
어데선가 날 부르는 소리가 들려
취한 눈 크게 뜨고 바라보면은
반쯤 찬 술잔 위에 어리는 얼굴
마시자 한 잔의 추억
마시자 한 잔의 술
마시자 마셔버리자

어두운 밤거리에 나 홀로 서서
희미한 가로등을 바라보면은
어데선가 날 부르는 소리가 들려
행여 하는 마음에 뒤돌아보면
보이는 건 외로운 내 그림자 (하략)

-〈한 잔의 추억〉 1·3절 가사

젊은 시절 인파로 붐비는 서울 신촌 밤거리에서 '누군가 내 어깨를 툭 쳐주었으면…' 하고 걸었던 기억이 있다. 그날 혼자 술을 마셨던가. 그래서 이 노래 3절에 더욱 공감하게 된다. 어이없는 건 외로움을 달래기 위해 한 잔의 술과 추억을 마시자는 이 노래가 향락을 조장한다는 이유로 1975년 금지곡이 되었다는 사실이다. 당국은 함께 금지곡이 된 이장희의 〈그건 너〉엔 '남에게 책임을 전가한다'는 웃기는 구실을 댔다.

바이브의 〈술이야〉(2006, 류재현 작사 작곡)도 1970년대에 나왔으면 영락없이 향락 조장한다며 금지됐을 법한 노래다. 사랑을 잃고 만날 술에 젖어 사는 모습을 그리는데 가사의 각운脚韻이 효과를 발휘한다. 후렴에선 술이야, 줄이야, 남이야, 술이야를 반복하면서 지겹지만 또 마실 수밖에 없는 공허한 마음을 잘 전달한다. 듀엣인 바이브의 윤민수는 언젠가 방송에 나와 싱어송라이터인 류재현이 "술을 마실 때는 곡이 잘 나왔는데 (결혼을 하고) 착실히 살더니 곡이 잘 안 나온다"고 '폭로'하기도 했다.

> 슬픔이 차올라서
> 한 잔을 채우다가 떠난 그대가 미워서
> 나 한참을 흉보다가
> 나 어느새 그대 말투 내가 하죠
> 난 늘 술이야 맨날 술이야
> 널 잃고 이렇게 내가 힘들 줄이야
> 이제 난 남이야 정말 남이야
> 널 잃고 이렇게 우린 영영
> 이제 우리 둘은 남이야
> (중략)
> 술 마시면 취하고(술 마시면 취하고)
> (나)나 한 얘기를 또 하고(또 하고)
> 이제 넌 남인 줄도 모르고 너 하나 기다렸어 (하략)
>
> –〈술이야〉 가사

술과 따라가기 십상인 담배도 가요에 더러 등장한다. 그런 노래의 고전은 이난영이 부른 〈다방의 푸른 꿈〉(1939, 조명암 작사, 김해송 작곡)이다. 이 노래는 작곡자 김해송의 천재성이 드러나는 재즈 스타일의 곡이다. 블루스 음계의 특징인 '미♭'을 구사하며 A(가장조)에서 Am(가단조)로 능란하게 같은 으뜸음 조바꿈을 한다. '블루스에 나는 운다'라는 신식 노랫말도 나온다.

내뿜는 담배연기 끝에 흐미한 옛 추억이 풀린다
고요한 찻집에서 커피를 마시면
가만히 부른다 그리운 옛날을 부르누나 부르누나
흘러간 꿈은 찾을 길 없어 연기를 따라 헤매는 마음
사랑은 가고 추억은 슬퍼 블루스에 나는 운다
내뿜는 담배연기 끝에 흐미한 옛 추억이 풀린다

-〈다방의 푸른 꿈〉 1절 가사

이 노래에 대해 작곡가 황문평이 했던 평을 소개한다.

일제 말엽 부민관(세종문화회관 별관, 현재는 다시 서울시의회로 바뀌었다) 무대에서 이난영은 검은 터번 머리에 담배를 피워 물고 약간 코에 걸린 목소리로 아주 애수에 잠긴 노래를 불렀다. 곡목은 〈다방의 푸른 꿈〉, 아마 올드팬은 지금도 기억에 남아 있을 것이다. "내뿜는 담배연기 끝에 흐미한 옛 추억이 풀린다…" 이 노래는 이

난영의 진짜 히트넘버였다.[7]

이 노래를 부를 때에 가수 이난영은 한복을 입지 않고, 긴 드레스에 긴 검은 장갑을 끼었다고 한다. 이난영의 큰딸이자 역시 가수였던 김시스터즈의 김숙자는 "어린 나이에도 우리 엄마 참 멋있다고 생각했다"고 술회한 바 있다.

그로부터 20여 년이 지난 1964년 최희준이 부른 〈진고개 신사〉(심영식 작사, 김호길 작곡)도 '내뿜는 담배연기'로 노래를 시작한다.

미련 없이 내뿜는 담배연기 속에
아련히 떠오르는 그 여인의 얼굴을
별마다 새겨보는 별마다 새겨보는
아아 아아 진고개 신사

–〈진고개 신사〉 1절 가사

김광석이 부른 〈서른 즈음에〉(1994, 강승원 작사 작곡)에서 담배연기는 결코 빠져선 안 될 소품이다. 그건 나이 서른, 멀어져가는 청춘을 상징하는 것이므로. 내뿜는 담배연기 말고 무엇으로 그 헛헛한 심경을 그려낼 수 있으랴. 매일 이별하며 살고 있음을 문득 깨달은 화자로서. "또 하루 멀어져 간다. 내뿜은 담배연기처럼…"

7. 황문평, "이난영은 블루스의 한국적 진수", 〈경향신문〉 1980년 10월 22일자. 최유준, 〈대중음악과 공감의 그늘〉, 전남대학교 출판부, 2014, 이난영의 눈물, 96쪽에서 재인용.

인생은 미완성, 나그네길

인생은… 나그네길

이진관은 〈인생은 미완성〉(1985, 김지평 작사, 이진관 작곡)을 불렀다. 인생의 의미를 성찰하는 노랫말이 무척 공감을 일으키는 노래다. 첫 소절을 듣는 순간 겸허한 삶의 태도가 느껴진다. 인생이 미완성이라고 한 것은 "뭔지 아직 알 수 없다"는 뜻이다. 그러므로 우리는 인생이라는 편지를 곱게 써야 한다. 인생이라는 그림을 아름답게 그려야 한다. 카뮈는 이런 말을 했다. "행복의 조건을 따지면 행복할 수 없고, 인생의 의미를 찾으면 더는 살지 못한다." 대표작 〈이방인〉에서 한 것으로, 실존주의 작가다운 통찰력이 엿보인다. 이 말도 인생이 미완성인 대로 그냥 가자는 뜻 아닐까.

인생은 미완성 쓰다가 마는 편지

그래도 우리는 곱게 써가야 해
사랑은 미완성 부르다 멎는 노래
그래도 우리는 아름답게 불러야 해
사람아 사람아 우린 모두 타향인 걸
외로운 가슴끼리 사슴처럼 기대고 살자
인생은 미완성 그리다 마는 그림
그래도 우리는 아름답게 그려야 해
인생은 미완성 새기다 마는 조각
그래도 우리는 곱게 새겨야 해

-〈인생은 미완성〉 가사

인생이란 무엇인가. 그리고 어떻게 살 것인가. 인간은 끝없이 묻고 대답해왔다. 철학도 종교도 문학도 이 문제에 매달려왔다. 답은 나왔을까. 어떤 이는 이렇게, 어떤 이는 저렇게 말한다. 중구난방이다. 해답을 얻을 수 있기나 한 걸까. 그렇게 회의하면서도 오늘도 인생을 묻는 게 인생이다.

인생에 대한 그럴듯한 명언도 많다. 인생은 흘러가는 것이 아니라 채워지는 것이다. 우리는 하루하루를 보내는 것이 아니라 내가 가진 무엇으로 채워가는 것이다(존 러스킨). 자신이 생각하기에 따라 인생이 달라진다(마르쿠스 아우렐리우스). 우리의 인생은 우리가 노력한 만큼 가치가 있다(프랑수아 모리아크)….

인생에 대한 고민이 철학자나 사상가들만의 몫일 수 없다. 우연히 마주친 야구 마니아 커뮤니티사이트에서 '무엇을 위해 살고 있는지 모르겠네요'라는 제목의 글이 눈에 띄었다. 요지는 이렇다. 대학 2년생이다. 고등학교 때는 대학교 가면 행복하겠지 하고 살았는데 대학교에 오고 나니 목표가 사라진 느낌이다. 스포츠, 연애, 공부 다 열심히 하지만 공허한 느낌만 계속 남아 방황하게 된다. 그는 이렇게 묻는다. "목표를 언제나 필요로 하는 제 삶의 방식이 잘못된 걸까요? 즉 지금 제 질문 자체, 고민 자체가 잘못된 걸까요?" 이 글에는 이런저런, 진지한 답변 20여 개가 달렸다.

물론 노래도 인생에 관심이 많다. 노래 자체가 삶의 애별리고愛別離苦를 다루니 당연한 것이다. '인생을 다루지 않는 노래는 없다'고 할 수도 있다. 하지만 이 글에서 우리가 관심을 갖는 건 인생 자체를 정면으로 응시하는 노래들이다. "인생은 무엇인가"라는 질문을 던지거나, "인생은 이런 것"이라고 규정하는 노래다. 그럼으로써 삶을 되돌아보게 하고, 삶에 힘이 돼주는 노래 말이다. 〈인생은 미완성〉 노랫말에는 인생에 대한 달관 같은 것이 느껴진다. 인생이 미완성임을 인정함으로써 아집과 욕심을 멀리하고 겸허해질 수 있다.

이 노래는 발표된 해 KBS 가사 대상을 차지했으며 이듬해 제5회 가요 대상까지 수상했다. 이 노래를 들으면 떠오르는 사람이 있다. 〈경향신문〉 편집국장을 지낸 이형균 선배다. 이 국장은 젊은 후배들과 어울려 카페를 전전하며 술과 '풍류'를 즐기곤 했다. 이 노래가 나왔을 때 좋은 가사라고 극찬하며 술자리에서 함께 불렀던 일이 추억으로 남아 있다.

이렇게 가사에 공감하게 만드는 건 진정성의 힘이다. 그 진정성은 작사가 김지평의 인생 경험과도 관련 있어 보인다. 그는 작사가가 되기 전 사형수들의 상담을 담당했던 서울 구치소 교도관이었다고 한다. 가사에 "외로운 가슴끼리 사슴처럼 기대고 살자"라는 구절이 있는데, 그를 아는 사람들은 큰 키에 사슴을 닮은 눈빛을 가진 작사가에 딱 어울리는 표현이라고 말한다.

미완성 하니까 〈미완성 교향곡〉이 생각난다. 이 곡은 슈베르트가 1·2악장만 쓴 채 세상을 떠나 미완성으로 남았지만 선율이 정말 아름답다. 미완성이어서 더 아름다운 건지도 모른다. 이 작품에 대해 브람스는 "양식적으로는 분명히 미완성이지만 내용적으로는 결코 미완성이 아니다. (…) 이처럼 온화하고 친근한 사랑의 말로 다정하게 속삭이는 매력을 지닌 교향곡을 일찍이 들은 적이 없다"고 평가했다. 미완성인 우리의 인생도 이렇게 아름다울 수 있다면 좋으련만….

최희준의 〈하숙생〉(1965, 김석야 작사, 김호길 작곡)에서 인생은 나그네길로 규정된다. 나그네는 쓸쓸한 방랑자라는 우리말이다. 어렸을 때 읽은 어떤 잡지에서 한 외국인이 한국어 가운데 가장 아름다운 말로 '나그네'를 꼽았던 것을 기억한다. 듣고 보니 그런 것도 같았다. 노래 제목은 하숙생인데, 정작 가사엔 하숙생이라는 말이 안 나온다. 까닭은 〈하숙생〉이 1965년부터 이듬해까지 방송돼 큰 인기를 모았던 KBS 라디오 일일드라마 〈하숙생〉의 주제가였다는 데서 찾을 수 있다.

작사자도 방송작가인 김석야였다. 드라마가 전파를 탄 지 채 열흘도 되지 않아 방송사에 주제가를 틀어달라는 청취자들의 요청이 쇄도하는 등 반응이 어마어마했다고 한다. 최희준은 〈하숙생〉에 대해 이런 말을 했다. "짧지만 함축적으로 인생을 표현한 참 좋은 노래입니다. 산다는 게 뭔지, 어떻게 살아야 하는지를 생각하게 해준다는 점에서 나이 들수록 그 의미를 새롭게 느낄 수 있지요. 그래서 긴 생명력을 지니고 있다고 생각합니다."[1]

당시는 라디오 드라마가 인기를 모으면 거리가 한산해지던 시절이었다. 드라마가 뜨자 소속사 신세기레코드가 부랴부랴 음반을 냈고 최희준은 대스타의 자리에 앉게 됐다. 이듬해엔 영화 〈하숙생〉까지 만들어졌는데 10만 명이 넘는 관객 동원으로 흥행에 성공했다. 그의 자평대로 〈하숙생〉은 인생의 덧없음을 노래한 철학적인 노래다.

인생은 나그네길 어디서 왔다가 어디로 가는가
구름이 흘러가듯 떠돌다 가는 길에
정일랑 두지 말자 미련일랑 두지 말자
인생은 나그네길 구름이 흘러가듯 정처 없이 흘러서 간다

-〈하숙생〉 1절 가사

1. 최희준 인터뷰 "가수인생 50년째… 난 아직도 무대가 그리운 하숙생", 오애리 기자, 〈문화일보〉 2010년 3월 5일자.

이 노래에서 인생과 나그네, 구름의 이미지가 겹쳐지는 대목은, "구름에 달 가듯이 가는 나그네"를 두 차례 반복하며 나그네의 쓸쓸한 서정을 그려낸 박목월의 시 〈나그네〉(1946)를 떠올린다.

최혜영의 〈그것은 인생〉(1983, 박건호 작사, 김재일 작곡)도 인생이 무엇인지 묻고 대답한다. 그리고 그 대답은 더없이 우울하다. 노래도 단조다. 하지만 리듬과 템포는 경쾌하고 가수의 음색도 매우 맑고 발랄하다. 그것이 효과를 이룬다. 때로는 슬픈 노래를 밝게 부르는 게 더 슬플 수 있다. 요절한 가수 김정호가 자작곡 〈인생〉(1980)이라는 슬픈 노래를 한 맺힌 듯 부른 것과 대조된다.

나나나나나나나나나나

아기 때는 젖 주면 좋아하고 아하

아이 때는 노는 걸 좋아하고

저 가는 세월 속에 모두 변해가는 것 그것은 인생

철이 들어 친구도 알게 되고 아하

사랑하며 때로는 방황하며

저 가는 세월 속에 모두 변해가는 것 그것은 인생

시작도 알 수 없고 끝도 알 수 없네

영원한 시간 속에 잠시 서 있을 뿐

우리가 얻은 것은 진정 무엇이고

우리가 잃은 것은 과연 무엇인가

저 가는 세월 속에 빈손으로 가는 것 그것은 인생 (하략)

-〈그것은 인생〉 가사

진미령의 〈하얀 민들레〉(1979, 신봉승 작사, 유승엽 작곡)도 슬픈 노래를 경쾌한 리듬에 맞춰 부른 경우다. 왜 슬프냐 하면 이런 가사 때문이다. "나 어릴 땐 철부지로 자랐지만/ 지금은 알아요 떠나는 것을/ 엄마 품이 아무리 따뜻하지만/ 때가 되면 떠나요 할 수 없어요/ 안녕 안녕 안녕 손을 흔들며/ 두둥실 두둥실 떠나요/ 민들레 민들레처럼/ 돌아오지 않아요 민들레처럼." 슬픈 노래를 웃으며 부르는 것은 일종의 테크닉이다. 민들레 홀씨처럼 '때가 되면 떠나고, 돌아오지 않는' 운명을 웃으며 노래함으로써 우는 것보다 더 절묘한 콘트라스트가 이뤄진다.

내 인생은 누구 것?

민해경은 1982년 〈내 인생은 나의 것〉(박건호 작사, 방기남 작곡)을 불렀다. 김현준과 혼성 듀엣으로 부른 이 곡으로 민해경은 KBS 〈가요톱10〉에서 4주 연속 1위를 차지한다. 아직 청소년으로 보이는 화자가 '내 인생은 나의 것'이라며 '나는 모든 것 책임질 수 있다'고 주장하는 가사가 신선했다. 데뷔 2년차인 민해경의 작은 체구에서 뿜어져 나오는 중저음 허스키 보이스도 시선을 끌었다.

내 인생은 나의 것 내 인생은 나의 것
그냥 나에게 맡겨주세요
내 인생은 나의 것 내 인생은 나의 것
나는 모든 것 책임질 수 있어요
사랑하는 부모님 부모님은 나에게 너무도 많은 것을 원하셨어요
때로는 감당하기 어려웠지만 따라야 했었지요
가지 말라는 곳에는 가지 않았고 하지 말라는 일은 삼가했기에
언제나 나는 얌전하다고 칭찬받는 아이였지요
그것이 기쁘셨나요 화초처럼 기르시면서
부모님의 뜻대로 된다고 생각하셨나요
그러나 이젠 말하겠어요 부모님은 사랑을 다 주셨지만
나는 아직도 아쉬워하는데
이렇게 그늘진 나의 마음을 그냥 버려두지 마세요
(중략)
부모님이 부모님이 살아오신 그 길이 나의 인생은 될 수 없어요
시대는 언제나 가고 가는 것 모든 것은 달라졌어요 (하략)

-〈내 인생은 나의 것〉 가사

노래는 '내 인생은 나의 것'을 반복한 뒤에 '사랑하는 부모님'이라는 가사가 이어지면서 '부모님 전 상서' 같은 노랫말이 본격적으로 시작된다. 그 내용이 심상치 않다. 부모에게 "나는 얌전하다고 칭찬받는 아이였지요/ 그것이 기쁘셨나요"라고 묻고는, "모든

것은 달라졌어요/ 부모님의 어린 시절을 다시 한 번 돌아보세요" 라고 충고까지 한다. 당시로는 파격적이고 당돌한 태도였다.

이 곡은 곧 방송금지곡으로 한동안 묶이고 마는데 이유가 황당했다. "청소년들에게 반항심을 유도한다"는 것이었다. 학부모들이 반발했다고도 한다. 부모의 꾸중이나 잔소리를 듣던 학생들이 〈내 인생은 나의 것〉을 틀어놓고 가출하는 식으로 반항하게 만든다는 것이다. 하지만 지금 들어도 '내 삶을 내가 산다'는 주체적 태도가 썩 와 닿는 노래다. 이렇게 독립심을 당당하게 표현하는 자식에겐 도리어 손뼉 쳐줘야 하는 게 아닌가.

〈내 인생은 나의 것〉이 10대의 자유정신을 노래했다면 이문세의 〈우리가 마음먹은 대로〉(1989, 이영훈 작사 작곡)는 20대 이상의 노래라 할 수 있다. 자기가 책임지고 자기 인생을 살겠다는 정신이 통한다. 이문세는 이걸 시종 신나고 경쾌하게 불렀다. 마지막에 "새로웁게"라고 외치며 끝나는 게 인상적이다. 그래, 새로운 게 없더라도 새롭게 살아야 한다, 인생은.

우리가 마음먹은 대로 이 세상 살아가다 보면 우후
돈보다 더 귀한 게 있는 걸 알게 될 거야
사랑놀인 그다지 중요하진 않은 거야
그대가 마음먹은 대로 이 세상 살아가다 보면 우후
슬픔보단 기쁨이 많은 걸 알게 될 거야
인생이란 무엇을 어떻게 했는가 중요해

나나나난 나 나나나난 나 나나나난 나 우
얄미웁게 자기가 맡은 일들을 우리가 맡은 책임을
그대가 해야 할 일을
사랑해요 어둔 밤하늘 날으는 밤구름 아침이 되면
다시 하얗게 빛나지 새로웁게 -〈우리가 마음먹은 대로〉 가사

이 노래는 "카르페 디엠"이란 말을 생각나게 한다. 영화 〈죽은 시인의 사회〉(1989)에서 키팅 선생님이 학생들에게 역설하는 이 말은 '현재를 잡아라'라는 뜻의 라틴어다.

탤런트 김성환은 〈인생〉(1998, 조운파 작사, 손정우 작곡)이라는 트로트곡을 구수하고 흥겹게 불렀다. 귀에 쏙쏙 들어오는 가사, 친숙한 멜로디 덕에 반응이 뜨거웠고, 먼저 '안국동'에서 연락이 왔다고 한다. "우리 회장님이 이 노래를 아주 좋아하십니다. 점심시간에 방송해서 직원들의 사기를 진작시키고 싶어 하십니다." 그로부터 현대사옥에서는 점심시간마다 〈인생〉을 방송했다.[2] 이 노래는 응원가로도 많이 불렀는데, 특히 경기 막판에 "나머지 인생 잘해봐야지"를 "나머지 시간 잘해봐야지"로 바꿔 불렀다고 한다.

세상에 올 때 내 맘대로 온 건 아니겠지만 이 가슴엔 꿈도 많았지
내 손에 없는 내 것을 찾아 낮이나 밤이나 뒤볼 새 없이 나는 뛰었지
이제 와서 생각하니 꿈만 같은데 두 번 살 수 없는 인생 후회도 많아
스쳐간 세월 아쉬워한들 돌릴 수 없으니 남은 세월이나 잘해봐야지

돌아본 인생 부끄러워도 지울 수 없으니 나머지 인생 잘해봐야지

-〈인생〉 가사

김종진·전태관 2인조 밴드인 봄여름가을겨울이 2002년 발표한 〈브라보 마이 라이프〉(김종진 작사 작곡)도 자기 인생을 자축하며 격려하는 노래다. 퓨전 재즈를 국산화했다는 평을 듣는 이들의 사운드가 따뜻하게 다가온다.

해 저문 어느 오후 집으로 향한 걸음 뒤엔
서툴게 살아왔던 후회로 가득한 지난날
그리 좋지는 않지만 그리 나쁜 것만도 아니었어
석양도 없는 저녁 내일 하루도 흐리겠지
힘든 일도 있지 드넓은 세상 살다 보면
하지만 앞으로 나가 내가 가는 곳이 길이다
Bravo Bravo my life 나의 인생아
지금껏 달려온 너의 용기를 위해
Bravo Bravo my life 나의 인생아
찬란한 우리의 미래를 위해
내일은 더 낫겠지 그런 작은 희망 하나로
사랑할 수 있다면 힘든 일 년도 버틸 거야

2. 정두수, 〈노래 따라 삼천리〉, 미래를소유한사람들, 2013, 467쪽. 이 글에서 '우리 회장님'은 고 정주영 명예회장을 말하며, '안국동'은 현대사옥이 자리한 계동의 착오인 듯하다.

일어나 앞으로 나가 네가 가는 곳이 길이다 (하략)

-〈브라보 마이라이프〉 가사

인생을 달관한 듯한 노래로는 김국환의 〈타타타〉(1991, 양인자 작사, 김희갑 작곡)를 빼놓을 수 없다. 제목부터 독특하다. '타타타'라는 말은 산스크리트어로 '그래, 그거야'라는 뜻이다. 작사자 양인자가 인도 여행 중 이 의미를 알게 돼 가사를 쓰게 되었고 그의 남편 김희갑이 곡을 붙였다.

네가 나를 모르는데 난들 너를 알겠느냐
한 치 앞도 모두 몰라 다 안다면 재미없지
바람이 부는 날엔 바람으로
비 오면 비에 젖어 사는 거지
그런 거지 음음음 어 허허
산다는 건 좋은 거지 수지맞는 장사잖소
알몸으로 태어나서 옷 한 벌은 건졌잖소
우리네 헛짚는 인생살이 한 세상 걱정조차 없이 살면
무슨 재미 그런 게 덤이잖소
아 하 하 하 하
아 하 하 하 하 하 하 하

-〈타타타〉 가사

1992년 말 이 곡이 한국노랫말대상을 차지했다는 건 그만큼 공감하는 사람이 많았다는 뜻이다. 한데 이 노래가 유명해진 사연도 '한 치 앞도 모두 몰라'라는 노랫말을 닮았다. 노래는 1991년 세상에 나왔지만 간간이 라디오를 타는 정도였다. 그러다가 1992년 초 당시 최고의 시청률을 누린 텔레비전 드라마 〈사랑이 뭐길래〉에서 자녀를 결혼시킨 두 중년 여성(김혜자, 윤여정)이 허탈함과 외로움을 달래는 음악으로 이 노래가 쓰이면서 갑자기 인기가 폭발했다.

그러고 보면 가수도, 노래의 운명도, 그리고 인생도 때론 김용임이 부른 〈부초 같은 인생〉(2008, 상준·소산 작사, 공정식 작곡)의 노랫말 같은 것 아니냔 생각도 든다. "내 인생 고달프다 울어본다고 누가 내 맘 알리요/ 어차피 내가 택한 길이 아니냐 웃으면서 살아가보자/ 천 년을 살리요 몇 백 년을 살다 가리요/ 우리만 변하는구려/ 아 아 부초 같은 우리네 인생/ 아 우리네 인생."

4장

'뽕짝'의 재발견

트로트에 자꾸 끌린다

〈가거라 삼팔선〉 이야기

〈빈대떡 신사〉-조바꿈의 미학

옹점이가 부른 트로트

트로트에 자꾸 끌린다

노래 취향은 변할 수 있을까

노래 취향은 참으로 다양하다. 가까운 사람들의 애창곡을 보면 알 수 있다. 트로트, 포크, 발라드, 록, 댄스음악… 하고많은 노래 가운데 그 사람이 유독 그 노래를 고르게 되는 이유는 뭘까(한국음악저작권협회에 등록된 대중음악은 현재 36만 곡이나 된다. 그중 리메이크 등으로 중복된 곡을 빼더라도 족히 10만 곡은 되지 않을까 한다). 중·노년층은 트로트, 젊은이들은 힙합이나 댄스음악, 이런 구분이 가능한가. 뭐 세대별로 구분할 수도 있지만 법칙성이 있는 건 아니다.

음악 취향은 어떻게 형성되는 걸까. 이 문제를 뇌과학적으로 연구한 학자가 있다. 인지심리학자이자 신경과학자인 대니얼 레비틴은 음악 선호도가 십대에 결정된다고 말한다. 그는 기억상

실증에 걸린 알츠하이머병 환자를 예로 든다. "많은 이들은 열네 살 때 들었던 노래들을 부르는 법을 여전히 기억한다. 왜 열네 살일까? 우리가 십대에 들었던 노래를 기억하는 부분적인 이유는 그 시절이 자기 발견의 기간이고 그래서 정서적으로 예민하기 때문이다." 그는 이를 "편도체와 신경전달물질이 협력하여 이런 기억에 중요하다는 '꼬리표'를 달기 때문"이라며 "열네 살 무렵이 되면 음악적 뇌의 배선이 어른의 수준으로 완성된다"고 설명했다.

레비틴의 연구를 '노래 취향은 대개는 십대에 형성된다'는 뜻으로 해석해도 될 것이다. 그는 "더 이상 새로운 음악 취향을 받아들이지 못하는 시점이 존재하는 것 같지는 않지만, 대체로 열여덟에서 스무 살 정도가 되면 각자의 취향이 완성된다"고 썼다.[1]

요컨대 어릴 때 들은 노래의 기억과 취향이 평생 간다는 말이다. 이를 잘 증명하는 것이 '구세대'의 트로트 취향이다. '구세대'를 일제강점기 때 태어나 노년에 접어든 사람들이라고 치자. 트로트 음악에 길든 이들의 상당수는 1970년대 이후 나온 포크, 록, 댄스음악에 적응하는 데 굉장히 어려움을 느낀다. 그래서 "요즘 나온 노래들은 재미도 없고 무슨 소린지 알아들을 수도 없다"고 푸념하는 것을 들을 수 있다.

역지사지하면 젊은 세대도 마찬가지다. 이들도 대부분 트로트

1. 대니얼 레비틴, 〈뇌의 왈츠-세상에서 가장 아름다운 강박〉, 장호연 옮김, 마티, 2008, 289쪽.

등 옛날 노래에 대해 '구식이어서 재미없다'는 반응을 보인다. 노래에도 세대차가 분명히 존재하는 것이다. 그래서 한국 대중음악사에서 1990년대를 두고 "1970년대 포크와 록을 경험한 세대가 구매력을 가진 중장년층으로 성장하며 기존의 음악적 세대를 구분 짓던 트로트 시장과 결별하게 되었음을 증명했다"는 분석도 나온다.[2] 새로운 노래를 듣고 성장한 세대가 자기 이전 세대의 트로트 같은 노래에 거부감을 갖는 것, 이건 트로트 세대가 포크를 이해하지 못하는 것처럼 어찌 보면 당연한 일이다.

그러나 예외는 항상 있다. 바로 이미 형성된 음악 취향이 변하는 경우다. 특히 트로트에 대한 취향이 부정에서 긍정으로 바뀔 때가 많다. 대중예술평론가 이영미는 어렸을 때 트로트를 거의 혐오했을 정도였다고 한다. 두 누나가 작곡과 성악을 전공한 집에서 자란 나도 비슷했다. 1961년생인 그는 "어린 시절 나는 송창식과 양희은을 좋아하면서도, TV에 나오는 남진이나 나훈아의 노래에는 그 유치함과 천박함에 몸을 떨 정도였다"고 털어놓았다. 트로트 가수들에 대해 "촌스러운 쟤네들은 왜 자꾸 나오는 거야?" 하고 신경질을 내기도 했다고 한다.[3]

그는 "1990년대의 젊은 층들에게 트로트 가요는 결코 슬픈 노래가 아니며 세련된 노래도 아니다. 오히려 우스꽝스럽고 촌스러운 노래다. 이 양식은 '뽕짝'이라는 비웃음 섞인 명칭으로 불리며, 그 자체로 수준 낮은 것, 저질 등의 느낌을 수반한다"고 썼다.[4] 이영미는 그러나 모든 음악 양식을 불편부당하게 받아들이려고 십

수 년 노력한 결과 "이제는 트로트에 대해서 감동하고 눈물 흘릴 정도가 되었다"고 말한다.[5] 그의 경우는 평론가로서 직업정신을 발휘한 덕이었다고 할 수 있다.

한영애는 가수로서 트로트에 대한 취향이 바뀐 사정을 얘기한다. 그도 "트로트 하면 젊은 날에는 지루하고 따분한 음악이라고 생각했다"고 고백했다. 그러다 어느 날 음악의 본질과 대중가요의 시작점을 고민했고 트로트를 찾아 듣게 됐다. 그는 트로트가 좋은 이유를 "첫째, 노랫말이 좋아 들으면 경건해진다. 둘째, 노래를 통해서 슬픔을 이겨내려는 감성이 좋다. 셋째, 트로트는 감정을 필터링해서 다음 감정을 드러내는 굉장히 정교하고 정갈한 노래다"라고 말했다. "나이가 들어가는 것과 음악을 이해하는 것은 서로 비례된다"는 생각도 밝혔다.[6]

그가 말했듯 트로트 취향은 나이와 관련 있는 것 같다. 젊을 때는 모르다가 나이 먹으면 좋아진다는 말이다. 이정선도 나이 얘기를 했다. "요즘은 트로트를 연습하고 있어요. 옛날 트로트 전주나 간주가 너무 재미있습니다. 젊었을 때 친 트로트는 흉내만 냈지 진짜 트로트가 아니었죠."[7] 그는 그러면서 유명 기타 교본 저

2. 김창남 엮음, 〈대중음악의 이해〉, 한울, 2012, 대중음악과 세대, 167쪽.
3. 이영미, 〈홍남부두의 금순이는 어디로 갔을까〉, 민음인, 2002, 29쪽, 186쪽.
4. 이영미, 〈한국대중가요사〉, 민속원, 2006, 일제시대 트로트 가요의 세계인식과 정서, 82쪽. 이 책 초판은 1999년에 나왔다.
5. 이영미, 〈홍남부두의 금순이는 어디로 갔을까〉, 29쪽.
6. 박준흠, 〈한국 대중음악 100대 명반 인터뷰〉, 선, 2009, 158쪽.
7. 같은 책, 274쪽.

자답게 기타 얘기를 했다.

“제겐 남인수 선생의 〈애수의 소야곡〉 한 곡만 끝내주게 연주할 줄 아는 처삼촌이 계셨습니다. 정말 기타 치고 싶은 생각이 안 날 만큼 실력이 끝내줬던 분입니다.” 그랬다. 옛날엔 기타 칠 때 꼭 〈애수의 소야곡〉(내 기억으론 전주 멜로디가 ‘미미미미파미파라/ 시시라시도시라미라시/ 도도도시라미라시/ 도시라파미라시도미/ 파미 시라파미 도시/미파미도시도시라’ 짜짜짠짠으로 진행됐다)이나 〈목포의 눈물〉 전주를 배웠다.

인터넷에서는 이런 글도 만날 수 있다. “얼마 전에 노래방을 갔을 때, 옆방에서 들려오는 트로트 소리가 왠지 모르게 흥겨웠다. 그래서 나도 막곡으로 트로트 한 곡 〈영일만 친구〉를 택해서 불렀다. 어린 나이지만 나이가 들어갈수록 트로트가 정겨워진다.” 신나는 트로트 댄스곡인 최백호의 〈영일만 친구〉를 전형적인 트로트라고 보기는 어렵지만, 어쨌든 이 젊은이도 나이가 들수록 트로트가 좋아진다고 한다.

트로트에서 포크로 다시 트로트로

어째서 지루하고 따분하게만 들리던 트로트가 점점 가슴에 와 닿는 것일까. 이건 취향 변화 정도가 아니라 음악에 대한 미적 감각이 크게 바뀌는 것일 수도 있는데, 그건 왜 일어나는 걸까. 나이라는 변수는 음악 취향에 어떻게 작용하나. 이런 의문이 꼬리를 물지만 명쾌한 설명을 찾기는 어렵다. 앞서 언급한 신경과학자 레비틴도 음악 취향이 형성되는 시기에 집중했을 뿐 취향 변화에 대해서는 별다른 설명을 하지 않았다.

트로트가 끈질긴 생명력을 유지하는 것도 이런 취향 변화가 주요 동력이 되기 때문 아닌가 한다. 취향 변화보다는 전향이라는 표현이 더 정확할지도 모르겠다. 가령 포크송의 가장 뚜렷한 저항의 대상은 트로트였다고 말할 수 있을 정도로, 반트로트는 1970년대 포크송의 중요한 정체성이었다. 그만큼 포크는 일본식 트로트와 완전히 결별한 것이었다.[8] 그럼에도 상당수 뮤지션들이 트로트에 찬성하는 쪽으로 돌아섰다면 그건 대단한 전향이 아닌가.

나는 그 해답을 꼭 트로트에 국한하지 않고, 옛날 노래가 좋아지는 심리에서 찾아볼까 한다. 유튜브에 오른 김건모의 〈잘못된 만남〉(1995)에 이런 댓글이 달려 있다. "옛날엔 애들 사이에서 피스라고 해서 가요 악보들도 문구점에서 많이 팔았는데, 〈잘못된 만남〉 뚱땅거렸던 기억나네. 초딩 귀에 꽂힌 노래가 서른이 되어도 좋게 들린다는 건 명곡은 명곡임"(한지웅).

그는 초등학교 때 나온 〈잘못된 만남〉을 지금도 좋아한다고 말한다. 레비틴이 말한바 '열네 살 때 들었던 노래'와 통하는 얘기다. 나는 이처럼 개개인이 옛날에 들었던 노래를 한국 사회 전체로 확대하면 훨씬 과거의 노래까지 소급할 수 있다고 본다. 그 과거에 위치해 있는 게 트로트다.

8. 이영미, 〈한국대중가요사〉, 231쪽.

트로트는 1930년대부터 만들어져 불린, 가장 오래된 대중가요다. 그것은 한국 사회의 음악적 집단 체험이자 원체험 같은 것이다. 이는 문화나 전통 또는 향수라는 이름으로 불리기도 한다. 그것이 잠재돼 있다가 때가 되면 표출되는 것, 그걸 취향 변화라고 하는 것이다. 따라서 취향 변화는 고리타분해지는 게 아니라, 원체험과 친숙해지는 것이다. 어머니 자궁에서 들은 태교 음악이 나중에 정서적 영향을 미치는 것처럼.

그럼에도 트로트는 끊임없이 비판받고 있다. 뭐가 문제길래? 그 단순성, 신파성, 왜색성 때문이다.

첫째, 리듬, 선율, 화성이 매우 단순하다. 트로트 리듬은 '쿵짝, 쿵짝'으로 진행하는 빠른 2박자가 기본이다. 여기서 트로트의 비하적 어감의 이름 '뽕짝'이 유래했다(초기 트로트에는 〈황성의 적〉 같은 3박자 곡도 더러 있었다). 선율도 단순하다. 단조의 경우 대부분 '레'와 '솔'을 빼고 '라시도미파' 다섯 음만 쓴 애상조의 선율이 특징이다. 화성적으로도 주요 3화음을 벗어나지 못한다.

둘째, 가사도 애상적이다. 트로트의 정서를 두고 신파적新派的이라는 말을 많이 한다. 지금 신파는 고리타분하다는 뜻으로 통한다. 신파극은 일제강점기에 유행한 연극이다. 일본 특유의 비장미, 주인공의 파멸 등의 결말 처리가 특징이며 등장인물들이 괴롭고 우울하고 습관적으로 울어댄다. 이게 꼭 트로트의 정서와 닮았다는 말이다. 여기엔 일제의 강압에 저항하지 못하는 무기력감이 작용했을 것이다.

셋째, 트로트의 단음계는 일본의 요나누키 단음계와 같아 왜색이라 할 수 있다. 요나누키四七拔き는 일본어로 '4와 7이 빠진'이라는 뜻이다. 라가 으뜸음인 단음계에서 4, 7음은 '레'와 '솔'이다. '라시도미파', 우리 전통음악엔 이런 음계가 없었다. 따라서 이 음계는 일본 엔카演歌의 영향을 강하게 받은 것이다.

그러나 이런 것들이 트로트의 결정적 문제라고 할 수 있을까. 노래가 단순하다는 건 개성이 될 수도 있다. 화려하고 변화무쌍한 선율과 화성만 좋은 게 아니니까. 밥 딜런이 부른 포크의 전설적 명곡 〈바람만이 아는 대답Blowing in the Wind〉(1963)은 음악 구성이 아주 단순하다. 게다가 딜런이 달랑 기본 3화음 코드만 사용해 기타 반주를 하는 것을 유튜브에서 볼 수 있다. 의식적으로 그런 것 같다. 아마추어 정신을 추구하는 펑크록punkrock도 일부러 '쓰리 코드'를 고집하는 경우가 많다.[9]

트로트가 신파적 비애감에 빠져 있다는 비판도 지나치다. 시대와 장르를 불문하고 가요에서 눈물과 탄식은 빠지지 않는다. 그것이 서민의 애환을 대변하고 위로했다는 사실이 중요하다. 대중음악은 기본적으로 고상할 필요가 없는 예술이다. 가요의 역설은 심오함보다는 유치함이 강점이라는 사실이다. 쉽고 친근하고 때론 천박하기 때문에 사람들은 가요를 좋아한다.

트로트가 지나치게 자학적, 탄식적이었다는 지적에 반론도 있

9. 윤호준, 〈주머니 속의 대중음악〉, 바람의아이들, 2011, 170쪽.

다. 이동순 영남대 교수는 "일제강점기 유행가의 노랫말은 곡조와 적절히 배합되고 조화를 이루어 제국주의 침탈에 밀려 국내외로 고통스럽게 떠돌던 수많은 동포들의 유랑의 슬픔과 망국의 통한을 달래주었다"고 썼다. 그는 이렇게 트로트를 옹호하기도 했다. "누가 감히 이민족에게 핍박받던 시대의 가요를 단지 저급하다는 이유만으로, 또 친일이라는 명분만으로 모조리 싸잡아 매도할 수 있단 말인가."[10]

왜색성의 문제도 우리 근대 문화의, 특히 대중가요 양식의 이식성을 감안하면 필요 이상으로 심각하게 받아들일 게 아니다. 트로트가 왜색이라면 해방 후의 양식들은 양색洋色이다.[11] 트로트가 우리 것이 아니라면 록도, 발라드도 우리 것은 아니다. 노래에서의 왜색성은 친일청산이나 친일사관 극복 문제와는 별개의 문제로, 혼동하지 말아야 한다. 지난날 일본의 국권 침탈, 그리고 아직까지도 진정으로 반성하지 않는 태도는 비판받아 마땅하다. 하지만 문화가 섞이는 건 불가피하다.

물론 왜색 가요가 만연한 것을 바람직하다고 볼 수는 없다. 지난날 한국에 원정 온 일본 체육인들이 요정에서 흘러나오는 우리 가요를 듣고 "고도바다케 치가이마스네(가사만 다르군요)!"를 연발했다는 증언도 있기는 했다.[12] 이 정도라면 당연히 문제 삼아야 마땅하다. 그러나 21세기 케이팝의 위력을 실감하는 오늘날까지도 왜색 가요의 폐해를 말한다는 건 시대착오가 아닐 수 없다. 일제강점기 때의 트로트가 왜색성이 짙었다 해도 한 시대의 소중한 유산으로 인정해주는 게 맞다. 그 맥이 계속 이어지고 있는 것도 물론 인정해야 하고.

10. 이동순, 〈번지 없는 주막-한국가요사의 잃어버린 번지를 찾아서〉, 선, 2007, 233쪽, 421쪽.

11. 이영미, 〈한국대중가요사〉, 81쪽.

12. 한국음악펜클럽 편, 〈음악방 10호〉, 예음, 1986, 뽕짝가요의 시비(이유선이 1971년 중앙대학교 교지에 쓴 글 재수록), 21쪽. 이 글에는 "왜색가요가 전 유행가요의 70퍼센트 이상"이라는 추정도 나온다.

〈가거라 삼팔선〉 이야기

해방공간의 가요

노래는 그 시대와 사회를 비추는 거울이다. 소설이나 영화가 시대를 반영하는 건 당연하지만, 가요도 예외가 아니다. 비록 짧지만 그 안에 나름의 사회사적 의미가 간결하게 녹아 있다. 1947년에 나온 〈가거라 삼팔선〉(이부풍 작사, 박시춘 작곡, 남인수 노래)은 해방의 감격도 잠시, 강요된 분단 상황을 맞은 국민들의 좌절감과 아픔을 잘 그린 노래다.

아아 산이 막혀 못 오시나요
아아 아아아아아 물이 막혀 못 오시나요
다 같은 고향 땅을 가고 오건만
남북이 가로막혀 원한 천 리 길

꿈마다 너를 찾아 꿈마다 너를 찾아
삼팔선을 헤맨다

아아 어느 때나 터지려느냐
아아 아아아아아 어느 때나 없어지려느냐
삼팔선 세 글자는 누가 지어서
이다지 고개마다 눈물이더냐
손 모아 비나이다 손 모아 비나이다
삼팔선아 가거라

–〈가거라 삼팔선〉 가사

이 노래엔 이런 평가가 적절해 보인다. "6·25 이전에 이미 이런 노래가 나왔다는 것은 지금의 상식적 감각으로서는 꽤나 놀라운 일이다. 분단의 아픔은 일러야 1948년 정부 수립 즈음, 본격적으로는 6·25 이후에야 작품에 드러날 것이라고 생각하기 쉽기 때문이다. 그러나 이 노래는 서민들에게 분단이란 미군정 때부터 이미 피부로 느껴지고 있음을 말해주고 있다."[1]

제2차 세계대전이 끝나자 미국과 소련이 대한민국을 북위 38도선을 경계로 남과 북으로 나누어 점령해버렸다. 삼팔선은 순전히 타의로 그어진 것이며, 우리 민족에게는 헤아릴 수 없는 고통을 안겨준 원한 맺힌 비극의 분단선이다. 그걸 노래는 "남북이

1. 이영미, 〈한국대중가요사〉, 민속원, 2006, 전쟁·분단의 슬픔과 트로트의 재생산, 129쪽.

가로막혀 원한 천 리 길"이라고 함축적으로 표현했다. 우리 민족은 한이 많다는데 현대사에서 분단처럼 한스러운 역사가 또 있을까. 그때 그 상황에 맞닥뜨린 사람들의 심경은 어떤 것이었을까.

그 시절 나온 신문을 살펴보자. 〈경향신문〉은 1947년 11월 27일자부터 '어떻게 살아갈까?'를 주제로 시리즈를 시작했다. 이 기사들은 약 70년 전 해방공간에서 사람들이 무슨 생각을 하고 살았는지 보여준다. 해방은 됐지만 아직 정부가 수립되지 않은 미군정 시절의 암울한 분위기가 묻어나온다. 차부(짐수레꾼) 길삼룡 씨는 "못살겠다 하면서도 죽지 못해… 내일 일이 어찌 될지 모르면서 살아가지요"라고 했다. 그는 "나라가 서면 우리 같은 놈도 좀 안심하고 살게 해주었으면…"이란 소망도 밝힌다.

고학생 최원희 양은 이렇게 말했다. "어서 빨리 삼팔선이 깨져야겠어요. 삼팔선이 깨지는 날이면 독립도 되는 날이겠지요."[2] 그는 삼팔선이 있는 한 진짜 독립은 안 된 것이라는 인식을 보여준다. 삼팔선에 대해 "어서 깨져야 한다"고 한 것은 노래 2절의 '어느 때나 터지려느냐'와 비슷한 표현이다. 혹시 그도 이 노래를 들어 알고 있었던 걸까. 당시 〈가거라 삼팔선〉은 음반이 3만 장이나 팔린 국민 애창곡이었다는데.

이 노래는 정치적 입김에 시달리기도 했다. 노래는 강토가 '삼팔선으로 갈라진다'는 소문과 함께 월남한 사람들도 널리 불렀을 만큼 한동안 북녘에서도 애창되었으나, 1948년 9월 9일 김일성 공산정권이 수립되면서 전면 금지된다. 남한에서도 시련을 겪었다. 당시 남북 간에는 교전이 벌어지는 등 험악한 분위기가 조성되고 있었다. 1절 마지막 부분 "꿈마다 너를 찾아/ 삼팔선을 헤맨다"가 문제가 됐다. 왜 삼팔선을 헤매느냐, 월북을 부추기느냐는 거였다. 당국은 개사改詞를 권고했으나 이에 격분한 작사가 이부풍이 잠적해버리는 사태가 벌어졌다. 결국 이 노래를 어떻게든 살려야 한다는 '시대적 요청'에 따라 작사가 반야월이 1절 끝부분 '헤맨다'를 '탄嘆한다'로 바꿨다. 또 2절을 새로 지어 삽입했다.[3] 1949년의 일이다. 2절 가사는 다음과 같은데, 마지막 소절 "자유여 너를 위해 자유여 너를 위해/ 이 목숨을 바친다"에서 이데올로기적 메시지를 담으려 한 흔적이 느껴진다.

아아 꽃 필 때나 오시려느냐
아아 아아아아아 눈 올 때나 오시려느냐
보따리 등에 메고 넘던 고갯길
산새도 나와 함께 울고 넘었지
자유여 너를 위해 자유여 너를 위해
이 목숨을 바친다

이렇게 우여곡절 끝에 살아남은 〈가거라 삼팔선〉은 후대에도

2. 〈경향신문〉 2014년 12월 5일자 오피니언 '경향으로 보는 그때', 1947년 11~12월 '어떻게 살아갈까' 시리즈 소개 기사.
3. 네이버 오픈백과, 가거라 삼팔선(三八線), 2008년 2월 13일자, 필자 미상이나 고증이 충실해 보인다.

두고두고 반추된다. 한국전쟁 중에는 종군하는 외신 기자들까지 전선에서 함께 불렀을 만큼, 대유행의 물결을 더욱 거세게 탔다.[4]

〈가거라 삼팔선〉은 이정환의 소설 〈샛강〉에서도 스토리 전개에 중요한 구실을 한다. 〈샛강〉은 1975~76년 〈창작과 비평〉에 연재된 소설로 사형수 출신인 작가는 서울 난지도 부근 샛강 가에 흘러들어온 도시 빈민들의 척박하지만 건강성을 잃지 않는 일상을 걸쭉한 입담으로 풀어내 문단과 대학가에 화제를 모았다.

어느 날 갑자기 7·4 공동성명이 발표된다. 라디오는 거리 시민들의 기대에 찬 목소리를 전했고, 비행기가 저공으로 날며 삐라를 뿌렸다. 공동성명 전문과 직통전화 가설운영 합의서가 실려 있었다. 가난하고 소박한 샛강 사람들은 환호하며 술판을 벌인다. "됐어 되어, 이번 통일되면 평양 가서 시계 장사 해야지… 기분이다. 내 술 한 병 샀다. 야, 영권아 OB로 다섯 병만 사오너라. 옛다 돈!" 술판에서 춤을 추며 이 노래를 부른다. "아, 아, 산이 막혀 못 오시나요. 아, 아, 아아아아아 물이 막혀 못 오시나요." "야, 통일 났다." "통일이다. 통일…."

샛강 사람들 입에서 이 노래가 터져 나온 건 삼팔선이 곧이라도 무너질 것만 같은 느낌이었기 때문이었다. 그런가 하면 소설 속 주요 인물인 지해삼이 1947년 〈가거라 삼팔선〉의 배경인 삼팔선 이북에 위치한 강원도 양구에 살면서 남쪽에서 흘러 들어오는 이 노래를 듣는 장면도 나온다. 그는 이 노래를 들을 때나 부르게 될 때 가슴이 뭉클해진다.

북한의 금지곡 〈가거라 삼팔선〉

1998년 11월 금강산 관광이 시작됐을 때 북한 장전항에서 금강산 여관으로 가는 200여 대의 버스에는 자동 노래 반주기와 남한 노래 6천여 곡이 실려 있었다. 그런데 북한 측에서 갑자기 자신들의 체제에 맞지 않는다며 71곡을 삭제해달라고 요구해왔다. 그 명단에는 〈가거라 삼팔선〉을 비롯해 〈굳세어라 금순아〉 〈이별의 부산 정거장〉 〈전선야곡〉 등이 들어 있었다. 〈가거라 삼팔선〉의 경우 북쪽에서 50년째 금지곡인 게 확인된 셈이다.[5]

해방에 즈음해서 분단 상황을 아파한 노래가 〈가거라 삼팔선〉만 있었던 건 아니다. 1949년 남인수가 부른 〈흘겨본 삼팔선〉(김건 작사, 박시춘 작곡)은 지금 들어도 비장감이 느껴진다.

임진강 나루터에 소 멕이는 아해야
오늘도 삼팔선에 파수병이 섰드냐
이북도 우리나라요 이남도 내 땅인데
파수란 웬 말이냐 꼴을 베는 아해야

삼팔선 가고 오는 눈물겨운 길손의
험한 길 험한 산을 가슴 조여 거닐 때
나룻가 저 마을에 등불이 비치더냐

4. 같은 글.
5. 선성원, 〈우리가 정말 알아야 할 우리 대중가요〉, 현암사, 2008, 444~445쪽.

삼팔선 언덕 너머 북두칠성 보이더냐 -〈흘겨본 삼팔선〉 가사

역시 남인수의 〈달도 하나 해도 하나〉(1947, 김건 작사, 이봉룡 작곡)도 분단으로 인한 민족의 비애와 안타까움을 노래했다.

달도 하나 해도 하나 사랑도 하나
이 나라에 바친 마음 그도 하나이련만
하물며 조국이야 둘이 있을까보냐
모두야 우리들은 단군의 자손
물도 하나 배도 하나 산천도 하나
이 나라에 뻗친 혈맥 그도 하나이련만
하물며 민족이야 둘이 있을까보냐
모두야 이 겨레의 젊은 사나이 -〈달도 하나 해도 하나〉 가사

〈빈대떡 신사〉 – 조바꿈의 미학

노래 분위기 확 바꿔주기

"돈 없으면 대폿집에서(집에 가서) 빈대떡이나 부쳐 먹지."

나이 지긋한 사람들에겐 마치 속담처럼 친숙한 이 말은 한복남이 부른 〈빈대떡 신사〉(1943, 한복남 작사, 양원배 작곡)에서 유래했다. 분수를 모르고 요릿집 기생집에서 요리를 먹고 몰래 내빼려다 들켜 매를 맞는 건달 얘기를 익살스러운 가사와 창법으로 노래해 큰 인기를 끌었고 지금도 애창된다. 이렇게 익살과 해학을 담은 노래를 만요漫謠라고 하는데, 일제강점기에 생긴 장르다. 억압적인 식민지 사회에서 사람들은 이런 우스개 노래로 사회를 풍자하고 한 가닥 위로를 얻기도 했다.

양복 입은 신사가 요릿집 문 앞에서 매를 맞는데

왜 맞을까 왜 맞을까 원인은 한 가지 돈이 없어
들어갈 땐 뽐을 내어 들어가더니
나올 적엔 돈이 없어 쩔쩔매다가
뒷문으로 도망가다 붙잡히어서 매를 맞누나 매를 맞누나
으하하하 우습다 이히히히 우스워
에헤헤헤 우습다 우헤헤헤 우스워
으하하하 하하하하 우습다
돈 없으면 대폿집에서 빈대떡이나 부쳐 먹지
한 푼 없는 건달이 요릿집이 무어냐 기생집이 무어냐

–〈빈대떡 신사〉 1절 가사

일제강점기 때 생겨난 만요는 트로트, 신민요와 공존했는데, 이 노래는 당시 대중가요로서는 드물게 세련된 조바꿈(전조)을 구사했다. 조바꿈은 쉽게 말해 노래의 키를 바꿔 확 달라진 느낌을 주는 기법이다. 여기선 단조(Dm)→장조(D)→단조(Dm) 순으로 조바꿈이 된다. 이런 것을 조바꿈 중에서도 '같은 으뜸음 조바꿈'이라고 한다. 같은 으뜸음(여기선 D)의 장·단조로 바뀌는 것이다. "양복 입은 신사가~ 원인은 한 가지 돈이 없어"까지는 단조다. 그러다 "들어갈 땐 뽐을 내며"부터 "으하하하 하하하하 우습다"까지 장조로 바뀐다. 그 뒤 다시 애처로운 단조로 돌아온다. "돈 없으면 대폿집에서 빈대떡이나 부쳐 먹지…"

노래 소재는 돈도 없이 남이 파는 음식을 먹는 것, 이른바 무전

취식無錢取食이다. 이런 일은 요즘도 이따금 벌어지겠지만 옛날엔 참 많았다. 30여 년 전 필자가 갓 신문사에 입사해 경찰서 출입을 할 때다. 무슨 뉴스거리라도 건질 게 없나 해서 즉심 대기실이라는 곳에 들러 철창 안에다 대고 외치곤 했다. "누구 억울한 사람 없습니까"라고. 그러면 근무 경찰관이 나서서 "별거 없어. 다들 무전취식이야"라고 대답했던 것이다.

이 노래의 발표 시기와 작곡자에 대해선 다른 설명도 있다. 한복남은 평안남도 안주에서 양복점을 운영하다 1947년 월남한 후 가수로 데뷔했기 때문에 발표 시기는 1943년이 아니라 1947년 이후라는 것이다. 작곡도 실은 한복남이 했으나 가수가 곡을 쓴다고 하면 '건방지다'고 여기는 당시 분위기 때문에 트럼펫 연주가 양원배의 이름을 썼다는 주장이 있다.[1] 또 하나 궁금한 건 "돈 없으면 대폿집에서" 부분의 '대폿집에서'를 가수들이 '집에 가서'로 부르는 것을 여러 번 보았는데 뭐가 맞는지는 확인이 어렵다. '대폿집에서'인가, '집에 가서'인가. 자료들을 살펴봐도 두 가사가 반반 꼴로 섞여 있다. 이럴 때 아쉬운 게 유권해석을 얻을 수 있는 '대중음악 아카이브'인 것이다. 지금은 한국음악저작권협회에 저작권 신청을 할 때 가사 및 악보 등 증빙자료를 첨부하도록 돼 있으나 〈빈대떡 신사〉같이 오래된 노래들엔 그런 제도가 소용없는 상황이다.

1. 최규성, "우리 시대의 명반·명곡, 한복남 〈빈대떡 신사〉", 〈데일리한국〉 2012년 6월 13일자 웹페이지.

이 노래처럼 같은 으뜸음 조바꿈을 한 사례로는 이난영의 블루스풍 노래 〈다방의 푸른 꿈〉(1939, 조명암 작사, 김해송 작곡)을 꼽을 수 있다. 이 곡은 〈빈대떡 신사〉와는 반대로 장조에서 단조로 바뀐다. "내뿜는 담배연기 끝에 흐미한 옛 추억이 풀린다"는 A장조, "고요한 찻집에서~ 블루스에 나는 운다"까지는 Am단조, 그 뒤 다시 처음의 조로 돌아온다. 4분의 6박자 곡의 절묘한 조바꿈과 〈목포의 눈물〉 때보다 성숙해진 이난영의 창법이 썩 잘 어울리는 노래다.

윤종신이 1992년 발표한 〈너의 결혼식〉(박주연 작사, 정석원 작곡)은 여러 점에서 '슬픈 결혼식' 노래의 압권이라고 할 만하다(슬픈 결혼식이라고 한 건 결혼식 노래가 대부분 애인의 결혼에 관한 것이기 때문이다. 본인과 애인이 하는 기쁜 결혼식 노래는 극히 드물다). 가사도 그렇거니와 화성 진행도 변화가 많고 빼어나다. 현악기들이 동원된 전주부터 범상치 않다. 5분 30초로 가요치곤 좀 길며 클래식 대곡의 분위기마저 풍긴다. 전주는 Em단조인데 출발을 Am, 즉 버금딸림화음 코드로 하는 것도 아주 특이하다. 세 프레이즈의 쓸쓸한 전주가 끝나면 노래는 E장조로 출발한다. 이번엔 피아노 솔로 반주다. 역시 같은 으뜸음 전조(Em→E)인데, 음악의 분위기를 반전시키는 데 효과적이다. 가사를 음미하면 전조의 이유가 보인다.

몰랐었어 니가 그렇게 예쁜지 웨딩드레스

하얀 니 손엔 서글픈 부케 수줍은 듯한 네 미소
이해할게 너의 부모님 말씀을 지금 보니
니 옆에 그 사람은 널 아마 행복하게 해줄 거야

사랑하는 여인의 결혼을 축하하고 행복을 빌어주는 데는 밝은 장조가 적절하다. 비록 가슴은 찢어지지만 이 현실을 받아들여야 한다. 하지만 도입부가 끝난 뒤 노래는 단조로 돌아간다. 이건 심경 변화를 암시한다. 이렇게 널 보내야 하지만 그날 촛불의 맹세를 차마 잊을 수 없기 때문이다.

하지만 넌 잊을 수 있니 그 맹세 마지막을 함께하자던
울었잖아 촛불을 켜고 무엇도 우릴 갈라놀 순 없다고

이렇게 다짐한 후 다시 장조로 바뀐다.

세상 그 누구보다 난 널 알잖아 순결한 너의 비밀 너의 꿈을
나를 보지 마 지금 니 모습에 우는 날
난 지키고 있을게 촛불의 약속
괜찮아 너는 잠시 잊어도 돼
널 맡긴 거야 이 세상은 잠시뿐인 걸

이런 조바꿈과 다양한 코드 구사를 통해 작곡자 정석원이 그리

려 한 것은 무엇일까. 웨딩드레스 곱게 입은 '너'를 떠나보내는 나의 심적 고통이다. 왔다 갔다 갈등하는 감정이다. 여성 작사자 박주연은 좀 '오버'한다. 화자인 '나'는 마음을 비운 것처럼 보이더니 웬걸, 다음 세상에서 다시 만나자는 것이다. 애인의 결혼식장에 가서 맘속으로 내세를 기약한다니. '오버' 아닌가. 대학생들이 쓴 노랫말 분석 책 〈내 가사는 이야기〉에 이 대목에 대한 재미있는 풀이가 있다.

> 큰일이다. 결혼할 사람의 행복을 빌어주는 것도 모자라 결혼할 상대에게 잠시 그녀를 맡긴 거란다. 자칫하면 불법행위가 될 수도 있을 이 오지랖을 어떻게 할까. 윤종신이 만든 곡은 아니지만 〈너의 결혼식〉은 오늘날의 윤종신을 있게 한 곡이자 윤종신의 '찌질함'을 대표하는 곡이다. 많은 남자들의 찌질함을 대변하는 노래로 지금까지도 회자되고 있다. 그런 점에서 윤종신의 솔직함은 남자들의 정곡을 찌르는 매력이 있다.[2]

'오버'일 수 있다. 그러나 괜찮다. 그 상황에선 그럴 수 있다. 작사가는 그 심리를 꿰뚫었다.

같은 으뜸음 조바꿈

이 곡을 빼어나게 만든 조바꿈에 대해 좀 더 살펴볼 필요가 있다. 많이 드는 예가 베토벤의 교향곡 5번 C단조 〈운명〉이다. 1악장은 서양 음악사상 가장 유명한 동기랄 수 있는 네 개 음표로 시작한다. '따따다 단', 계명으론 '미미미 도'다. 1악장 7분 동안 비슷한 리듬과 선율이 수도 없이 반복된다. 그럼에도 지루함을 못 느낀다. 결정적인 이유는 바로 조바꿈 덕분이다. 이 간단한 동기가 끊임없이 변주되고 조바꿈되면서 전 악장의 통일성을 완벽하게 유지하고 있다. 어느 정도의 길이를 갖는 클래식 음악 작품이 처음부터 끝까지 같은 조로 쓰인 일은 거의 없다. 작곡자들은 풍부하고 다채로운 표현력을 위해 조바꿈을 구사한다. 그리고 다시 처음의 조로 돌아온다.

'같은 으뜸음 조바꿈'이란 게 좀 생소하다. 이걸 설명하려면 바흐의 저 유명한 〈평균율 클라비어곡집〉 얘기를 빼놓을 수 없다. 바로 이 작품에서 구사한 게 '같은 으뜸음 조바꿈'이기 때문이다.

1옥타브는 12개의 반음으로 이뤄진다. 바흐는 이 12개 음을 으뜸음으로 한 장조와 단조의 곡들을 만들었다. 즉 24곡이다. C장조-C단조부터 시작해 순차적으로 올라가 B장조-B단조로 끝나는 클라비어곡집이다. C장조와 C단조의 으뜸음은 같은 C다. 말하자면 C장조에서의 계이름 도와 C단조의 계이름 라는 같은 음이다.

바흐는 왜 이걸 작곡했을까. 참고로 그는 서양 음악의 아버지로 통하는 사람이다. 바흐의 목적은 두 가지다. 하나는 어린 아

2. 박수열 외 3명, 〈내 가사는 이야기-대한민국을 대표하는 싱어송라이터 8인의 가사 이야기〉, 서정시학, 2012, 183쪽.

들의 음악 교육을 위해서고, 다른 하나는 24개의 모든 조성을 연주함으로써 클라비어(건반악기) 등을 정확히 조율하기 위해서였다. 바흐는 20년에 걸쳐 클라비어곡을 두 벌 만들었다. 그러니까 24×2=총 48곡인데, 각 작품이 전주곡과 푸가 한 쌍으로 구성돼 있다. 모두 다 연주하려면 4시간가량 걸린다. 교육과 조율을 위한 것이라고는 하지만 각 곡은 저마다 아름답고 환상적인 멜로디, 변화 풍부한 리듬으로 주옥처럼 빛난다. 특히 첫 곡 C장조는 구노가 가곡 〈아베 마리아〉의 반주에 사용해 유명하다.

조바꿈은 클래식에서 음악적 다양성을 위해 없어선 안 될 존재이지만 대중가요에도 많이 사용된다. 같은 으뜸음 조바꿈을 구사한 곡 중 눈길을 끄는 것으론 〈비오는 날의 수채화〉(1989, 강인원 작사 작곡)도 있다. 음악은 단조(Am)로 나지막하게 출발한다.

빗방울 떨어지는 그 거리에 서서
그대 숨소리 살아 있는 듯 느껴지면
깨끗한 붓 하나를 숨기듯 지니고 나와
거리에 투명하게 색칠을 하지
음악이 흐르는 그 카페엔
초콜렛 색 물감으로
빗방울 그려진 가로등 불 아래
보라색 물감으로

뭐가 떠오르는가. 비 내리는 거리의 풍경이다. 차들이 빗속을 뚫고 달리는 도시의 거리가 느껴진다. 이런 거리 풍경 스케치가 끝난 뒤 노래의 흐름이 확 달라진다. 작곡자, 화자는 이 대목에서 자신의 강한 희망을 피력한다. 그래서 이 부분을 Am에서 A장조로 조바꿈했다.

세상 사람 모두 다 도화지 속에 그려진
마치 풍경처럼 행복하면 좋겠네
욕심 많은 사람들 얼굴 찌푸린 사람들
마치 그림처럼 행복하면 좋겠어

그런 다음 음악은 다시 단조로 돌아가지만 이제 촉감은 칙칙하지 않고 상쾌하다. 소나기가 한차례 퍼붓고 지나간 거리처럼. 그 느낌이 딱 비오는 날의 수채화다.

김민기의 자작곡 〈작은 연못〉(1972)도 같은 으뜸음 조바꿈을 잘 쓴 곡이다. 이 곡은 F→Fm→F로 조바꿈을 한다. '레미파미레 시도레 미레도 도미레라시도레도' 전주가 끝나면 장조로 노래가 시작된다.

깊은 산 오솔길 옆 자그마한 연못엔
지금은 더러운 물만 고이고 아무것도 살지 않지만
먼 옛날 이 연못엔 예쁜 붕어 두 마리

살고 있었다고 전해지지요 깊은 산 작은 연못

그러나 연못 속 상황이 급변한다. 그걸 단조로의 전조가 뒷받침한다.

어느 맑은 여름날 연못 속의 붕어 두 마리
서로 싸워 한 마리는 물 위에 떠오르고
그놈 살이 썩어 들어가 물도 따라 썩어 들어가
연못 속에는 아무것도 살 수 없게 되었죠

그다음은 적막뿐이다. 다시 장조로.

깊은 산 오솔길 옆 자그마한 연못엔
지금은 더러운 물만 고이고 아무것도 살지 않죠

2절엔 "산허리로 무당벌레 하나 휘익 지나간 후에"라는 가사가 인상적이다. 〈작은 연못〉의 노랫말은 교훈적이면서 동화적이다. 대중들이 불러서 아무 문제 될 게 없는 듯하다. 그러나 이 노래도 금지곡이 됐다. 정확한 이유는 알려지지 않았다. 다만 '작은 연못에 살던 붕어 두 마리가 싸우다 한 마리가 죽어 결국엔 모두가 죽었다'라는 가사가 남북대결 또는 권력 암투를 연상시킨다는 이유로 금지곡으로 지정됐다는 소문이 나돌기도 했다. 엄혹한 유신 시절이었다.

트윈폴리오가 부른 〈웨딩 케익〉(1969, 외국 곡, 홍현걸 작사)에도 조바꿈이 등장한다. 지금까지 본 같은 으뜸음 조바꿈과는 다른, F장조에서 G장조로 바뀌는 조바꿈이다. 파 으뜸음에서 솔 으뜸음으로 한 키 올렸다. 멜로디는 같고 음만 2도 올라가는데, 이를 동형진행이라고 한다.

이제 밤도 깊어 고요한데 창문을 두드리는 소리
잠 못 이루고 깨어나서 창문을 열고 내어다 보니
사람은 간 곳이 없고 외로이 남아 있는 저 웨딩 케익
그 누가 두고 갔나 나는 아네 서글픈 나의 사랑이여

화자는 날이 밝으면 결혼식을 올리게 되는 신부다. 번민의 밤을 지내는데 누가 창문을 두드려 나가보니 웨딩 케이크만 덩그러니 놓여 있다. 누가 보낸 건지 난 안다. 조바꿈은 노래 전반부가 끝난 뒤 "아픈 내 마음도 모르는 채/ 멀리서 들려오는 무정한 새벽 종소리"에서 이뤄진다. 절박한 화자의 감정 고조를 표현하기 위해 키를 올린 것이다.

그 시절 트윈폴리오의 〈웨딩 케익〉 〈하얀 손수건〉을 어지간히들 많이 듣고 따라 부르곤 했다. 송창식과 윤형주가 트윈폴리오로 활동한 기간은 채 2년이 못 된다. 그 기간 아름다운 포크송들을 내놓았는데, 대부분 번안곡이었다. 지구레코드가 낸 '튄 폴리오 리사이틀' 음반에는 12곡이 수록됐는데 11곡이 지명길이나 홍현걸 작사이고 〈하얀 손수건〉만 유일하게 조용호 번안으로 돼 있다. 〈웨딩 케익〉 등 대부분 곡은 엄밀히는 창작 가사였지만 편의상 번안곡으로 간주한다. 아무튼 〈웨딩 케익〉 같으면 그해 발표된 원곡을 곧바로 번안해 불렀으니 상당히 순발력 있는 기획이었다.

옹점이가 부른 트로트

〈관촌수필〉의 식모 옹점이

옹점이가 누군가. 소설가 이문구(1941~2003)의 〈관촌수필冠村隨筆〉에 등장하는 어린 시절 집안의 식모다. 정 많고 주관이 뚜렷한 열여섯 살 소녀다. 어렵던 그 시절의 노래, 트로트를 정말로 좋아한 인물로 그려져 있다. 연작소설집인 〈관촌수필〉의 세 번째 소설 〈행운유수行雲流水〉에 중심인물로 나오는 옹점이의 모습을 살펴보려 한다. 소설 속 옹점이를 통해 옛 트로트의 정서를, 거기에 담겨 있는 애환을 대리 체험할 수 있다.

〈관촌수필〉은 1977년에 나온 8편의 연작소설집인데, 충청도 시골에서 유년 시절을 보낸 작가가 옛일을 회상하는 이야기다. 나는 이 글을 쓰면서 원작의 분위기를 전하기 위해 이문구만의 독특한 해학적 문체와 사투리를 그대로 살렸다.

옹점이를 아는 총각들이 그녀를 좋아한 것도 빼어난 노래 솜씨에 반한 거였다.

"페엥- 저것이 소리 한 가지는 말쉬바위曲馬團 굿패들보담 빠지지 않으리라."

할아버지가 나무라다 말 정도로 그녀는 노래를 푸짐하게 불러대었고 목청도 다시없이 좋았다. 그녀가 떠벌리기를 가장 즐겨하던 노래는 작가가 기억하기에 〈황하다방〉이었다. 아궁이 앞에 가랑이를 쩍 벌리고 앉은 채 한창 신명이 나면, 삭정이 잉걸불에 통치마에서 눋내가 나는 줄도 모르고 부지깽이가 몇 동강이 나도록 부뚜막을 두들겨 장단 치며 가락을 뽑아냈던 것이다.

목단 꽃 붉게 피는 사라무센 찻집에
칼피스 향기 속에 조는 꾸-냥…
내뿜는 담배 연기 밤은 깊어가는데
가슴에 스며든다 새빨간 귀거리

한가락 뽑고 나면 으레 하던 말이 있었다.

"아씨, 올 갈에 바심(타작)허면 오와싯쓰표 유성기 한 대만 사유. 라지오버덤 조끔만 더 주면 산대유."

어머니가 "시끄럽게 유성기가 다 뭐냐. 니 창가 듣는 것만두 지긋덥구 진절머리 난다 얘"라고 일축하면 그녀는 다시,

"장터 가가에 가면 유성기 소리판두 고루고루 쟀던디… 심연옥

소리, 장세정 소리, 박단마, 금사향, 이난영, 신카나리아 소리…"

"알기는 똑 귀뚜리 풍월허듯기…"

"고려성, 이부풍, 천하토 작사가 젤루 맘에 들던디… 강남춘, 진방남, 이애리수 소리두 여간 안 좋아유."

하고 바람 든 소리를 한바탕 늘어놓고 나서 다시 노래를 불러 제낀다.

호동왕자 말채쭉은 충성 충-짜요
모란공주 주사위는 사랑 앳-짤세
충성이냐 사랑이냐 쌍갈랫 질을
이리 갈까 저리 갈까 별두 흐리네

"작것아, 뭐 탄내 난다. 지발 불 좀 보거라."

그녀는 가사를 바꾸어 부르는 재치도 있었다. 그중에는 작가가 아직 안 잊은 것도 있다.

죽 끓는 부엌짝 아궁지 앞에
동냥허는 비렝이야 해가 졌느냐
쉬지 말구 놀지를 말구 달빛에 밥을 벌어
꿈에 어리는 건건이 은어서 움막 찾어가거라

이 노래는 1939년 백년설이 부른 〈대지의 항구〉(남해림 작사, 이재호 작곡)를 개사한 거다. 원곡은 이렇다. "버들잎 외로운 이정표 밑에/ 말을 매는 나그네야 해가 졌느냐/ 쉬지 말고 쉬지를 말고 달빛에 길을 물어/ 꿈에 어리는 꿈에 어리는 항구 찾아가거라"

작가는 말한다. "'운다고 옛사랑이 오리요마는 눈물로 달래보는 구슬픈 이 밤…' 요즘도 술집 술상머리나 라디오에서 니나노가 흘러나오면 잃어버린 지 오래인 동심이 불현듯 되살아나곤 한다. 잊혀진 노래, 그것도 유행가를 들어야만 비로소 철없던 어린 시절이 되새겨진다. 옹점이한테 그런 노래들을 배워가며 뛰놀던 기억이 가장 그립기 때문이리라."

옹점이가 이문구네 집으로 들어온 것은 그녀 나이 일곱 살 때였다. (옹점이가 작가보다 10년 위이니 작가는 그 3년 뒤 태어난 거다.) 연작소설 중 첫 번째 소설인 〈일락서산日落西山〉엔 그때 얘기가 나온다. 할아버지가 물었다.

"그래 너는 몇 살이나 되었다더냐?"

"지 에미가 그러는디 제년이 작년까장은 제우 여섯 살이었대유. 그런디 시방은 잘 몰르겄슈."

"그래 늬 이림은 무엇이라 부르더냐?"

"먼젓것인디유."

"먼젓것이라… 아직 이림이 읎더란 말이렷다."

"…"

"늬 에미가 너를 즘촌店村(질그릇 굽는 마을) 옹기 틈목에서 풀었다더구나… 오날버텀 이림을 옹점甕點이라 허거라."

이게 옹점이라는 이름을 호적에 올리게 된 사연이다. 옹점이는 어려서부터 귀동냥으로 배운 노래를 곧잘 불렀다. 아궁이 앞에서 나물을 다듬으며 "쌍고동 울어울어 연락선은 떠난다아…"를 읊조렸다(이 노래는 박영호 작사, 김해송 작곡의 〈연락선은 떠난다〉이다. 1937년 장세정이 애절한 콧소리를 섞어 불렀다. "쌍고동 울어울어 연락선은 떠난다/ 잘 가소 잘 있소 눈물 젖은 손수건/ 진정코 당신만을 진정코 당신만을 사랑하는 까닭에/ 눈물을 흘리면서 떠나갑니다 (아이 울지 마세요) 울지를 말아요").

그러다가 옹점이는 나이가 차 시집을 간다. 어머니는 시댁에서 행실을 조심하라고 누누이 타이른다. "…그러구 지발 그 개갈 안 나는 창가 좀 구만 불러라." 얼마 후 6·25 전쟁이 터졌고 남편은 군대에 갔다. 소식이 끊긴 남편은 한참 뒤 유골로 돌아왔다. 옹점이는 시집살이를 포기하고 친정으로 돌아왔다고 했다. 작가는 전쟁 뒤인 국민학교 5, 6학년 적에 옹점이를 마지막으로 만난다.

들려온 소식은 옹점이가 약장수 패거리를 따라다니며 노래를 부르더라는 거였다. 한다하는 가수라고도 했다. 광천장에서 봤다는 이, 홍성장에서 봤다는 이, 청양장에서 그러더라는 이, 들리는 소문은 요란했지만 아무도 믿으려 하지 않았다. 그러나 모두가 사실이었다. 작가가 대천장에서 직접 그녀를 보게 된 것이다.

구성진 가락에 실린 트로트

〈행운유수〉의 마지막 장면이다. 장날, 하학하는 길에 옹점이가 지금 약장수 패거리 틈에 끼어 노래를 부르고 있다는 소리를 듣고 작가는 그쪽으로 치달려간다. 걸쭉한 약 선전이 끝나고 악사가 기타를 치는데 그 사이로 옹점이가 눈에 들어온다. 작가가 아뜩해진 눈앞을 겨우 챙겼을 때는 그녀의 노래가 그의 가슴을 뒤흔들기 시작한 다음이었다. 백년설의 〈나그네 설움〉(1939, 고려성 작사, 이재호 작곡)이었다. 옹점이는 그 노래를 그만큼 뽑을 수 없이 잘 불렀다.

오늘도 걷는다만은 정처 없는 이 발길
지나온 자국마다 눈물 고였다…

작가는 눈앞이 캄캄하고 다리가 후들거려 심신을 가눌 수가 없었다. 그는 장터를 뛰쳐나와 오금껏 뛰고 있었지만, 그녀의 고운 목소리와 훌륭한 가락은 달아나는 그의 뒤통수에 매달려서 줄곧 뒤쫓아오고 있었다.

선창가 고동소리 옛님이 그리워도
나그네 흐를 길은 한이 없어라-

〈관촌수필〉의 옹점이는 트로트가 옛날 우리네 삶의 애환을 고스란히 담고 있음을 실감하게 만드는 인물이다.

5장

노래와 세상

왜 불러, 아 대한민국-정치와 노래

노래가 사회에 묻다

복고풍, 왜 다시 부나

충무로, 영등포, 혜화동, 연안부두

왜 불러, 아 대한민국 – 정치와 노래

정치의 개입

정치는, 권력은 대중음악을 통제하려 든다. 그런가 하면 대중음악은 정치적 메시지를 전하려 한다. 그 양상은 다양하게 나타난다.

왜 불러 왜 불러 돌아서서 가는 사람을 왜 불러 왜 불러
토라질 땐 무정하더니 왜 왜 왜 자꾸자꾸 불러 설레게 해
아니 안 되지 들어서는 안 되지 아니 안 되지 돌아보면 안 되지
그냥 한번 불러보는 그 목소리에 다시 또 속아선 안 되지
안 들려 안 들려 마음 없이 부르는 소리는 안 들려 안 들려
아무리 소리쳐 불러도 아 아 아 이제 다시는 나를 부르지도 마
가던 발걸음 멈춰선 안 되지 애절하게 부르는 소리에

자꾸만 약해지는 나의 마음을 이대로 돌이켜선 안 되지 (하략)

–〈왜 불러〉 가사

1975년 송창식이 만들고 부른 〈왜 불러〉다. 이 노래는 송창식의 〈고래사냥〉과 함께 영화 〈바보들의 행진〉(1975)에 쓰이고 나서 곧 금지곡이 되고 만다. 영화에서 이 곡은 병태와 영철이 장발 단속을 피해 도주하는 장면에서 흐르는데, 이게 당국의 심기를 거스른 것 같다. 장발 단속에 응하지 않은 게 공권력에 대한 저항 아니냐는 식으로. 그렇다면 괘씸죄다. 〈고래사냥〉도 '고래'가 실권자를 암시하는 것으로 여겨져 금지됐다는 소문이 돌았다. 당시 예술문화윤리위(예륜)의 공식적 금지 사유는 '시의에 맞지 않음'이었다고 한다.

특히 박정희 집권 기간에 이런 검열과 통제가 끝도 없이 이뤄졌다. 〈아침 이슬〉(1970)을 만들고 부른 김민기가 겪은 고초도 황당하다. 이 노래도 1975년 뚜렷한 사유 없이 금지곡이 됐다. 대학생들의 유신 반대 시위 현장에서 많이 불렸기 때문인 듯하다. 그때 김민기는 군 복무 중이었다. 그는 영문도 모른 채 보안부대에 소환됐고 곧이어 최전방으로 재배치돼 사단 영창에 보내졌다. 관련된 일화도 있다. 1980년대 초 그는 모 수사기관에 연행돼 조사를 받았다. 수사관은 〈아침 이슬〉 가사에 나오는 '긴 밤'을 유신 체제로, '태양'을 김일성 체제라고 해석한 대외비 책자를 펼쳐놓고는 추궁했다. 이 노래가 "긴 유신 체제의 밤을 마감하고 민족의 태양이신 김일성을 열렬히 맞이하자"는 내용이라는 것이었다. 김민기가 되물었다. "이 노래는 1970년에 만든 거다. 10월 유신 선포가 몇 년도였느냐."[1]

이 노래는 양희은이 다시 부르기도 했는데 양희은은 훗날 "노래를 지은 김민기나 나는 이 노래가 학생들의 시위에 사용되리라 전혀 예상하지 못했으며, 학생들의 민주화 투쟁을 독려하기 위해 만든 노래도 아니다"라고 밝혔다. 그는 "1970년대 대학을 다니며 시위 현장에서 〈아침 이슬〉이 불리는 것을 보며 머리카락이 쭈뼛섰다. 내가 부른 노래랑 달랐다. 노래의 무서운 사회성을 깨달았다"고 고백했다.[2] 역설적이게도 〈아침 이슬〉은 1973년 정부가 고운 노래로 선정하기도 한 곡이다.[3]

그럼에도 이 노래가 저항의 성가로 두고두고 불리게 된 까닭은 무엇인가. 나는 억압적 정치 상황에 대한 불굴의 의지를 암시하는 메시지도 좋았지만 결정적인 것은 그걸 담은 그릇, 곧 음악 때문이라고 본다. 〈아침 이슬〉은 멜로디와 화성적 울림이 뛰어나다. 포크 록 장르로 분류되지만 당시 포크로는 발군의 다양한 코드를 구사했다. 앞서 저항의 성가라고 했는데, 가령 이 노래의 종결부 "나 이제 가노라"에서 쓰인 F-C-F-Fm-C는 찬송가의 종지 부분에서 흔히 나오는 화성이다. 그런 분위기가 노래에 영웅적 비극성을 부여하는 데 일조한다.

긴 밤 지새우고 풀잎마다 맺힌

진주보다 더 고운 아침 이슬처럼
내 맘에 설움이 알알이 맺힐 때
아침 동산에 올라 작은 미소를 배운다
태양은 묘지 위에 붉게 떠오르고
한낮에 찌는 더위는 나의 시련일지라
나 이제 가노라 저 거친 광야에
서러움 모두 버리고 나 이제 가노라 (하략)

-〈아침 이슬〉 가사

박정희 대통령은 가요를 통제하는 데 그치지 않고 '건전가요'를 보급하는 일에도 관심이 많았는데, 스스로 곡을 만들기도 했다. 〈새마을 노래〉(1972), 〈나의 조국〉(1976)이 그것이다.

새벽종이 울렸네 새 아침이 밝았네
너도 나도 일어나 새마을을 가꾸세
살기 좋은 내 마을 우리 힘으로 만드세
초가집도 없애고 마을길도 넓히고
푸른 동산 만들어 알뜰살뜰 다듬세
살기 좋은 내 마을 우리 힘으로 만드세

-〈새마을 노래〉 1절 가사

1. 김창남 엮음, 〈김민기〉, 한울, 2004, 576쪽.
2. "양희은 '아침이슬' 운동권 노래? 깜짝!", 〈스포츠한국〉 2006년 11월 9일자.
3. 최규성, "정치와 연관된 노래나 앨범들", 무크지 〈대중음악 SOUND〉 4호, 2012년 1월 발행, 66쪽.

이걸 국민건전가요라는 이름으로 전국 각처에서 주야장천 틀게 했다. 조국 근대화를 강력하게 추진하던 시절이었으니 국민 의식 개조 차원에서 그럴 수도 있다고 이해해본다. 문제는 그 자의성恣意性이다(여기서 恣는 '제멋대로, 방자하게'라는 뜻이다). 이 대목에서 이미자의 절창 〈동백아가씨〉(1964, 한산도 작사, 백영호 작곡) 얘기를 해야겠다. 동명 영화 주제가로 첫선을 보인 이 노래는 큰 성공을 거두었다. 얼마나 반응이 컸던지 관객이 별로 안 들어 간판을 내렸던 영화가 재개봉돼 매진을 거듭할 정도였다. 그러나 이 노래는 발표된 지 2년이 다 된 1965년 말 방송윤리위에서 금지곡으로 지정된다. 이유는 왜색이었다. 말하자면 라시도미파 5음계를 주로 쓰는 요나누키 단음계적 노래라는 것이다. 여기서 첫 번째 자의성이 제기된다. 당시 트로트 음악은 거의 단조 5음계, 즉 왜색이었다. 그런데 왜 하필 〈동백아가씨〉였나. 여기에 대해서는 그해 한일 국교정상화로 악화된 여론을 누그러뜨리기 위해 당시 최고의 인기곡 〈동백아가씨〉에 왜색 딱지를 붙여 희생양으로 삼았다는 관측이 나온다.

> 헤일 수 없이 수많은 밤을
> 내 가슴 도려내는 아픔에 겨워
> 얼마나 울었던가 동백아가씨
> 그리움에 지쳐서 울다 지쳐서
> 꽃잎은 빨갛게 멍이 들었오
>
> -〈동백아가씨〉 1절 가사

두 번째 자의성은 그런 박정희가 국민 의식 개조를 위해 손수 지었다는 〈나의 조국〉 곡조 역시 왜색이라는 점에서 드러난다. '백두산의 푸른 정기…'로 시작하는 이 노래 첫 소절의 계명은 '라라도미 미레파미 라라시도시라미/ 도도시라 시라파미 도미미시미미라'이다. 이게 〈동백아가씨〉의 첫 소절 계명 '미파미도미파라 도도도도시/ 라시도파미파라 라라시도시'와 대차 없는 왜색인 것이다. 왜냐하면 제4·7음(레와 솔)이 빠진 왜색 단조 트로트 가락이기 때문이다. 장조 곡인 〈새마을 노래〉도 왜색 시비에서 자유롭지 못하다. 첫 소절 계명 '솔라도라레레레 솔솔미레도도도/ 미미레미솔솔라솔 라라솔미레레도'를 보면 역시 제4·7음(파와 시)이 빠진 도 레 미 솔 라의 요나누키 장음계 곡조다. 칼자루를 쥔 권력이 제멋대로 '왜색' 지정이라는 칼춤을 춘 것임을 알 수 있다.

정태춘은 1993년 〈92년 장마, 종로에서〉라는 카세트테이프 3천 개를 이른바 비합법 음반으로 만들어 판매한 혐의로 불구속 기소됐다. 공연윤리위원회의 사전 심의를 받지 않았다는 이유다. 그는 공연윤리위원회의 사전 심의를 규정한 음반 및 비디오물에 관한 법률에 대해 위헌법률심판제청을 신청했다. 지루한 투쟁이 이어졌고 헌재는 마침내 1996년 10월 31일 위헌 결정을 내렸다. 사전 심의가 언론·출판에 대한 검열을 금지하는 헌법에 위배된다는 것이었다. 이로써 음반의 사전 심의제는 폐지됐다. 그러나 지금도 정부는 여성가족부 산하 청소년보호위원회에서 술을 언급한 대중가요를 청소년 유해 매체로 제재하는 등 개입의 '미련'

을 떨치지 못하는 모습이다.

노래의 비판과 저항

내가 그의 이름을 불러 주기 전에는
그는 다만
하나의 몸짓에 지나지 않았다
내가 그의 이름을 불러 주었을 때
그는 나에게로 와서
꽃이 되었다 (하략)

김춘수의 시 〈꽃〉(1952)이다. 꽃의 이름을 불러준다는 건 꽃의 존재를 인식하고 의미를 부여하는 일이다. 그럼으로써 꽃은 진정한 꽃이 된다. 다분히 관념적임에도 아름다운 시다. 미당 서정주가 노래한 〈국화 옆에서〉(1948)의 절창성은 어떤가. "노오란 네 꽃잎이 피려고/ 간밤엔/ 무서리가 저리 내리고/ 내게는 잠도 오지 않았나 보다"라고 한 미당의 상상력, 감수성에 탄복한다. 아무 정치성도 이념성도 없는 이런 시를 순수시라고 한다.

당신에게선 꽃내음이 나네요
잠자는 나를 깨우고 가네요
싱그런 잎사귀 돋아난 가시처럼

어쩌면 당신은 장미를 닮았네요 (하략) -〈장미〉 가사

4월과 5월이 부른 〈장미〉(1979, 김미선 작사, 백순진·이정선 작곡)다. 이 노래도 사랑스러운 그 여인을 장미로 아름답게 형상화하는 데 성공했다. 여기서도 '부른다'는 말이 나온다. 시 〈꽃〉만큼 관념적이고 심오하진 않게, 그냥 '장미를 닮은 당신을 부를 때 장미라고 하겠다'고 한다. 순수시라는 용어를 원용하면 이런 노래는 순수노래다.

그러나 어떤 시인에게는 시대의 감수성이 시대와 불화하는 것이 된다. 그는 숙명적으로 잠수함 속 토끼처럼 예민한 시대의 감수성을 앓아야 하는 존재이기 때문이다. 이 때문에 그는 아름다운 이야기도 한 번 써보고 싶지만 그럴 수 없다. 청마의 〈바위〉처럼 "꿈꾸어도 노래하지 않고/ 두 쪽으로 깨뜨려져도/ 소리하지 않는 바위가 되리라"고 노래하고 싶지만 그에겐 인종忍從만이 미덕이 아니다. 결코 침묵할 수 없다. 그에게도 잠 못 이루는 밤이 있지만 그건 비정규직과 함께 나누는 아픔 때문이다. 그는 고통을 회피하지 않는, 더 정확하게는 "회피할 수 없도록 운명 지어진" 존재다.[4]

2011년 가을 송경동이라는 시인이 구속된 사건을 계기로 내가

4. 〈경향신문〉 2011년 11월 30일자 김철웅 칼럼 '사는 게 조금 외롭고 쓸쓸해서' 부분 인용.

신문에 썼던 칼럼 일부다. 구속 사유는 한진중공업 희망버스를 기획했다는 '죄'였다. 시인은 구속 중 유치장에서 신동엽 창작상을 수상했고 이런 소감문을 올렸다. "…조금은 편안하고 행복하고 안전한, 사람들의 세상이었으면 좋겠습니다. 혹여 제가 무슨 고민이 깊어 그랬을 거라고 생각지 말아주십시오. 다만 사는 게 조금 외롭고 쓸쓸해서였을 거라고 생각해주십시오. 탁발한 시인의 길이었을 거라고 생각해주십시오…."

요즘 와서는 잘 쓰지 않는 표현이지만 송경동은 세상 잣대로는 참여시인이다. 그런데 그는 거창한 얘기를 하지 않고 "다만 사는 게 조금 외롭고 쓸쓸해서였을 거라고 생각해달라"고 했다. 이 태도가 가슴에 와 닿았다. 거창한 국가, 민족이나 사회개혁, 하다못해 진보 같은 말은 빼버리고 '사는 게 외롭고 쓸쓸해서'라는 게.

가수, 싱어송라이터들 가운데도 이른바 참여파가 있다. 김장훈은 지난해 6월 세월호 참사 유가족들을 위로하고자 서울 대한문에서 열린 '1000만 범국민 서명운동 발대식'에 참석했다. 그때 이런 얘기를 했다. "사실 많이 망설이다가 이 자리에 왔다. 사람들이 아픈데 무대에 올라가서 당당하게 노래를 못 할 것 같더라. 태어나서 이렇게 마음이 아프고 참담한 적은 처음이다."[5] 괜히 그런 생각이 든다. 김장훈의 마음도 그런 게 아니었을까. 송 시인처럼 '사는 게 외롭고 쓸쓸해서'….

나는 참여문학이나 천주교 정의구현사제단의 사회적 발언, 사회·정치를 비판하는 대중음악의 공통된 동인, 모티프는 거창한 사명감보다는 '그게 자연스럽다는 생각'이라고 본다. 예컨대 대중음악이 삶의 애환을 그려내는 데 결정적 요소만 쏙 뺀 채 초연한 건 이상하다는 말이다. 그 결정적 요소란 우리의 삶을 대폭 규정하는 정치적 현실이다. 우리는 과거 엄혹한 독재 시대에 문학 종사자 상당수가 순수문학이라는 이름으로 부조리로 가득 찬 현실을 애써 외면했던 것을 기억한다.

그런 인식을 윈디시티의 보컬인 김반장의 "모든 게 정치와 연결되어 있더라"라는 말로 뭉뚱그릴 수 있을 것 같다. 2008년 인터뷰에서 질문자 김작가가 물었다. "윈디시티 결성 후 가사를 통해 사회적 발언도 많이 하고 있다. 평택 대추리 사건(2006)이 터졌을 때 현장에 달려가 공연도 벌이고, 이른바 사회파 밴드가 된 느낌이다." 김반장은 이렇게 답했다. "그 전까지는 노동운동이나 서민경제에 대한 생각이 그리 많지 않았다. 신문 보면서 '개새끼들!' 하는 정도. 윈디시티를 하면서 음악뿐만 아니라 예술 전반에 대한 생각을 많이 하게 됐다. 결국은 모든 게 정치와 연결되어 있더라. (…) 파병 반대, 철거 반대 집회 다니면서 이게 현실이란 걸 자각하게 된 거다. 멤버들도 다 동의를 했다. 가면 갈수록 우리는 서민 아닌가. 행동하는 젊은이가 되어야지."[6]

그런 인식을 공유한 뮤지션들은 적지 않다고 본다. 강산에는 말한다. "아티스트가 아니면 대중들의 의식을 깨워줄 수 있는 역

5. "범국민서명운동 발대식 방문해 위로…국정조사 촉구", 〈프레시안〉 2014년 6월 7일.
6. 박준흠, 〈한국 대중음악 100대 명반 인터뷰〉, 선, 2009, 343~345쪽.

할이 없다. 아티스트가 소통하고 전달하는 역할을 해줘야 한다 생각하고 일종의 소명감을 느꼈다. 한국에서 그렇게 하는 사람들이 많지 않아서 더 자극이 되었다. 존 레논의 〈이매진〉 같은 경우 얼마나 크게 우리의 사고를 바꾸게 해준 것인가? '상상해봐.' 나는 그 노래 듣기 전까지는 한 번도 그 상상을 해본 경험이 없어서 노래 하나로 한 대 맞은 기분이었다."[7]

강산에는 '노래하는 삐따기'로 불린다. 세상을 보는 눈이 삐딱해선가. 아무튼 그는 '사회적인 노래'를 많이 불렀다. 세상엔 사회적 기업이 필요하듯이 살면서 좁아진 우리 사고의 폭을 넓게 해주는 사회적 노래도 필요하다. 〈태극기〉(1996, 강산에 작사 작곡)도 그런 노래다. 부조리로 가득한 한국 사회를 풍자했다.

태극기가 바람에 펄럭이고 있습니다
하늘 높이 아름답겐지는 몰라도
대한 독립 만세 때부터 펄럭이고 있습니다
오늘도 시청 앞에 걸린 저 태극기 저 태극기
삐딱하게 걸린 널 보고 있으니까
왠지 나를 보고 있는 거도 같은데
우리 앞을 지나가는 저 많은 사람 중에
왠지 우리와는 상관없는 소외감
나는 그래도 내가 만든 삐따기야
하지만 너는 우리가 만든 삐따기

바람이 부는대야 어쩔 수 없겠지만
절대로 삼풍은 또 불지 않았으면 (하략)

—〈태극기〉 가사

강산에는 대중들의 의식을 깨워주는 노래가 적다는 취지로 말했지만 찾아보면 꽤 있다. 앞서 언급한 정태춘은 〈아 대한민국…〉(1990, 정태춘 작사 작곡)에서 비참한 농촌, 매춘, 빈부격차 확대 등 우리 현실의 문제들을 줄줄이 나열하며 '우린 모두 행복하게 살고 있지 않나' '양심과 정의가 넘쳐흐르는 이 땅'이라고 고발했다. 통렬한 반어법이었다.

우린 여기 함께 살고 있지 않나
사랑과 순결이 넘쳐흐르는 이 땅
새악시 하나 얻지 못해 농약을 마시는
참담한 농촌의 총각들은 말고
특급호텔 로비에 득시글거리는
매춘 관광의 호사한 창녀들과 함께
우린 모두 행복하게 살고 있지 않나
우린 모두 행복하게 살고 있지 않나
아 우리의 땅 아 우리의 나라
우린 여기 함께 살고 있지 않나

7. 같은 책, 417쪽.

기름진 음식과 술이 넘치는 이 땅
최저임금도 받지 못해 싸우다가
쫓겨난 힘없는 공순이들은 말고
하룻밤 향락의 화대로
일천만 원씩이나 뿌려대는 저 재벌의 아들과 함께 (하략)

-〈아 대한민국…〉 가사

거침없는 사회적 메시지를 표현하는 힙합 그룹 DJ DOC도 우리 사회의 최대 병패로 부상한 부익부빈익빈 문제에 메스를 댔다. 2000년 발표한 〈부익부빈익빈〉(정재용 작사, 이하늘 작곡)이다.

(전략)
좋아 돈으로 여자를 구워삶아 적당히 익혀 먹어
세상 너 편한 대로 살아 좋겠다
(중략)
세상에 빠듯한 우리 인생살이 대체 돈이 뭐니
돈 아니 아니 돈 돈 돈에 사람이 죽네 사네 말이 되네
돈 돈 돈에 사랑을 하네 마네 얘기 되네
오늘도 내 외로운 주머니 속 오백 원에게 물어봤어
너 머니머니 인생의 길잡인가 운명의 매개첸가
내 나이 스물하나 나의 눈에 비친 세상
돈에 돈을 위한 돈에 의한 세상

오늘도 어제와 같은 똑같은 하루는 반복돼 (하략)

-〈부익부빈익빈〉 가사

록 밴드 자우림은 학교폭력과 왕따를 못 견디고 스스로 목숨을 끊는 청소년을 소재로 한 〈낙화〉(1999, 김윤아 작사 작곡)를 불렀다. 여성 보컬 김윤아는 왜 이 곡을 만들었을까. 학교폭력, 왕따 문제는 항시 있으나 작곡 당시에도 학교폭력 때문에 아이들이 스스로 목숨을 끊는 사건이 있었다. 이 때문에 이 노래가 실제 사건이 모티프가 된 것이라는 소문도 돌았지만, 곡을 만든 본인은 이를 부인했다고 한다. 어찌 됐든 이 노래는 왕따와 폭력에 시달리는 청소년들의 심정을 대변하는 흔치 않은 노래가 되었다. 꺼져가는 듯한 마지막 소절 "내일 아침이면 아무도 다시는 나를 나를…"을 들을 때는 전율마저 느낀다.

한 블로거는 〈낙화〉에 대해 다음과 같이 썼다. "자우림은 사랑타령만을 하지 않고 삶, 죽음, 인생, 사회적 문제 등 다양한 소재를 가지고 노래를 한다. 사회적인 문제를 노래한 〈낙화〉를 좋아하는 팬들이 많다. 사회를 풍자하는 3인칭 시점이 아니라 학생의 1인칭 시점으로 노래했다. 그래서 더 가슴이 아프고 절절하게 다가오는 게 아닌가 한다." 그는 글 마지막에 "언제쯤 학교폭력과 왕따가 없어질까"라는 질문도 했다.

이 블로거의 마지막 질문은 정치·사회적 메시지를 담은 노래의 지속 가능성과 직결된 문제다. 아직도 학교폭력과 왕따가 덜

해졌다는 뚜렷한 증거는 없다. 〈아 대한민국〉을 들으면 당시 심각했던 문제들이 진행 중이거나 더 악화됐다는 느낌이 든다. 부익부빈익빈 문제도 갈수록 심화하고 있다. 이렇게 되면 체념이라는 문제가 생긴다. 과거엔 정치권력의 직접적인 물리적 제약이 가장 컸지만 지금은 '비판이 통하지 않는 시대'라는 체념이 가장 큰 적이 될 수 있다.

또 하나는 작품성을 유지하는 문제다. 이적은 이런 얘기를 했다. "지금은 노래가 그렇게 정치적인 참여를 하지 않아도 되는 시대라 생각한다. 노래가 아니더라도 수많은 사람들이 발언할 수 있는 상황이 되었기 때문이다. (…) 그러다 보니 뭔가 거창한 것보다 사람의 감정, 상황, 어떤 순간에 드는 마음, 이런 것들을 노래로 어떻게 담을 것인가라는 생각을 한다." 그는 한국 사회에 나타난 극우 인종주의에 우려를 표시하면서도 이렇게 말했다. "실제로 그런 노래(극우 비판 노래) 만들면 프로파간다(선전 선동)처럼 보인다. (…) 그걸 노래로 만드는 건 또 다른 얘기인 것 같다."[8] 정치적 노래가 불필요해진 시대라는 그의 인식엔 동의하지 않지만, 음악적 작품성을 지킨다는 것이 굉장히 고민스러운 문제라는 지적은 맞는 얘기다. 요컨대 메시지도 좋지만 그걸 담는 그릇이 아름다워야 한다는 것이다.

8. 같은 책, 389~390쪽.

노래가 사회에 묻다

질문하는 노래들

1960년대에 '돈보다 사람이 먼저'임을 일깨우는 노래가 나왔다. 남진이 부른 〈사람 나고 돈 났지〉(1969, 이성재 작사, 백영호 작곡)다. 속담을 동원해 돈을 사람보다 중시하는 세태를 꼬집었다. 돈이란 돌고 도는 거라며.

사람 나고 돈 났지 돈 나고 사람이 났다드냐
급하면 돌아가라 말이 있듯이
부귀영화 좋다지만 덤벼선 안 돼
돈이란 돌고 돌아 돌아가다가
누구나 한번쯤은 잡는다지만
허겁지겁 덤비다는 코만 깨지고

잡았다고 까불다는 사그라진다
사람 나고 돈 났지 돈 나고 사람이 났다드냐 (하략)

-〈사람 나고 돈 났지〉 가사

이에 앞서 김상국이 1965년 부른 〈쥐구멍에도 볕들 날 있다〉(전우 작사, 김인배 작곡)에도 똑같이 '돈이란 돌고 돌아'라는 표현이 나왔다. "돈이란 돌고 돌아 없다도 있는데" 돈 없다고 괄세 마라고 한다.

쥐구멍도 볕들 날 있소 하 하 하 하
돈 없다 괄세 마오 무정한 아가씨
캄캄한 쥐구멍도 볕들 날 있소
노를 건 사람의 팔자라고 하는데
그렇게 쌀쌀할 건 없지 않겠소
돈이란 돌고 돌아 없다도 있는데
세상을 그 뉘라서 알 수 있갔소 (하략)

-〈쥐구멍에도 볕들 날 있다〉 가사

그런가 하면 김용만은 〈회전의자〉(1964, 신봉승 작사, 하기송 작곡)에서 '억울하면 출세하라'고 한다. 옛날엔 회전의자가 출세를 상징하는 말이었다.

빙글빙글 도는 의자 회전의자에

임자가 따로 있나 앉으면 주인인데
사람 없어 비워둔 의자는 없더라
사랑도 젊음도 마음까지도
가는 길이 험하다고 밟아버렸다
아 억울하면 출세하라 출세를 하라 (하략)　　　　-〈회전의자〉 가사

〈월급 올려주세요〉(1963, 안희진 작사, 백영호 작곡, 도민호 노래)라는 더 직설적인 노래도 있었다.

사장님 사장님 우리 사장님 이것 참 미안하지만
월급을 올려주세요 박 사장
황소 같은 자식놈이 여덟 명인데
부모님 합쳐서 열두 식구입니다
물가는 비싸지고 자식들은 커져서
정말로 살아가기 힘드니 어찌합니까
사장님 사장님 미안하지만
월급을 올려주세요 박 사장 박 사장 (하략)　　　　-〈월급 올려주세요〉 가사

이 노래는 박정희 정권 최초의 금지곡이 됐다고 한다. 곡이 나오자마자 레코드사 대표 등이 경찰서에 연행되기도 했다. 노랫말의 '박 사장'이 박정희 장군을 지칭하고 '황소 같은'에서 황소가 당시 집권 공화당의 로고라는 이유였다. 우리나라에선 1962년

방송윤리위원회가 발족해 방송가요를 심의하기 시작했는데, 그 결과 이 곡 등 116곡이 금지곡으로 지정된 게 가요 검열의 시작이다.[1]

1960년대에 나온 이 노래들엔 사회적 메시지가 담겨 있다. 배금주의에 물든 세상을 개탄하고, 심지어 월급이 적다고 항의까지 하고 있다. 개탄과 항의의 수준이 초보적이긴 하다. 가사가 다분히 교훈적이고 해학적인데, 그건 그만큼 낙관적 정서가 살아 있음을 의미한다. 〈회전의자〉에서 '억울하면 출세하라'라는 말은 출세 가능성이 열려 있으니까 하는 말이다. 패자부활전마저 봉쇄된 세상이라면 그런 말조차 생뚱맞다. 이영미는 "서민들의 계층상승 욕망과 결핍으로 인한 아픔 역시 이 시대의 대중가요는 담고 있다. 이러한 욕망의 표현은 비교적 솔직하며, 그러면서도 그다지 비관적이지 않다는 점이 흥미롭다"고 말한다.[2]

노래가 사회적 메시지를 담는 것은 지극히 자연스러운 일이다. 비단 노래만이 아니다. 예술가 자신이 사회 밖에서 고립되어 살아가는 존재가 아닌 이상 모든 예술가의 창작 속에 사회적 현실과 정치적 상황은 직간접적으로 반영될 수밖에 없다.[3] 특히 대중과 애환을 함께하는 가요가 시대 현실과 솔직히 대면하는 것은 당연하다. 물론 모든 가요가 다 사회적 메시지를 담아야 할 까닭은 없다. 사랑의 노래는 그것으로 족하다. 거기에 괜스레 사회적 의미를 덧칠하면 도리어 역효과만 난다. 그러나 이와 동시에 사회적 주의를 환기하는 노래, 세상을 향해 질문을 던지는 노래도 필요하다. 그리고 그 메시지와 질문의 동력을 나는 비판, 분노, 저항정신이라고 생각한다.

눈을 외국 가요로 돌려보자. 1939년 미국 여가수 빌리 홀리데이는 〈이상한 열매Strange Fruit〉(에이벨 미어로폴 작사 작곡)를 불러 뜨거운 반응을 일으켰다.

Southern trees bear a strange fruit
Blood on the leaves and blood at the root
Black bodies swinging in the Southern breeze
Strange fruit hanging from the poplar trees (하략)

남쪽지방 나무에는 이상한 열매가 열렸네
이파리에 묻은 피와 뿌리에 고인 피
검은 몸뚱이가 남풍을 받아 건들거리네
이상한 열매가 포플러에 매달렸네

–〈Strange Fruit〉 가사

이 노래에서 '이상한 열매'는 흑인들의 시체다. 흑인에 대한 인종차별이 극심했던 시절, 실제로 그런 사건이 벌어졌다. 1930년 미국 인디애나 주 마리온에서 흑인 청년 두 명이 백인을 강도·살인·강간한 혐의로 체포됐다. 성난 백인들이 이들을 끌어내 폭행

1. 선성원, 〈우리가 정말 알아야 할 우리 대중가요〉, 현암사, 2008, 128쪽.
2. 이영미, 〈한국대중가요사〉, 민속원, 2006, 계층상승 욕망의 솔직한 표현, 196쪽.
3. 김창남 엮음, 〈대중음악의 이해〉, 한울, 2012, 대중음악과 정치, 178쪽.

하고 나무에 매달아 죽였다. 누군가 흑인들이 나무에 대롱대롱 매달려 있는 사진을 찍고 팔아 전국에 퍼졌다. 백인 교사이자 시인인 에이벨 미어로폴이 이 사진을 보고 분노해 시를 썼다. 그리고 나중에 곡까지 붙였다. 그게 이 노래다.

이 노래를 당대의 재즈 디바 빌리 홀리데이가 뉴욕의 나이트클럽 카페 소사이어티에서 불렀다. 비참한 노래를 담담하게 기도하는 것처럼 눈을 감고 불렀다. 큰 반향이 일었다. 그해 음반 1백만 장이 팔려나갔다. 시사 주간지 〈타임〉은 1999년 〈이상한 열매Strange Fruit〉를 '20세기 최고의 노래'로 선정한다.

존 레논(1940~1980)은 국가, 소유, 종교가 없는 세상을 상상해보자고 호소하는 노래 〈이매진Imagine〉(1971)을 불렀다. 'Imagine no possessions(소유가 없다고 상상해보세요)'라는 가사에선 자본주의 체제가 문제라는 인식까지 드러난다. 소유가 자본주의의 대전제이기 때문이다. 물론 황당하다. 하지만 물신주의가 지배하는 세상에서 그나마 노래니까 이런 황당한 상상이라도 할 수 있는 거다.

Imagine there's no Heaven
천국이 없다고 상상해보세요
It's easy if you try
쉽게 할 수 있는 일이지요
No hell below us

우리 발밑에 지옥은 없고,

Above us only sky

머리 위엔 하늘뿐이라고 말이죠

Imagine all the people living for today

모든 사람들이 지금을 위해 산다고 생각해보세요

Imagine there's no countries

국가가 없다고 생각해보세요

It isn't hard to do

그리 어려운 일이 아니죠

Nothing to kill or die for

누군가가 죽거나 죽을 필요도 없고

And no religion too

종교 따위도 존재하지 않는다고 말이죠

(중략)

Imagine no possessions

소유가 없다고 상상해보세요

I wonder if you can

가능한 일인지는 모르겠지만

No need for greed or hunger

욕심도 궁핍함도 사라지고

A brotherhood of man

모두 형제처럼 살 수 있겠죠

Imagine all the people sharing all the world

모든 사람들이 세상 모든 것들을 나눈다고 생각해보세요 (하략)

-〈이매진Imagine〉 가사

존 레논은 아내 오노 요코와 반전과 평화 운동에 앞장서며 음악 활동을 이어나간다. 영국이 미국의 월남전을 지원하자, 몇 해 전 엘리자베스 여왕에게서 받았던 대영제국 공로훈장을 1969년 미련 없이 반납했다. 1970년 〈Working Class Hero〉라는 곡에는 욕설까지 적나라하게 담아 민중을 억압하는 사회 현실을 비판했다.

러시아에도 블라디미르 비소츠키, 빅토르 최 같은 가수들이 있었다. 비소츠키(1938~1980)는 소련 체제 속에 살면서도 체제를 거스르는 노래를 많이 불렀다. 강제노동수용소(굴라크)도 건드렸고, 전쟁 문제를 풍자적으로 다루기도 했다. 당연히 전쟁을 찬양하는 게 아니라, 생명을 위협하는 극단적 상황에 빠진 사람들의 정서를 전달하는 것이었다. 참전 군인들은 비소츠키의 노래가 공식적 '애국' 송가보다 더욱 정확하게 전쟁의 진실을 전달했다고 말한다.

그의 노래는 거의 일인칭이지만, 그가 해설자로 나오는 건 아니다. 가령 범죄자에 관해 노래할 때 그는 악센트와 억양을 모스크바 도둑처럼 흉내 냈다. 옛날이었으니까 가능한 얘기겠지만, 이게 너무 그럴듯했기 때문에 활동 초기엔 많은 팬들이 그가 범죄자이거나 참전 군인 출신일 거라고 착각했다. 참전 군인들은 작사자가 자기들과 함께 전투를 벌인 사람일 거라고 생각했다.

당연히 권력에 미운털이 박혀 소련 음반 독점회사인 멜로디야에서 레코드 제작을 할 수 없었다. 아마추어들 사이에서 녹음 질이 나쁜 음반이 유통됐지만 인기는 매우 높았다. 우주비행사들까지 그의 노래 카세트를 갖고 우주로 나갔다고 한다.[4]

비소츠키의 노래 가운데 가장 잘 알려진 〈길들여지지 않은 말들 Кони привередливые〉(1971)을 소개한다. 이 노래는 영화 〈백야〉(1985)에도 쓰였고 2014년 한국 드라마 〈미생〉에도 등장해 비교적 친숙하다. 영화배우이기도 했던 비소츠키는 그해 블라디미르 오브루체프의 과학 픽션에서 주연을 맡기로 해 이 곡을 만들었는데 주연 역할은 갑자기 취소됐고 파멸적 서사를 담은 이 노래만 그의 대표곡으로 남았다. 러시아어 해독자를 위해 원어 가사를 병기한다.

Вдоль обрыва, по-над пропастью, по самому краю
계곡 안 틈새, 좁디좁은 언저리를 따라
Я коней своих нагайкою стегаю, погоняю
나는 채찍을 휘둘러 말을 달리네, 세게 세게 내려치며
Что-то воздуху мне мало, ветер пью, туман глотаю,
숨 쉴 공기가 없어 바람을 마신다, 안개를 삼킨다
Чую, с гибельным восторгом, пропадаю, пропадаю
죽음의 황홀경에 빠질 것 같다, 길을 잃고 길을 잃고

4. Wikipedia, Vladimir Vysotsky 2015년 1월 5일 최종 수정.

Чуть помедленнее, кони, чуть помедленнее
말아, 천천히, 조금만 천천히 가자꾸나
Вы тугую не слушайте плеть
예전 너를 옥죄던 가죽 끈은 잊어버려
Но что-то кони мне попались привередливые,
하지만 이놈의 말들은 길들여지지 않아
И дожить не успел, мне допеть не успеть
그러니 내겐 살아갈 시간도, 노래 부를 시간도 없네
Я коней напою,
이놈들이 물을 마시게 해야지
Я куплет допою,
그래야 난 이 노래를 마저 부를 수 있다
Хоть немного еще постою на краю
그럼 난 조금 더 살아 있을 수 있겠지 (하략)

–〈길들여지지 않은 말들Кони привередливые〉 가사

빅토르 최(1962~1990)는 비소츠키의 다음 세대이면서 솔로 가수가 아닌 록 밴드 키노의 리더였다는 점이 다르다. 그러나 중요한 공통점은 그 역시 반전과 사회개혁, 변화를 희구하는 노래를 불렀다는 사실이다. 소련 말기 음악과 사회에 끼친 충격과 영향도 엄청나게 컸다. 고려인 2세 아버지와 러시아인 어머니 사이에서 태어난 그는 〈45〉라는 이름의 첫 앨범부터 정치적 목소리를

냈다. 물론 삼이즈다트(지하출판)였다. 가령 〈엘렉트리치카(교외통근열차)〉(1982)라는 곡은 자신이 원치 않는 곳으로 가는 열차에 갇혀버린 사람에 대한 얘기다. 명백하게 소련에서의 억압된 삶을 은유한 것이었다. 즉각 이 노래 연주는 금지됐다. 그러나 빅토르 최와 키노의 인기는 갈수록 높아진다.

1987년 발표된 다섯 번째 앨범 〈그루파 크로비(혈액형)〉는 '키노마니아'라는 말까지 낳았다. 같은 제목의 타이틀 곡 〈그루파 크로비〉는 오랫동안 지속된 아프가니스탄 전쟁으로 피폐해진 소련의 현실을 고발하고, 전쟁을 혐오하는 민심을 대변했다.

Теплое место, но улицы ждут

따뜻한 곳, 그러나 거리는 기다린다

Отпечатков наших ног

우리의 발자국을

Звездная пыль -на сапогах

구두 위에는 별의 먼지

Мягкое кресло, клетчатый плед,

푹신한 안락의자, 체크무늬의 커버

Не нажатый вовремя курок

때맞춰 당겨지지 못한 방아쇠

Солнечный день -в ослепительных снах

찬란한 꿈속의 햇볕 내리쬐는 날

Группа крови -на рукаве,
소매 위에는 혈액형
Мой порядковый номер -на рукаве,
소매 위에는 나의 군번
Пожелай мне удачи в бою, пожелай мне.
전투에서 나의 행운을 빌어다오, 나를 위해 빌어다오
Не остаться в этой траве,
이 풀밭에 남겨지지 않기를 (하략)

-〈그루파 크로비(혈액형)〉 가사

원치 않는 전투를 앞둔 젊은 병사의 심리를 아주 적확하게 묘파했다. 어떤 것이었을까. 그가 원하는 건 전투에서의 승리(러시아어로 '빠베다'라고 한다)가 아니라 행운(이 노래에서 쓴 '우다차'다)이었다. 구체적으로 그건 풀밭에 쓰러져 죽지 않고 살아남는 것이다. 그는 크든 작든 희생을 치르고 얻는 승리는 싫다고 노래한다. 그저 풀밭에 남겨지지 않는 행운만 바랄 뿐이다. 노랫말을 솔직하게, 그리고 시적으로 잘 썼다. 이 노래가 소련 젊은이들의 가슴을 뒤흔든 이유를 알 것 같다.

빅토르 최는 1990년 8월 불의의 교통사고로 28세 젊은 나이에 세상을 떠난다. 그때 〈콤소몰스카야 프라브다〉 신문은 이렇게 썼다. "빅토르 최는 다른 어떤 정치인, 유명인사, 작가보다도 이 나라 젊은이들에게 의미하는 것이 많았다. 왜냐하면 그는 한 번도 거짓말하거나 자신을 팔아먹은 적이 없었기 때문이다. 그를 믿지 않을 수 없다. 대중에게 보인 모습과 실제 삶의 모습이 다르지 않은 유일한 로커가 빅토르 최이다. 그는 노래 부른 대로 살았다. 그는 록의 마지막 영웅이다."[5]

마왕 논객 로커

신해철이 어쩌다 마왕이라는 별명을 갖게 됐는지 모른다. 그의 유고를 묶은 책이라는 〈마왕 신해철〉을 들여다봐도 그 얘긴 없다. 짐작건대 신해철이 마왕이라 불린 건 그의 뚜렷한 주관을 담은 직설적인 발언 때문이었으리라. 그는 아무 얘기나 거침없이 내뱉었다. 무대 위에서나 아래에서나 한결같았다. 〈고스트 스테이션〉 등 라디오 프로그램의 DJ로 활약하며 신랄한 발언으로 많은 팬들과 어록을 만들어냈다. 이런 마왕 같은 카리스마에 덧붙여 논객의 풍모도 보였다. 민감한 정치·사회 문제에 관심을 갖고 발언했다. 16대 대선 기간엔 노무현 후보 지지 활동을 했다. 노 후보 당선 뒤 지승호와 한 인터뷰에서 "(앞으로는) 정치에 냉소적이거나 무관심한 것이 자랑인 것처럼 살지는 않을 것이라는 결심을 했죠"라고 말했다.[6]

대마초 비범죄화를 주제로 한 〈MBC 100분 토론〉에도 나가 찬성 소신을 밝혔다. 언론인 손석희는 "〈100분 토론〉에서 신해철

5. Wikipedia, Viktor Tsoi 2014년 12월 22일 최종 수정.
6. 신해철, 〈마왕 신해철-신해철 유고집〉, 문학동네, 2014, 300쪽. 〈인물과 사상〉 2003년 2월호 내용 재수록.

씨를 다섯 번 만났다. 그때마다 논란의 한가운데 섰고, 그래서 화제가 되기도 했다. 가수였지만 어떤 주제를 놓고도 자신의 주관을 뚜렷이 해서 논쟁할 수 있는 논객이기도 했다"고 술회했다.[7]

록 밴드 리더, 뮤지션으로서 그의 세계는 어땠나. 그는 1994년 넥스트 2집 〈The Being〉에서 〈껍질의 파괴〉(신해철 작사 작곡)라는 노래를 불렀다.

부모가 정해놓은 길을 선생이 가르치는 대로
친구들과 경쟁하며 걷는다
각본대로 짜여 있는 뻔한 인생의 결론 향해
생각 없이 발걸음만 옮긴다
세상은 날 길들이려 하네 이제는 묻는다 왜
Fight! Be free! The destruction of the shell!
이대로 살아야 하는가
Fight! Be free! The revolution of the mind!
껍질 속에 나를 숨기고

생각할 필요도 없이 모든 것은 정해져 있고
다른 선택의 기회는 없는가
끝없이 줄지어 걷는 무표정한 인간들 속에
나도 일부일 수밖에 없는가
세상은 날 길들이려 하네 이제는 묻는다 왜

Fight! Be free! The destruction of the shell!
이대로 살아야 하는가
Fight! Be free! The revolution of the mind!
껍질 속에 나를 숨기고

몸부림치면 칠수록 언제나 그 자리일 뿐
뛰어도 돌아도 더 큰 원을 그릴 뿐
세상의 모든 고통과 좌절과 분노를 내게 다오
영원히 마르지 않을 눈물을 핥게 하고
고독의 늪에서 헤매이게 하라
그럼으로써 내가 세상에 온 이유를 알게 하고
내게 주어진 시간이 다 가기 전에
내가 누구인지 말하게 하라

Fight! Be free! The destruction of the shell!
이대로 살아야 하는가
Fight! Be free! The revolution of the mind!
껍질 속에 나를 숨기고
언젠가 내 마음은 빛을 가득 안고 영원을 날리라
Fight!

-〈껍질의 파괴〉 가사

7. 같은 책, 407쪽.

중간중간 애드리브 속주가 펼쳐지는 연주 시간 10분 가까운 대작이다. '각본대로 짜여 있는 뻔한 인생, 이대로 살아야 하는가'라는 절규, 이것이 노래의 핵심이다. 해답은 제목에 있다. 껍질의 파괴. 그 때문에 고통과 좌절과 분노를 겪더라도.

이런 신해철이 기존 정치에 환멸을 느끼는 건 당연해 보인다. 그는 〈아들아, 정치만은 하지 마〉(2004, 넥스트 5집 〈개한민국〉)에서 이렇게 노래한다.

아저씨들 싸우든 말든 난 Rock'n Roll
남들은 싸우든 물어뜯든 노래하자
아저씨들 싸우든 말든 난 Rock'n Roll
남들은 싸우든 쥐어뜯든 난 춤추자
복잡한 여의도에서 둥그런 지붕 안에서
서로가 멱살을 잡고 하루 종일 놀고들 있다
매일 같이 비싼 밥 먹고 남한텐 열라 욕먹고
위아래 앞뒤 구별 없이 놀고들 있다
뭘 하는진 모르지 뭘 하는진 모르지
하란 일은 절대 안 하고 뭐가 잘못된지도 모르고
지들끼리 둥글게 감싸고도는 건 엄청 빠르고
울컥 솟아나는 게 온통 들려오는 게
"아, 귀신은 뭐하나 몰라 저것들 안 잡아가구"
우리 엄마 하는 얘기 귀가 닳도록

맘대로 살아 하고 싶은 걸 해
딱 하나, 사람처럼 살고 싶거든
아들아, 정치만은 하지 마 -〈아들아, 정치만은 하지 마〉 가사

그러나 이 같은 환멸의 대상은 현실 정치인들이지 결코 정치 자체는 아니었다. 그는 정치에 냉소적이거나 무관심하지 않겠다고 다짐한 바 있고, 그렇게 살다 갔으므로.

1968년생인 신해철은 386세대임에도 암울한 1970년대에 대해 그 전 베이비붐 세대 못지않은 식견과 함께 '추억'을 표시하기도 했다. 영화 〈정글 스토리〉 OST용으로 작곡한 〈70년대에 바침〉(1996)을 들어보면 그가 놀라운 '정치적 기억력'을 발휘했다는 생각이 든다. 음악평론가 강헌이 시나리오에 참여한 이 영화는 흥행에 참패했지만 OST는 40만 장 이상 팔렸고 지금도 명반으로 꼽힐 정도다.

하늘이 그리도 어두웠었기에 더 절실했던 낭만
지금 와선 촌스럽다 해도 그땐 모든 게 그랬지
그때를 기억하는지 그 시절 70년대를
통금을 알리는 사이렌 소리와 가위를 든 경찰들
지금 와선 이상하다 해도 그땐 모든 게 그랬지
그때를 기억하는지 그 시절 70년대를
무엇이 옳았었고 (무엇이) 틀렸었는지

이제는 (이제는) 확실히 말할 수 있을까
모두 지난 후에는 (누구나) 말하긴 쉽지만
그때는 (그때는) 그렇게 쉽지는 않았지
한 발의 총성으로 그가 사라져간 그날 이후로
70년대는 그렇게 막을 내렸지 수많은 사연과 할 말을 남긴 채
남겨진 사람들은 수많은 가슴마다에 하나씩 꿈을 꾸었지
숨겨왔던 오랜 꿈을 무엇이 그들을 기다리고 있었던가 (하략)

-〈70년대에 바침〉 가사

"우리 사회가 행복하다"고 응답한 국민이 10명 중 1명뿐인 나라에 우리는 살고 있다.[8] 양극화 심화, 비정규직 양산, 기형적 갑을 관계 속에, 태어난 게 저주이며 사는 게 고통인 인생이 얼마나 많이 늘고 있나. 노래는 이런 아픔도 담아낼 줄 알아야 한다. 신해철을 비롯해 여러 뮤지션들이 그걸 담기 위해 노력해왔다. 세상에 대한 질문을 끊임없이 던지고 있다. 그런 노래가 더 나왔으면 한다. 물론 쉽지 않은 작업이다. 하지만 우리에겐 낭만적인 사랑 노래만큼 삶의 진실을 일깨우는 노래도 필요하다.

8. "우리 사회 행복하다 국민 10명 중 1명뿐", 〈경향신문〉 2015년 1월 2일자 1면 기사.

복고풍, 왜 다시 부나

〈무한도전-토토가〉와 〈콘서트 7080〉

다시 복고풍이 불고 있다. 복고풍復古風은 과거의 모습으로 되돌아간 제도나 풍속 또는 그런 유행을 뜻한다. 2014년 연말과 연초에 방영된 MBC 〈무한도전-토요일 토요일은 가수다〉(이하 〈토토가〉)는 1990년대 유행했던 가요들을 무대에 올림으로써 20년 전 가요의 붐을 일으키는 계기가 됐다. 물론 〈토토가〉만 갖고 복고풍이 불었다고 말할 순 없다. 몇 해 전 시작한 〈나는 가수다〉(MBC), 〈불후의 명곡〉(KBS2) 같은 음악 프로그램이 이미 가요 복고 바람의 한 줄기를 형성하고 있었다. 거기에 최근엔 〈복면가왕〉(MBC)이 복고 바람의 확산에 가세했다.

가요에서 복고풍이 분다는 건 두 종류로 나눠 생각할 수 있다. 하나는 옛날에 나온, 이른바 흘러간 노래를 다시 찾아 듣는 추세가 형성된다는 것이다. 또 하나는 새로 나온 노래의 분위기가 복고적이라는 것이다. 이 글은 이 가운데 첫 번째 현상을 분석하는 데 집중하려 한다. 흘러간 노래를 즐기는 건 개인적으로는 취향이지만 사회적으론 유행이 된다. 유행이라는 말은 일정 기간 동안 퍼졌다가 사그라지며, 그 현상이 어느 정도의 세월을 거치며 반복된다는 점에서 그렇다.

가령 1996년 3월 7일자 〈경향신문〉 문화면에는 '봄을 여는 복고풍 서정가요'라는 제목으로 "새봄을 맞는 가요계에 서정성을 내세운 복고풍 노래들이 큰 인기를 얻고 있다"는 기사가 실렸다. 그 한 해 전인 1995년 3월 이 신문은 '중견가수들 복고풍 노래 봄바람 탔네'라는 제하에 이문세·변진섭·이승철 등의 앨범이 잘 팔린다고 보도했다.

KBS 1 TV에서 방영하는 〈콘서트 7080〉이라는 프로그램이 있다. 2004년 11월 시작해 지금까지 이어지고 있다. 1985년 시작한 트로트 중심의 〈가요 무대〉에는 못 미치지만 꽤 장수하는 프로그램이다. 방송사 측이 밝힌 이 프로그램의 기획 의도는 이렇다. '1970년대와 80년대에 20대를 보낸 세대를 겨냥한 라이브 음악 프로그램. 당시의 인기 곡, 명곡을 오리지널 가수를 통해 들어보고, 그 시절의 추억과 향수, 세상 사는 이야기를 나누는 시간을 만든다.'

11년 전 이 프로그램이 출범하게 된 데도 필시 사회적으로나 가요계 내부적으로 그럴 만한 이유가 있었으리라 추측한다. 그런 까

닮에 나는 복고풍 노래의 유행은 대략 10년 정도를 주기로 반복되는 게 아니냐는 생각을 해본다. 물론 개인적인 의견일 뿐이다. 복고풍 노래가 유행하는 메커니즘을 제대로 규명하려면 상당한 자료와 가요사적, 나아가 사회심리학적 분석이 필요할 것이다.

그런 점에서 다음 두 편의 칼럼은 주목할 만하다. 문화평론가 정윤수는 일찍이 〈콘서트 7080〉을 두고 '신흥 복고주의, 젊음의 유예인가 유배인가'라는 칼럼을 썼다. 칼럼에서 그는 이 프로그램을 "제목 그대로 1970년대와 80년대의 대중음악, 특히 대학가요제나 강변가요제를 중심으로 인기 있었던 노래를 들려주는 '그 시절 그 노래' 프로그램"으로 규정한다. 그러면서 7080 세대를 겨냥한 이 프로그램이 "젊은 세대들의 입장에서 보건대 또 하나의 〈가요 무대〉에 지나지 않는다"고 말했다.

그의 얘기를 좀 더 들어보자.

"우리 대중음악 산업의 허약한 체질 때문에 30대만 넘어도 '원로가수' 대접을 받는 기이한 풍토가 엄연하지만 그래도 아직 40대에 지나지 않는 음악가와 관객들이 그 시절 그 노래를 주고받는 것은 문화적 조로早老 현상의 한 단면임에는 틀림없다." 그는 이어 이런 '젊은 복고주의'에 대해 "너무 일찍 늙는 게 아닌가 하는, 저마다의 전전긍긍하는 마음을 한창 젊었을 때 맘껏 불렀던 노래로 잠시 유예시키는 것"이라며 상당히 부정적인 입장을 보였다.[1]

1 정윤수, "신흥 복고주의, 젊음의 유예인가 유배인가-콘서트 7080에 드러난 문화적 조로 현상의 이면들", 〈문화예술〉 2004년 12월호, 문화예술진흥원.

서울대 음대 민은기 교수도 대중음악에서 부는 복고 바람에 비판적이다. 그는 '새로워야 대중음악이다'라는 제목의 신문 칼럼에서 복고를 '가까운 과거를 불러와 추억을 불러일으키는 것'이라고 보고, 추억에 매달리다 보면 그것을 지나치게 미화하게 되고 앞으로 나아가려는 힘은 약해지기 마련"이라고 했다. 이어 "대중음악의 미래에 대한 가장 큰 위협이 바로 자신의 과거"라는 영국 음악평론가 사이먼 레이놀즈의 말을 소개했다. 또 "그 태생부터 젊음을 위한 젊은이의 음악이 바로 대중음악"이라며 "대중음악에 미래를 향한 창조와 도전이 넘쳐나길 바란다"고 썼다.[2] 하긴 〈불후의 명곡〉에서 젊은 여자 가수들이 복고적 의상을 입고 나와 70년대 노래를 부르고, 거기에 젊고 늙은 관객들이 갈채를 보내는 모습이 자연스럽게 느껴지지는 않는다.

나도 옛날에 쓴 신문 칼럼에서 비슷한 논지를 편 적이 있다. 음악 관련 칼럼은 아니었지만 '좋았던 옛 시절, 망각의 역사'라는 글에서 사회 전반에 일고 있는 복고풍이 바람직한 것인지 물었다.

"올봄 여성 패션은 연둣빛 실크 스커트 같은 복고풍이 주류라는 소식이다. '올드 패션'과는 거리가 멀 것 같은 신세대들까지 이 패션에 적극적인 것을 보면 복고풍에는 매력적인 요소가 있나보다. 인간 본연의 아련한 과거에 대한 향수, 추억, 그런 것들이 복고풍 유행의 요인일 것이다. 구세대의 흘러간 노래 취향이나 '옛날이 좋았어'란 식의 입버릇에도 복고적 심리가 깔려 있다. (…) 과연 옛날은 '꿈엔들 잊으리요'를 노래할 만큼 좋은 것이었나."

그러면서 무분별하고 자의적인 노스탤지어를 경계하고 "역사 발전은 과거는 과거이며 우리의 아카디아는 미래에 남아 있어야 한다는 믿음에서 출발한다"고 글을 매듭지었다.[3]

복고풍, 순풍일까 역풍일까

그러나 이런 논지에 대한 반론도 얼마든지 제기될 수 있다. 첫째, 내가 지금 쓰고 있는 이 글의 대주제인 '노래가 위로다'라는 관점에서다. 이 관점에서 보면 복고풍을 이른바 진취성과 연결 짓는 발상이 지극히 일면적 고찰이라는 생각이 든다. 처음 듣는, 생소한 노래에서 우리가 위로를 얻기는 쉽지 않다. 이는 많은 음악학자들이 동의하는 부분이다. 어릴 때 들은 노래의 기억과 취향이 평생 간다. 즉 위로가 된다. 트로트 세대, 포크 세대가 요즘 노래에 흥미를 못 갖고 취향이 수십 년 전 노래들에 머물러 있는 건 음악에 대한 인간 본성과 관련된 문제이지 가치관이나 진취성을 따질 일이 아니다. 나이가 들면 회상은 권리다. 노인한테 미래지향적이 되어야 한다고 강요하는 건 경우에 따라 욕이 될 수 있다.

나는 가끔 우리가 서양 고전음악을 지칭할 때 쓰는 클래식이라는 개념을 흘러간 옛 노래에도 적용할 수 있다는 생각을 한다. 오랜 세월 사람들과 애환을 함께한 옛 노래에도 어느새 고전이라는 개념이 형성된 게 아니냐는 것이다. 이를 인정할 경우 서양 고전

2. 〈중앙일보〉 2014년 12월 31일자 오피니언 민은기 칼럼 '새로워야 대중음악이다'.
3. 〈경향신문〉 2001년 3월 14일자 오피니언면 데스크 칼럼, 김철웅 국제부장, '좋았던 옛 시절, 망각의 역사'.

음악을 여러 오케스트라, 연주자들이 다양한 해석으로 연주하는 것과 옛 노래를 리메이크하는 것을 굳이 별개의 것이라고 주장할 이유가 없다.

둘째, 복고풍이 혹시 지금 노래의 흠결과도 관련이 있는 게 아닌지 살펴야 한다. 노래교실에 다닌다는 어떤 블로거가, 노래교실에서 계속 90년대 노래만 다루자 선생님에게 왜 신곡은 안 다루고 옛날 노래 타령이냐고 푸념했다는 글을 자신의 블로그에 올린 걸 본 적이 있다. 그 선생님의 대답은 요즘 아이돌 노래는 따라 부르기 어렵고 90년대 노래처럼 감흥이 적다는 것이었다. 복고풍에는 난해한 요즘 노래에 대한 반발도 작용한다는 말이다.

셋째, 시대적 변화, 산업구조적 변화도 작용했다. 90년대 인기를 얻었던 곡은 차트 상위권에 6개월~1년간 머물렀다. 주간 차트에서 연속 1위를 차지한 기간도 2~3개월에 이르렀다. 1994년 연간 흥행 1위를 기록한 김건모의 〈핑계〉(1993, 김창환 작사 작곡)는 13주간 주간 차트 1위를 차지했다. 이듬해 연간 1위 인기곡인 패닉의 〈달팽이〉(1995, 이적 작사 작곡) 역시 6개월간 상위권을 지켰다. 김종환의 〈사랑을 위하여〉(1997, 김종환 작사 작곡)와 조성모의 〈투 헤븐〉(1998, 이승호 작사, 이경섭 작곡) 등은 거의 2년간 차트 상위권을 유지하면서 국민가요로 사랑받았다. 그러나 요즘 음원차트나 방송에서 1위를 차지했던 곡을 대중이 기억하기는 쉽지 않다. 너무 자주 바뀌기 때문이다. 주간 차트 10위권에 3주 이상 머무르는 곡이 손에 꼽힐 정도로 흥행 수명이 짧다.[4] 음반 시대에서 음원 시대로 대중가요의 산업구조가 바뀌면서 그렇게 됐다. 지금보다 생명력도 길고 장르도 다양했던 옛날 노래를 찾게 되는 이유다.

이런 점들을 종합할 때 복고풍을 무작정 부정적으로 보는 태도는 바람직하지 않다. 왜 복고 바람이 부는지, 역사적 맥락을 면밀히 살펴 거기에 담긴 것을 긍정적 에너지로 쓸 수 있어야 한다. 인간에게는 누구나 복고적 성향이 있으며, 특히 노래에서 그게 현저하게 나타난다는 것을 잊지 않는 게 좋다.

4. "토토가 열풍…90년대 히트곡 넘치고 솔로가수 전성시대", 박경은 기자, 〈경향신문〉 2015년 1월 2일자 방송연예면.

충무로, 영등포, 혜화동, 연안부두

노래 속 지명

종로, 영등포, 을지로, 마포, 삼각지, 혜화동…. 노래엔 여러 동네와 장소 이름이 나온다. 노래에 나오는 바람에 더 유명해진 동네도 있다. 그렇다면 노래와 동네, 즉 음악과 장소는 어떤 관계가 있는 걸까. 장소는 어떻게 노래를 낳으며, 또 노래는 어떻게 장소를 담는가.[1] 이건 그 시절의 사회경제적 흐름과 변화를 정직하게 반영하기도 하는 것이라는 점에서 꽤 흥미로운 주제다.

오늘은 잊고 지내던 친구에게서 전화가 왔네
내일이면 멀리 떠나간다고
어릴 적 함께 뛰놀던 골목길에서 만나자 하네
내일이면 아주 멀리 간다고

덜컹거리는 전철을 타고 찾아가는 그 길
우린 얼마나 많은 것을 잊고 살아가는지
어릴 적 넓게만 보이던 좁은 골목길에
다정한 옛 친구 나를 반겨 달려오는데
어릴 적 함께 꿈꾸던 부푼 세상을 만나자 하네
내일이면 멀리 떠나간다고
언젠가 돌아오는 날 활짝 웃으며 만나자 하네 (하략)

-〈혜화동〉 가사

노래 〈혜화동〉(1988, 김창기 작사 작곡)이다. 한 친구에게서 연락이 왔다. 내일 멀리 떠난다며 어릴 적 함께 뛰놀던 골목길에서 만나자고 한다. 가서 보니 그렇게 넓었던 골목은 좁아졌다. 어릴 적 함께 꿈꾸었던 부푼 세상을 만나자고 다짐한다. 그게 먼 훗날일지라도…. 지방 출신들이 향우회 하듯 이들은 '고향 혜화동'에서 만났다.

서울의 혜화동은 고유명사지만 동시에 많은 이들에게 고향으로 남아 있는 추상적 공간을 상징하기도 하다. 김창기는 "강북에서 어린 시절 보내고, 여의도나 강남, 잠실 같은 아파트로 이사 갔던 세대들에게는 혜화동 같은 강북 동네가 고향"이라고 말한다.[2] 노랫말에 구태여 혜화동을 적시하지 않은 것도 그 때문인 것 같

1. CBS 라디오 특집, Sound map-음악으로 그린 서울 지도 1부, '한강, 노래를 가르다-강남과 강북' 한영애의 오프닝 멘트(2013년 12월 17일 방송).

다. 나도 서울 서대문에서 어린 시절을 보내고 강남으로 이사한 경우인데, 역시 서대문이 고향이라는 정서는 지금도 그대로이다. 물론 서대문도 많이 변했지만. 강북 서울은 여전히 그리움의 공간, 푸근한 공간으로 노래에서 추억된다.

에피톤 프로젝트와 한희정이 부른 〈이화동〉(2010, 차세정 작사 작곡)도 '그대와 함께 걷던 이화동 골목길'을 그리워한다. 이화동도 혜화동처럼 서울 종로 옛 도심의 유서 깊은 동네라는 공통점이 있다. 그럼에도 세련되면서 운치 있는 이미지를 지켜간다.

우리 두 손 마주잡고 걷던 서울 하늘 동네
좁은 이화동 골목길 여긴 아직 그대로야
그늘 곁에 그림들은 다시 웃어 보여줬고
하늘 가까이 오르니 그대 모습이 떠올라
아름답게 눈이 부시던 그 해 오월 햇살
푸르게 빛나던 나뭇잎까지
혹시 잊어버렸었니
우리 함께했던 날들 어떻게 잊겠니 (하략)

-〈이화동〉 가사

루시드 폴의 〈삼청동〉(2005, 루시드 폴 작사 작곡) 역시, 삼청동을 쉴 곳 잃어 지칠 때 아무 말 없이 걸어갈 수 있는 곳, 바람이 지나가버린 채 조금도 변하지 않은 곳, 소란함 없이 가만히 생각하고 관조할 수 있는 곳으로 느끼고 이를 노래에 담았다.[3]

우리 가요는 초창기부터 지명과 인연이 깊다. 〈목포의 눈물〉(1935, 문일석 작사, 손목인 작곡, 이난영 노래), 〈눈물 젖은 두만강〉(1938, 김용호 작사, 이시우 작곡, 김정구 노래) 같은 노래가 대표적이다. 이들 노래에서 지명은 곧바로 열쇳말이 된다. 목포 아닌 다른 항구의 눈물이어서는 제 맛이 안 난다. 그 애달픈 정조情調가 전달되지 않는다. 두만강도 다른 강이면 노래의 맛을 못 살린다. 이런 선례가 있어선지 노래에는 끊임없이 지명들이 명멸해왔다.

〈굳세어라 금순아〉(1953, 강사랑 작사, 박춘석 작곡, 현인 노래)엔 흥남부두와 국제시장, 영도다리가, 〈단장의 미아리 고개〉(1956, 반야월 작사, 이재호 작곡, 이해연 노래)엔 한 많은 미아리 고개가 나온다. 〈대전 블루스〉(1959, 최치수 작사, 김부해 작곡, 안정애 노래)엔 대전 발 영시 오십분 기차가 나온다. 〈용두산 에레지〉(1966, 최치수 작사, 고봉산 작곡, 고봉산 노래)는 부산, 〈연안부두〉(1979, 조운파 작사, 안치행 작곡, 김트리오 노래)는 인천이 배경이다. 인천 노래론 〈이별의 인천항〉(1954, 전오승 작사 작곡, 박경원 노래)도 애창된다.

어쩌다 한 번 오는 저 배는 무슨 사연 싣고 오길래
오는 사람 가는 사람 마음마다 설레게 하나
부두에 꿈을 두고 떠나는 배야
갈매기 우는 마음 너는 알겠지

2. 같은 프로, 김창기 인터뷰.
3. 같은 프로 소개글. http://www.nocutnews.co.kr/1150830

말해다오 말해다오 연안부두 떠나는 배야

바람이 불면 파도가 울고 배 떠나면 나도 운단다
안개 속에 가물가물 정든 사람 손을 흔드네
저무는 연안부두 외로운 불빛
홀로 선 이 마음을 달래 주는데 (하략)

-〈연안부두〉 가사

이 노래는 삼미슈퍼스타스부터 지금의 SK와이번스까지 프로야구 인천 지역 연고팀을 위한 부동의 응원가로 30년 넘게 불리고 있다. 작사가는 다음과 같이 술회한다.

"내가 원래 충청도 출신이긴 한데, 학생 시절에 전학을 와서 인천에서 살았어요. 그래서 종종 연안부두에 앉아서 바다를 보면서 시간을 보내곤 했는데 고깃배나 섬을 오가는 조그만 배들이 많이 드나들었거든요. 그래서 거기 앉아 있다 보면 이별하는 사람, 감격적으로 해후하는 사람, 망망대해를 그저 바라보며 누군가를 기다리는 사람, 또 한쪽에는 생선 파는 사람, 손님 소매를 끌어당기는 작부, 그런 모습들을 항상 보곤 했죠. 그런 다양한 삶의 애환, 로맨스, 절망, 눈물과 기쁨, 그런 것들이 가슴에 새겨져 있다가 나중에 노래 만드는 일을 하면서 한 번 써보게 된 것이죠."[4]

지명이 들어가는 도시의 이름은 전국적으로 분포돼 있는 편이다. 조용필이 부른 〈서울 서울 서울〉(1988, 양인자 작사, 조용필 작곡), 문성재의 〈부산 갈매기〉(1982, 김중순 작사 작곡)를 비롯해 김현철의 〈춘천 가는 기차〉(1989, 김현철 작사 작곡), 프로젝트 그룹 창고의 〈강릉으로 가는 차표 한 장을 살께〉(1997, 김창기 작사 작곡), 최성원의 〈제주도의 푸른 밤〉(1988, 최성원 작사 작곡) 등이 있다. 김용만이 노래한 〈남원의 애수〉(1960, 김부해 작사, 김화영 작곡)도 있다. 버스커버스커의 〈여수 밤바다〉(2012, 장범준 작사 작곡)는 여수를 청춘 여행지로 떠오르게 했다.

떠나요 둘이서 모든 걸 훌훌 버리고
제주도 푸른 밤 그 별 아래
이제는 더 이상 얽매이긴 우린 싫어요
신문에 TV에 월급봉투에
아파트 담벼락보다는 바달 볼 수 있는 창문이 좋아요
낑깡 밭 일구고 감귤도 우리 둘이 가꿔 봐요
정말로 그대가 외롭다고 느껴진다면
떠나요 제주도 푸른 밤 하늘 아래로 (하략)

–〈제주도의 푸른 밤〉 가사

서울, 강남, 아파트

그러나 도시의 아래 단위, 가령 동네로 내려가면 지방 지명은 급감한다. 앞서 소개한 〈혜화동〉 〈이화동〉 〈삼청동〉을 비롯해 강

4. SK와이번스 홈페이지 용틀임마당 김은식 칼럼, 야구장의 삼십 년 합창 '연안부두 떠나는 배야' 중에서(2009년 9월 14일자).

남의 압구정동 등 동네들이 등장하는 노래들은 모두 서울이 배경이다. 그야말로 '모든 길이 서울로 통하는' 서울 집중 현상이 노래에서도 나타난 것 같다.

1970년대 들어 서울에 불기 시작한 '강남 바람'은 가요도 예외가 아니었다. 1979년 나온 혜은이의 〈제3한강교〉(길옥윤 작사 작곡)는 노래 지명이 강남으로 진출하는 데 문자 그대로 '다리橋' 역할을 했다. 제3한강교는 강남 개발과 함께 1969년 건설된 것으로 한강에 세 번째로 만든 다리라고 해서 이런 '촌스러운' 이름으로 불리다가, 1984년 한남대교로 이름이 바뀌었다. 이 노래를 신호탄으로 강남 노래가 봇물처럼 쏟아졌다. 〈비 내리는 영동교〉(1985, 정은이 작사, 남국인 작곡, 주현미 노래), 〈신사동 그 사람〉(1988, 정은이 작사, 남국인 작곡, 주현미 노래), 〈사랑의 거리〉(1989, 정은이 작사, 남국인 작곡, 문희옥 노래) 등이다.

그사이 압구정동 현대아파트는 신흥 부촌의 상징으로 떠올랐다. 윤수일이 부른 〈아파트〉(1982, 윤수일 작사 작곡)가 뜬 것도 그 즈음이었다. 주거 형태를 제목으로 쓴 것이 생경하면서도 신선했다.

별빛이 흐르는 다리를 건너 바람 부는 갈대숲을 지나
언제나 나를 언제나 나를 기다리던 너의 아파트
그리운 마음에 전화를 하면 아름다운 너의 목소리
언제나 내게 언제나 내게 속삭이던 너의 목소리
흘러가는 강물처럼 흘러가는 구름처럼

머물지 못해 떠나가 버린 너를 못 잊어
오늘도 바보처럼 미련 때문에 다시 또 찾아왔지만
아무도 없는 아무도 없는 쓸쓸한 너의 아파트 (하략)

-〈아파트〉 가사

윤수일은 함께 술을 마시던 친구에게서 좋아했던 여성이 갑자기 이민 간 소식을 듣고 그녀가 살던 아파트 앞에 오랫동안 머물러 있었다는 얘기를 들었다. 그는 이 쓸쓸한 얘기를 재빨리 휴지에 받아써서 5분 만에 노래의 골격을 완성했다.[5] 노래에 강남 아파트라는 말은 없다. 하지만 '다리를 건너 갈대숲을 지나' 찾아간 곳이 당시 본격 개발이 진행되던 강남인 것을 쉽게 추측할 수 있다.

한국학중앙연구원은 서울 강남구의 '대중가요' 항목에 이런 설명을 올려놓았다.

> 1989년 '남서울 영동'을 예찬하는 문희옥의 〈사랑의 거리〉는 이제 대중가요 노랫말의 주무대가 과거의 종로, 무교동, 명동이 아니라 엄연히 신흥지인 남서울 영동으로 바뀌었음을 선포하는 득의양양한 강남찬가로, 그것은 서울 도심이 북에서 남으로 완전히 이동했음에 방점을 찍는 것을 의미했다.

1990년대 압구정동은 소위 오렌지족, 야타족으로 불리던 졸부

5. Mnet 레전드 100 송 제작팀, 〈레전드 100 송〉, 스코어, 2014, 295쪽.

> 2세들이 홍청거리는 동네와 같은 부정적인 이미지로 인식되었다. 1993년 신성우의 〈Rock'n Roll+압구정동, 공주병〉, 2000년 DJ DOC의 〈부익부빈익빈〉, 2001년 거리의 시인들의 〈우리가 꿈꾸는 행복한 시간들〉 등이 이러한 부정적 이미지를 함께했다. 대중가요에서 압구정동이 가치 평가를 배제한 일상의 공간으로 안착하는 데는 상당한 시간이 걸렸다. 2001년 양동근의 〈구리뱅뱅〉이나 2002년 브라운아이즈의 〈비오는 압구정〉은 기존의 부정적 담론을 극복하고, 압구정동을 비롯한 강남을 차가 막혀 짜증내고 사람을 기다리다가 슬퍼하기도 하는 사람 사는 공간으로 그려냈다. 2000년대 성인으로 진입한 강남 출신 젊은 가수들에게 이제 압구정동은 개인적 감성의 공간일 뿐이라는 평이 이러한 담론의 변화를 수긍케 한다.[6]

아파트는 우리 주거 형태의 대세가 된 지 오래다. 어디 사느냐와 어느 아파트에 사느냐가 같은 질문이 되다시피 했다. 통계청이 5년마다 실시하는 조사에서 2010년 아파트 거주 가구(47.1%)가 단독주택 가구(39.6%)를 처음으로 추월했다. 나머지는 연립·다세대 주택이 10.1% 등이었다. 1980년 조사 때는 아파트가 겨우 4.9%, 단독주택이 89.2%나 됐으니, 그야말로 상전벽해桑田碧海다.[7]

한국이 이렇게 아파트에 열광하는 나라가 된 것에 흥미를 가진 발레리 줄레조라는 프랑스 지리학자가 〈아파트 공화국〉이라는 책을 썼다. 서울을 처음 방문한 1990년, 그녀는 거대한 아파트 단지에 놀라 이를 연구해보기로 마음먹었다고 한다. 책에 따르면 1970년대 말부터 대대적으로 건설된 한국의 아파트 단지는 그 규모 면에서 유사 사례를 찾을 수 없다. 책 속 한강변의 대규모 아파트 사진 밑에는 '군사기지를 연상케 하는 반포의 아파트 단지'라는 설명이 붙었다. 저자는 책의 결론으로 "대단지 아파트는 서울을 오래 지속될 수 없는 하루살이 도시로 만들고 있다"고 썼다.[8]

아파트는 이제 열광, 환상의 시기를 넘어 사회경제적 중독 단계에 온 느낌이다. 실제로 EBS는 2014년 2월 〈다큐프라임〉에서 '아파트 중독'이라는 제목의 3부작 프로그램을 만들었다. 이 프로는 고작 50여 년 만에 집에 대한 한국 사람들의 인식과 문화를 완전히 바꾸어버린 아파트를 심층 분석했다. 그러고 보면 아파트라는 콘크리트 구조물을 제목으로 쓴 윤수일의 〈아파트〉는 이렇게 아파트라는 공간에 지배당하고 사는 우리 삶의 예고편 같기도 하다.

아파트는 공간이자 장소다. 골목길도 그렇다. 그런데 소설가 윤대녕은 공간과 장소를 구분한다. 장소는 거기 그대로 있지만, 공간은 사라지거나 변하는 게 다르다. 다시 말해 장소가 지도상의 한 지점이라면, 그에게 공간이란 기억이 거주하는 집과 같다. 오래된 건물처럼 기억 또한 시간이 지나면서 바래는 것이어서,

6. 한국학중앙연구원 강남구향토문화전자대전 웹사이트 대중문화 항목.
7. 통계청 2010 인구주택총조사, 2011년 7월 7일 발표.
8. 발레리 줄레조, 〈아파트 공화국-프랑스 지리학자가 본 한국의 아파트〉, 길혜연 옮김, 후마니타스, 2007, 18, 41, 250쪽.

"과거에 내가 존재했던 공간은 세월과 함께 덧없이 사라져버리는 것"이다. 그래서 그는 〈사라진 공간들, 되살아나는 꿈들〉이라는 산문집에서 그 공간에 대해 썼다. 그가 기억하는 공간은 이런 것이다. 고향집, 노래방, 바다, 도서관, 영화관, 골목길, 공중전화 부스, 여관, 목욕탕…. 특히 휴게소, 공항, 기차역, 버스 터미널처럼 낯선 사람들이 무심히 마주치는 곳들을 좋아한다. 그런 곳에서 삶의 우연성과 임시성을 확인할 수 있어서다.[9]

그가 글을 쓴 것은 그 공간들의 기억을 나누고 싶어서였을 것이다. 나는 노래도 충분히 사라진 공간의 기억을 돕는다고 생각한다. 마치 사진이 피사체가 여전히 존재하는지와 상관없이 생생하게 기억을 되살리듯 말이다.

서울 용산구 한강로 1가 삼각지 녹지대에는 돌아가는 삼각지 노래비가 있다. 요절한 가수 배호(1942~1971)를 기리기 위해 그의 30주기인 2011년에 세운 것이다. 노래비엔 그의 히트곡 〈돌아가는 삼각지〉(1967, 이인선·배상태 작사, 배상태 작곡)가 새겨져 있다. 전국 곳곳에는 가수와 노래를 기리는 수많은 노래비들이 있다. 그건 기념물을 만들어놓고 기억하고자 하는 인간 본성의 발로일 것이다. 그러나 나는 그렇게 하지 않아도 노래가 잊힐 일은 없을 거라고 본다. 노래엔 일종의 각인刻印 효과가 있기 때문이다. 비록 노래에 나오는 삼각지 로터리의 입체교차로는 1994년 철거됐지만 〈돌아가 삼각지〉라는 노래는 생명력을 잃지 않고 계속 기억되고 불릴 것이다.

삼각지 로타리에 궂은 비는 오는데
잃어버린 그 사랑을 아쉬워하며
비에 젖어 한숨짓는 외로운 사나이가
서글피 찾아왔다 울고 가는 삼각지
-〈돌아가는 삼각지〉 1절 가사

오기택이 부른 〈영등포의 밤〉(1962, 김방아 작사, 김부해 작곡)을 들어보자. 노래 속 지명이란 게 묘하다. 가사의 영등포가 다른 지명, 가령 을지로나 충무로, 종로여도 아무 상관없을 것 같다. 문맥으로 볼 때 그곳이 반드시 영등포여야 할 인과관계나 필연성은 안 보이기 때문이다. 그럼에도 영등포라야 노래 맛이 살 것 같다. 앞서 〈목포의 눈물〉의 목포, 〈눈물 젖은 두만강〉의 두만강이 노래의 열쇳말이 된 것과 비슷한 경우다.

궂은 비 하염없이 쏟아지는 영등포의 밤
내 가슴에 안겨오는 사랑의 불길
고요한 적막 속에 빛나던 그대 눈동자
아 영원히 잊지 못할 영등포의 밤이여
-〈영등포의 밤〉 1절 가사

영등포는 1963년 경기도에서 서울시로 편입됐지만 1970년대 초반까지만 해도 한강 남쪽에 살던 서울 사람은 '서울 사람'이 아

9. 〈경향신문〉 2014년 6월 21일자 서평 '사라진 공간들, 되살아나는 꿈들'(현대문학) 정원식 기자.

니라 '영등포 사람'이라는 인식이 남아 있었다. 그때의 영등포구는 서울의 한강 남쪽을 통틀어 일컫은 통칭이기도 했고, 서울에 딸린 한 구였기보다 한강을 사이에 두고 서울이라는 도시와 맞선 독립된 한 도시였기도 했다.[10]

1970년대가 되면서 영등포는 인구가 폭증해 전성기를 맞는다. 그때 한강 이남 지역에서 가장 먼저 개발된 곳이 영등포였다. 지금도 강남을 '영동永東'이라고 부르는데, 당시 영등포의 동쪽 지역이라 그렇게 부른 데서 유래한 것이다. 영등포는 번화해 화려한 밤 문화가 형성된 곳인 반면, 강남은 채소밭이 많은 허허벌판이었다. 오기택이 매력적 저음으로 다른 곳 아닌 영등포의 밤을 노래한 데는 다 그럴 만한 이유가 있었던 것이다.

마지막으로 서울의 충무로, 보신각, 명동이 두루 나오는 현인의 탱고 음악 〈서울야곡〉(1948, 유호 작사, 현인 작곡)이다.

봄비를 맞으면서 충무로 걸어갈 때
쇼윈도 그라스엔 눈물이 흘렀다
이슬처럼 꺼진 꿈속에는 잊지 못할 그대 눈동자
샛별같이 십자성같이 가슴에 어린다

보신각 골목길을 돌아서 나올 때엔
찢어 버린 편지에는 한숨이 흘렀다
마로니에 잎이 나부끼는 이 거리에 버린 담배는

내 맘같이 그대 맘같이 꺼지지 않더라 -〈서울야곡〉 1·2절 가사

이 곡은 〈신라의 달밤〉 〈굳세어라 금순아〉 〈비 내리는 고모령〉 등 많은 히트곡을 가진 현인이 직접 작곡한 것이다. 일본 우에노 음악학교에서 성악을 전공한 그는 일제의 징용을 피해 중국 상하이로 건너갔다가 중국 공산군(팔로군)에 체포돼 수감된다. 그때 감옥에서 고통 속에서 작곡한 게 이 노래라고 한다. 1946년 간신히 귀국한 현인은 이 곡을 〈경향신문〉 문화부장이던 유호에게 내놓고 작사를 부탁했다. 유호는 1948년 어느 날 봄비 내리는 충무로 밤거리를 걷다가 이 노래의 시상이 떠올랐다고 한다.[11]

이 노래는 서울의 최고 번화가였던 충무로, 명동, 보신각(종로)에 마로니에(대학로)까지 등장하는, 당시로는 멋지고 세련된 탱고 곡이었던 만큼 여러 가수들이 불렀다. 그중 압권은 전영의 리메이크(1978)이다. 〈어디쯤 가고 있을까〉(1977, 이경미 작사, 이현섭 작곡)로 혜성처럼 등장한 그는 서정성 강한 노래를 허스키한 목소리로 불러 깊은 울림을 전하더니 홀연히 무대를 떠났다.

10. 〈한국의 발견-서울〉, 뿌리깊은나무, 1983, 한강 남쪽의 첫 서울, 312쪽.
11. 정두수, 〈노래 따라 삼천리〉, 미래를소유한사람들, 2013, 95쪽 '봄비 내리는 충무로의 낭만' 서울야곡.

6장

꼬리에 꼬리를 무는 노래

가창력이 좋다?

대중가요+클래식=잡종 음악?

한국적 노래의 정체

꼬리에 꼬리를 무는 노래

가창력이 좋다?

조용필과 김창완·김현식의 경우

가수는 노래를 잘 불러야 한다. 그런가. 당연하지만 꼭 그런 것 같지도 않다. 가수 두 명의 경우를 살펴보자. 조용필은 자신의 '득음' 과정에 대해 이렇게 털어놓은 적이 있다.

"어느 여관에선가 TV 드라마를 보고 있는데 어느 장면에서 〈한오백년〉이란 노래가 배경음악으로 깔려 나왔다. 나를 소름 끼치도록 전율시켰던 그 처연하고도 구성진 소리. 나는 방문을 걸어 잠그고 뼈를 깎는 '소리독공'에 들어갔다. 폭포수 밑에서 '득음' 한다는 명창을 흉내 내 산과 사찰을 찾아 헤매기도 했다. 계속 악을 쓰자 목이 가렵고 토악질이 났다. 소금을 먹으며 목의 열을 식혔다. (…) 고행 길에 들어선 지 6개월. 더 이상 목이 간지럽지도 않고 구역질이 나지도 않았다. 목이 트인 것이다. 그렇게 부러워하던 허스키 보이스. 미8군 무대를 전전하면서 내 것으로 포섭한 다양한 창법 위에 이를 악물고 갈고닦은 우리의 창은 내 목소리를 미성에서 구성진 탁성으로 만드는 데 결정적인 공헌을 했다."[1]

다음은 밴드 산울림 보컬이자 리더 김창완에 대한 빛과 소금 멤버 장기호의 평가다. "음악을 하면서 가창력 있는 노래만이 감동을 주는 것은 아니고 가창력은 가창력일 뿐 감동은 또 다른 데 있다는 것을 깨달았죠. 예를 들면 산울림의 김창완 선배를 봐도 그렇게 노래를 잘하는 것은 아니지만 그분만의 감정과 분위기가 있거든요. 목소리는 그것 자체가 하나의 악기라는 생각이 드는 거죠."[2]

첫 번째 글은 조용필이 1970년대 중반 대마초 파동에 연루돼 가요계를 떠나야 했던 시절을 회고한 것이다. 그는 그때 좌절하지 않고 판소리 창법을 터득함으로써 위기를 기회로 살렸다고 썼다. 하지만 그는 한참 뒤 후배 가수 이승기가 "득음을 위해 피를 토하는 수련을 했다고 하던데"라고 질문하자 "과장이다. 목에서 피가 나면 큰일 난다"고 해명하기도 했다.[3]

여기서 얘기의 본질은 진짜 목에서 피가 났는지 여부가 아니다. 중요한 건 가왕歌王 칭호가 어색하지 않은 조용필이 좋은 목소리를 내기 위해 기울인 그야말로 '피나는 노력'이 어떤 것이었는지 확인케 하는 부분이다. 그런 노력과 지속적 관리 덕택일

1. "'나의 젊음 나의 사랑' 조용필 편 4(위기는 기회를 동반한다)", 〈경향신문〉 1998년 11월 13일자 27면.
2. Mnet 레전드 100 아티스트 제작팀, 〈레전드 100 아티스트〉, 한권의책, 2013, 빛과 소금, 259쪽.
3. 〈SBS스페셜-대한민국 가수 조용필〉, 2013년 8월 4일, 조용필 인터뷰.

까. 그는 사실상 모든 음악 스타일을 아우르는 히트곡을 갖고 있다. 〈고추잠자리〉(1981, 김순곤 작사, 조용필 작곡), 〈못 찾겠다 꾀꼬리〉(1988, 김순곤 작사, 조용필 작곡), 〈여행을 떠나요〉(1985, 하지영 작사, 조용필 작곡) 등은 록이다. 〈단발머리〉(1980, 박건호 작사, 조용필 작곡)는 뉴웨이브 스타일, 〈창밖의 여자〉(1979, 배명숙 작사, 조용필 작곡), 〈그 겨울의 찻집〉(1985, 양인자 작사, 김희갑 작곡)은 팝 발라드 형식이다. 〈돌아와요 부산항에〉(1976, 황선우 작사 작곡), 〈일편단심 민들레야〉(1981, 이주현 작사, 조용필 작곡), 〈허공〉(1985, 정욱 작사, 정풍송 작곡)은 트로트다. 〈친구여〉(1983, 하지영 작사, 이호준 작곡)는 포크로 분류할 수 있다. 그는 〈한오백년〉 〈강원도 아리랑〉 같은 민요도 불렀다.[4]

그러나 두 번째 글, 김창완에 대한 평가는 노래에는 가창력 말고도 중요한 '플러스 알파'가 있음을 얘기하고 있다. 이는 장기호 개인의 의견이긴 하지만 객관성이 있는 언명이라고 본다. 김창완을 좋아하되 그 이유로 그의 뛰어난 가창력을 꼽는 사람은 거의 없을 것이기 때문이다.

가창력歌唱力은 사전적 의미가 '노래를 부르는 능력'이다. 그렇다면 '가창력이 있다, 좋다'는 표현은 '노래를 잘 부른다'는 말과 차이가 없다. 한데도 가수를 평가할 때 종종 가창력이라는 말을 가져다 쓴다. 그러나 이게 굉장히 포괄적이며 모호한 개념이기 때문에 쓰는 사람에 따라 담는 의미가 다를 수밖에 없다. 가령 "그 가수 노래는 굉장히 잘하지만 가창력이 좋은 가수는 아니다"라는 말을 듣게 되는데, 헷갈리는 표현이다. 화자는 아마도 가창력이 좋다는 의미를 노래의 테크닉적인 측면(성량, 음역, 기교 등)에서 뛰어나다는 의미로 쓴 것 같다. 하지만 어떤 사람은 가창력을 테크닉보다는 공감과 감동을 전하는 힘에 초점을 둔다. 이 경우 뜻은 백팔십도 달라진다.

나는 '노래가 위로다'라는 주제로 이 책을 쓰고 있지만, '노래를 잘 부른다'는 것이 무엇인지 딱 꼬집어 말하기는 무척 어렵다. 노래를 잘한다는 건 작사·작곡을 잘하는 것과는 다른 문제다. 작품이 아무리 좋아도 노래가 소화해내지 못하면 말짱 허사다. 이는 음악의 중심이 작품에서 연주, 가창으로 넘어갔음을 의미한다. 이걸 포괄적으로 연행演行·performance이라고도 한다. 문제는 어떤 이의 가창이 아름답다, 뛰어나다는 것의 평가 기준이 모호한 것이다. 김창완과 산울림의 노래가 사람들을 끌어들인 건 일상적이고 편안한 가사, 개성적인 멜로디와 꾸며내지 않은 창법, 활력, 끼 등이 종합적으로 어우러진 결과였다. 밴드의 다이내믹한 사운드와 생동감 넘치는 리듬도 매력이었다. 김창완은 노래에서 가창력이 절대적인 게 아니라는 점을 확인시킨 사례이기도 하다.

요절한 가객歌客 김현식의 가창력에 대해서도 생각해볼 만하다. 음악평론가 여인협은 "그는 가창의 이단아적 존재였다"고 말한다. 김현식이 타고난 노래꾼인 건 맞지만 세간에서 말하는 가창

4. 〈레전드 100 아티스트〉, 조용필, 97쪽.

력이라는 통념으로 재단이 가능한 가수가 아니라는 것이다. "정확한 음정, 칼 같은 박자 감각, 풍부한 성량과 같은 가창력에 대한 기준은 그의 솔직한 노래 앞에 모조리 설득력을 잃고 만다. 그에게는 누구도 범접하지 못할 그만의 곡 해석력이 있었다. 동아기획의 김영 사장은 그것을 '어떤 음악이든 그럴듯하게 부르는 능력'이라고 언급한다. (…) 그렇게 혼을 쏟아낸 절창이 바로 사후 발표작 6집에 수록된 〈내 사랑 내 곁에〉(1991, 오태호 작사 작곡)에 고스란히 담겨 있다." 김현식은 이 노래를 부르면서 발음 하나까지 힘겨워하고 결국 갈라지는 소리를 냈다. 그럼에도 듣는 이의 마음을 헤집어놓았다.[5]

성악과 가요 창법은 뭐가 다를까. 이 문제에 답하는 건 전문 영역에 속하니 상식 수준에서 말하자면, 둘은 추구하는 소리나 호흡법, 표현 기교가 다르다. 성악을 전공한 트로트 가수 박현빈이 때때로 가곡을 노래하는 모습을 보면 평소 트로트를 부를 때에는 볼 수 없던 자세와 호흡, 성량이 느껴지기도 한다. 성악은 복식호흡을 이용해 마이크나 별다른 음향 장치가 없어도 관객석 구석구석 또렷한 노랫소리를 전달한다. 바이브레이션도 호흡과 공명으로 자연스럽게 얻어지는 것이지, 턱이나 입술을 떨어서 내는 것이 아니다.

반면 대중가요에서는 음의 떨림을 인위적으로 빚어내기도 한다. 또 전형적인 호흡법이나 발성법이 정해져 있지 않고 곡의 분위기나 스타일에 따라 다양한 방식으로 소리를 낸다. 마이크를 쓰기 때문에 소리가 왜곡되지 않을 정도의 공명만으로도 충분한 표현이 가능하다. 대화를 할 때 사용하는 음성에 그대로 선율과 가사를 붙이는 자연스러운 진성 발성법이 사용되기도 한다.[6]

대중가수 중에서도 성악 발성을 쓰는 가수가 꽤 있다. 본인들이 의식적으로 그렇게 하는 건지는 확인 못했으나 가령 〈이별이래〉(1987, 박건호 작사, 최종혁 작곡)를 부른 유열, 〈기도〉(1979, 서활 작사 작곡)를 부른 홍삼트리오가 그런 느낌을 준다. 흔히들 벨칸토 창법이라고 하는 두성 발성을 쓴 것 같다. 1979년 제1회 강변가요제에서 대상을 받은 〈기도〉는 클래식한 창법에다 사촌 형제들로 이루어진 홍삼트리오의 화성이 압권이었다. 가요도 목소리를 과장하지 않고 있는 그대로 내야 큰 울림으로 다가올 때가 있다.

아 아 아 아 아 아 아 아
그리움에 불러보는
아픈 내 가슴속에 맺힌 그녀
나 언제나 한숨 지며 그리워할 때
성모 앞에 드리는 기도
내 님의 소식 전해주소서
가버린 님 언제나 오시려나
그리워 (그리워) 지친 마음 (지친 마음)

5. 같은 책, 김현식, 391쪽.
6. 〈월간객석〉 2014년 10월호, 이채은(자유기고가) 글.

오늘도 (오늘도) 기다리네

아 아 아 아 기다리네 (하략)

-〈기도〉 가사

〈나는 가수다〉 〈불후의 명곡〉 그리고 신해철

그럼에도 현실적으로는 가창력이 매우 폭 좁게 인식되고 있는 듯하다. 가창력을 폭발적 열창과 동일시하는 것이다. 가수가 혼신을 다해 열정적으로 노래 부르는 모습은 물론 아름답다. 하지만 모든 노래를 그렇게 불러야 하는 건 아니다. 앞에서 김창완의 가창력 얘기를 했지만 만일 그가 〈아니 벌써〉(1977, 김창완 작사 작곡)를 혼신을 다해 부른다면 전혀 어울리지 않을 것이다. 자기에게 맞는 노래를 자기 색깔로 부를 때 아름다운 노래가 된다. 그런데 요즘은 고음이 폭발해야 "노래 좀 하는군" 하고 고개를 끄덕이는 게 일반적인 추세다. 〈불후의 명곡〉이나 〈나는 가수다〉 같은 방송사들의 서바이벌 가요 프로그램의 영향이다. 이런 프로그램이 대형 기획사와 아이돌 중심으로 왜곡된 방송과 음반시장에 활력을 불어넣은 것은 충분히 인정하더라도, 고성을 지르며 열창해야 가창력이 좋다고 평가하는 분위기를 조성하는 건 문제다.

나는 〈불후의 명곡〉을 시청하면서 한 가수가 열창하면 다음번 무대에 오른 가수는 그보다 더 강도를 높여야 살아남게 되는, 말하자면 '자극의 에스컬레이션' 딜레마에 빠지는 게 아닌가 생각해본 적이 있다. 그런데 자료를 살펴보니 〈나는 가수다〉가 이미 시즌 1부터 〈나는 악쓴다〉로 둔갑했다는 비아냥거림을 받았다는 사실을 알게 됐다. "더 악써야 살아남는다"는 것. 물론 지나치게 냉소적인 표현이긴 하지만 가요는 작품이든 창법이든 다양해야 하며 어떤 획일성도 독이 된다는 관점에서는 경청할 필요가 있는 지적이다.

〈나는 가수다1〉 당시 캐스팅 논란도 있었는데, 신해철은 트위터를 통해, '섭외가 들어온다면 가수가 아닌 걸로 합시다'라며 우회적으로 출연 고사를 밝혔다고 한다. 그러자 예의 가창력 시비가 붙었단다. 여기에 대해서는 '바람을 가르다'라는 블로거의 글 '나는 가수다 신해철, 섭외 거절은 가창력 때문?' 일부를 소개한다.

"신해철에 대한 네티즌의 비난은 프로그램이 가진 한계를 드러낸다. 〈나는 가수다〉는 가창력의 개념에서 승부를 겨룬다. 그러나 가수를 'Singer'와 'Musician'으로 나누면 얘기는 달라진다. 대중이 가수에게 소비하는 것은 가창력이 다가 아니다. 가수가 표현하고 부르는 만들어진 노래까지 포함된다. 음악이란 큰 틀에서 완성된 곡을 멋지게 소화한 가수로 인해 대중은 희로애락을 경험한다. 물론 신해철의 가창력이 '뛰어나다' 혹은 '뛰어나지 않다'는 개개인이 느끼고 평할 수 있는 것이다. 다만 꾸준히 앨범을 내고 활동한 가수 신해철의 능력을, 듣는 이에 따라 모호한 기준점이 형성될 수 있는 가창력의 단면으로 폄훼해선 곤란하다. 그것은 곧 가수가 가져야 하는 개성을 죽이는 비판과 다를 바 없기 때문이다."[7]

나는 이 글이 김창완에게도 똑같이 적용될 수 있다고 본다. 그도 '뮤지션Musician'이며 자유와 솔직함을 사랑하는 '아티스트Artist' 일 것이므로.

신해철은 사후 출판된 〈마왕 신해철〉에서도 가창에 대해 보컬보다는 연주를 중시하는 생각을 밝히고 있다.

"고백하자면, 아마추어 밴드 시절부터 보컬리스트는 밴드의 가장 '하바리' 포지션이었으며, 나는 내가 어쩔 수 없이 보컬을 겸하고 있는 뮤지션이라고 생각했을 뿐이다. (…) 나는 여전히 음정, 박자가 정확한 보컬리스트들을 은근히 경멸하며, 우리나라 사람들이 노래를 잘한다고 말하는 기준을 혐오한다."[8]

노래한다는 것의 어려움에 대해 미국의 음유시인급 가수 폴 사이먼은 이렇게 고백한 적이 있다.

"가끔은 노래 부를 때 이 목소리가 아니었으면 할 때도 있답니다. 하지만 제 목소리예요. 가리거나 은폐할 수가 없어요. 제가 부르는 노래에 제 목소리가 어울릴 때도 있고 그렇지 않을 때도 있습니다. 그러면 다른 사람의 목소리를 바라게 되죠. 〈험한 세상 다리가 되어Bridge over Troubled Water〉(1969)가 그런 경우였어요. 제 목소리가 영 어울리지 않아서 아티(아트 가펑클)한테 부르게 했죠."[9]

노래는 혼신을 다한 열창도 있고, 음유시인의 잔잔한 읊조림도 있다. 물론 그 중간도 있을 것이다. 김추자는 이렇게 말했다.

"전 열 번 부르면 열 번 모두 다른 노래가 돼야 한다고 생각해요. 그때그때 조금씩 다른 미세한 감정의 결들을 따라 목소리도,

움직임도, 눈빛도 변하는 거지요."[10]

이 말은 음악의 '박제'를 거부한다는 표현으로 들린다. 레코딩보다는 무대 위에서의 퍼포먼스를 중시한 댄스의 원조 디바답다.

여성 포크 싱어송라이터 장필순은 말한다.

"내 목소리에서 무엇을 느끼는가는 청자의 권리다. 난 노래할 때 최대한 감정을 빼는 편이다. 정직하게 노래하고 싶다. 그런 내 노래에 위로를 받는다면 오히려 내가 고마워해야 할 것 같다."[11]

그는 청자 스스로 감동이 우러나오도록 하는 것, 절제를 통한 내면화, 그런 감정 전달 방식을 얘기한 듯하다. 장필순은 '정직하게 노래하고 싶다'고 했는데, 김추자도 같은 생각을 말하고 있다. 다만 방법이 다를 뿐이다. 어느 쪽이 더 가창력 있는 노래를 할 수 있다고 봐야 할까.

7. 블로그 '대중문화를 말하고 싶을 때' http://manimo.tistory.com/700 2011년 3월 6일.
8. 신해철 유고집, 〈마왕 신해철〉, 문학동네, 2014, 155쪽.
9. 대니얼 레비틴, 〈호모 무지쿠스-문명의 사운드트랙을 찾아서〉, 장호연 옮김, 마티, 2009, 277쪽.
10. 〈레전드 100 아티스트〉, 김추자, 337쪽.
11. 같은 책, 장필순, 89쪽.

대중가요+클래식=잡종 음악?

클래식과 대중가요의 만남

1981년 민해경은 〈어느 소녀의 사랑 이야기〉(박건호 작사, 이범희 작곡)를 발표한다. 이 곡은 원래 박건호가 가사를 쓰면서 정미조에게 주려고 '사랑에 빠진 여인'이라는 제목으로 만들었지만 정미조가 유학을 가는 바람에 부르지 못했다. 그래서 민해경 나이에 맞게 '어느 소녀의 사랑 이야기'로 제목을 고쳤다고 한다(민해경은 당시 열아홉 살이었다). 노래가 서서히 인기를 얻어갈 즈음, 표절 논란이 일어난다.[1] 이에 대해서는 당시 〈동아일보〉에 비교적 상세한 기사가 실렸다.

> 민해경이 불러 한창 인기를 얻고 있는 〈어느 소녀의 사랑 이야기〉에 표절 시비가 붙었다. 문제가 되는 부분은 '그대를 만날 때면 이

렇게 포근한데'와 '미소를 띠어봐도 마음은 슬퍼져요' '이 마음 다 바쳐서 좋아한 사랑인데' 등 세 곳. 관계자들은 이 부분이 차이코프스키 교향곡 5번과 흡사하다고 지적하고 있다. 이 노래를 작곡한 이범희 씨는 "차이코프스키의 교향곡 5번 중 2악장에서 2소절을 인용했다. 그렇지만 고의적인 인용은 아니며 표절이라고는 할 수 없다"고 주장했다. 공연윤리위원회는 4분의 4박자의 경우 주제 동기의 첫 2마디가 같으면 '표절'이라고 규정하고 있다. (…) [2]

기사에 따르면 작곡자는 차이코프스키 5번 교향곡 2악장에서 두 소절을 '인용'했음을 인정했다. 음악에서 인용은 흔히 있는 일이다. 원래 인용이란 클래식 음악에서 남의 작품이나 자신의 과거 작품에서 특정 선율, 모티프를 끌어다 쓰는 경우를 말하는 것이었다. 어떤 음악을 들을 때 다른 음악에서 들었던 것과 똑같은 멜로디가 나타난다면 그건 십중팔구 인용의 결과다. 〈어느 소녀의 사랑 이야기〉의 경우 작곡자가 차이코프스키의 교향곡 5번 일부를 인용했음을 인정했으므로 더 이상 표절 시비를 확대시킬 이유는 없었다(다만 기사에 따르면 작곡자는 '고의적인 인용은 아니'라고 했다는데 이 말은 좀 이상하다. 인용이란 것은 통상 고의적으로, 즉 일부러 하는 것이므로).

또 한 가지, 이 교향곡 2악장엔 〈어느 소녀의 사랑 이야기〉와

1. 위키피디아, 어느 소녀의 사랑 이야기, 2014년 11월 11일 최종 수정.
2. 〈동아일보〉 1982년 8월 3일자 12면 '어느 소녀의 사랑 이야기 표절 시비' 기사.

비슷한 멜로디가 없다. 1악장과 4악장을 전체적으로 지배하는 주제가 '그대를 만날 때면 이렇게 포근한데'를 떠올리게 하는 멜로디인 건 맞다. 취재 과정에서 착오가 있지 않았나 추측된다.

이번 이야기의 주제는 클래식과 대중음악의 만남이다. 흔히 크로스오버나 샘플링이라고 부른다. 크로스오버는 '장르의 경계를 넘나드는 섞임'의 음악이라는 뜻이고, 샘플링은 기존 팝과 클래식 음반의 연주 음원을 그대로 따서 쓰는 작곡 기법을 말한다. 이런 사례는 대중음악에 수도 없이 많다. 앞에서 언급한 '인용'도 샘플링의 일종이다.

차이코프스키 교향곡 가운데에서 가장 대중적인 것은 6번 〈비창〉이지만 선율미가 단연 뛰어난 것은 교향곡 5번이라고 할 수 있다. 민해경 노래 표절 논란을 꺼낸 김에 덧붙이면 미국 가수 존 덴버도 이 교향곡 2악장의 특정 선율에 가사를 붙여 곡을 만들었다. 2악장의 지시어는 안단테 칸타빌레, 콘 알쿠나 리센차Andante cantabile, con alcuna licenza(천천히 노래하듯이, 약간 자유롭게)인데, 덴버가 이 지시에 맞추기라도 한 듯 작곡한 것이 〈애니의 노래Annie's song〉(1974)이다. 2악장은 혼이 연주하는 아련한 멜로디 '도시라 도시 솔라시레도'로 시작한다. 누군가 인터넷에 이 악장에 대해 "아마 5번 교향곡에서 가장 아름다운 멜로디일 것입니다. 저 멀리서 누군가가 나를 부르는 것 같은 소리. 어린 시절 밥 먹으라고…" 라고 감수성 있는 평을 올렸다. 존 덴버는 이 모티프를 집중적으로 살려 곡을 만들었다.

You fill up my senses
Like a night in the forest
Like the mountains in springtime
Like a walk in the rain
Like a storm in the desert
Like a sleepy blue ocean
You fill up my senses
Come fill me again

숲 속의 밤처럼
봄의 들녘처럼
빗속의 산책처럼
나의 감성을 채워주는 그대
사막의 폭풍처럼
잠든 파란 바다처럼
나의 감성을 채워주는 그대
내게 다가와 날 채워주세요 (하략)

-〈애니의 노래Annie's song〉 가사

대중가요를 만들거나 부르다 보면 필연적으로 마주치게 되는 게 클래식과 국악이다. 많은 대중가요 가수, 싱어송라이터들이 그런 경험을 밝히고 있다. 왜 그럴까. 큰 틀에서 보면 클래식과 국악, 대중가요가 결국은 같은 음악 현상을 다루는 것이라는 사실에서 답을 찾을 수 있다고 본다. 대니얼 레비틴의 말을 들어보자.

> 어릴 때부터 귀가 따갑도록 들은 말이 있다. 고전음악은 다른 어떤 음악과도 비교할 수 없는 숭고한 음악이란 것이다. "어떻게 로큰롤이라고 하는 반복적이고 요란한 쓰레기를 감히 위대한 거장들의 숭고한 음악에 갖다 댈 수 있다고 하는 거지?" 이런 입장은 위대한 거장들에게 기쁨을 주고 영감을 불러일으켰던 주요 원천이 바로 당대의 '흔해빠진' 대중음악이었다는 불편한 사실을 애써 무시하려 한다. 모차르트와 브람스, 바흐조차 방랑시인의 발라드와 유럽의 민속음악, 동요에서 많은 선율의 아이디어를 가져왔다. 리듬은 말할 것도 없이 좋은 선율은 계급이나 교육, 환경을 가리지 않는다.[3]

"어떻게 로큰롤이라고 하는…"이라는 그의 말에서 로큰롤 대신 '뽕짝'이나 '유행가'를 집어넣어보면 우리 현실과도 통하는 얘기다.

문화에서는 끊임없이 편을 가르려는 경향이 존재해왔다. 영국 사회학자 지그문트 바우만은 책 〈유행의 시대〉에서 이런 말을 한다.

선천적으로 '고급문화'라는 것, 엘리트 취향이라는 것이 있었고, 전형적인 중류층의 평범하거나 '속물적인' 취향과 하류층이 열광하는 '천박한' 취향이 존재했다. 그것들을 뒤섞는다는 것은 물과 불을 섞는 것보다도 어려운 일이었다. 자연은 진공을 꺼리지만, 문화는 혼합을 견뎌내지 못하는 것이 틀림없다. (프랑스 사회학자 피에르) 부르디외는 저서 〈구별 짓기〉에서 문화는 무엇보다도 자신을 유용한 도구로 드러내 보이고, 의식적으로 계급 차이를 두드러지게 하고 그것을 보호하려고 애쓴다고 말한다. 문화란 계급 구분과 사회적 계층을 만들어내고 보호하려고 고안된 기술이다.[4]

그러나 부르디외의 '구별 짓기'론에도 불구하고 문화에는 순혈주의를 거부하고 뒤섞이려는 경향도 존재하는 게 사실이다. 순수음악과 대중음악 두 분야의 크로스오버가 뚜렷한 현상이 그 증좌다. 특히 20세기 후반 이후 지속된 문화적 변동 과정에서 이른바 고급문화와 대중문화의 구별은 점점 흐려지고 있고 양자의 뒤섞임과 상호작용이 중요한 트렌드로 부각되면서 클래식과 대중음악의 이분법은 점차 설득력을 잃고 있다. 클래식과 재즈, 팝이 여러 가지 방식으로 접합한 사례는 무수히 많다. 우리나라의 경우도 클래식과 재즈, 국악, 대중음악이 다양한 방식으로 결합해 연

3. 대니얼 레비틴, 〈호모 무지쿠스-문명의 사운드트랙을 찾아서〉, 장호연 옮김, 마티, 2009, 18쪽.
4. 지그문트 바우만, 〈유행의 시대〉, 윤태준 옮김, 오월의봄, 2013, 13쪽.

주되는 것이 더는 특별한 일로 여겨지지 않는다.[5] 물과 기름 같았던 클래식과 대중가요의 장르 간 벽이 허물어지고 있는 것이다.

크로스오버와 샘플링

이런 이해를 바탕으로 크로스오버와 샘플링 사례를 좀 더 살펴보자. 〈누가 이 사람을 모르시나요〉(1964, 한운사 작사, 박춘석 작곡)의 가수 곽순옥도 일찍이 클래식 음악과 크로스오버된 노래를 불렀다. 〈비창〉(1964, 백운춘 작사)이 그것이다. 이 곡은 델라 리스라는 미국 흑인 여가수가 부른 〈별이 빛나는 밤의 이야기The Story Of a Starry Night〉를 번안한 것으로, 저 유명한 차이코프스키 비창 교향곡 1악장의 주제 선율 중 '미레도솔미도미 라솔솔/ 솔파미미레파미레레도…'가 바탕이 된다.

비바람 마른 잎을 날릴 때
서글픈 그 목소리 스미네
그대는 가고 사랑은 남아
허무한 이 마음을 울리네
(중략)
구름 낀 하늘가 홀로 슬픈 노래를
불러도 메아리는 없구나

—〈비창〉 가사

'클래식을 샘플링한 가요'는 신승훈의 발라드곡 〈보이지 않는 사랑〉(1991, 신승훈 작사 작곡)이 국내 효시격이다. 신승훈이 "고등학교 시절 시험을 봤던 베토벤의 가곡 〈이히 리베 디히Ich Liebe Dich〉에서 영감을 받았다"고 밝힌 이 노래는 방송 프로에서 무려 14주 연속 1위라는 진기록을 달성했다. 성악곡 '솔미레도 도시도레 솔파미레레도레미'의 선율이 도입부에 깔리며 노래가 시작된다. "사랑해선 안 될 게 너무 많아(미미파미파미파미파솔미)…"

그 후로 샘플링을 잘한 곡은 많이 나왔다. 이현우의 〈헤어진 다음 날〉(1997, 이현우 작사, 김홍순·이현우 작곡)은 비발디의 유명한 바이올린 협주곡 〈사계〉의 제4곡인 겨울에서 선율을 빌려왔다. 이 선율이 곡 전체를 지배한다는 점에서 크로스오버곡이라고 봐도 될 것 같다. 원곡 〈사계〉의 '겨울' 2악장 라르고엔 이런 소네트가 붙어 있다. "그러나 집 안의 난롯가는 아늑하고 평화로운 분위기로 가득 차 있다. 밖에는 차가운 비가 내리고 있다." 헤어진 다음 날의 공허함과 통하는 뭔가 있는 것 같다.

그대 오늘 하루는 어땠나요
아무렇지도 않았나요 혹시 후회하고 있진 않나요
다른 만남을 준비하나요
사랑이란 아무나 할 수 있는 게 아닌가 봐요

5. 김창남 엮음, 〈대중음악의 이해〉, 한울, 2012, 클래식과 대중음악, 14쪽.

그대 떠난 오늘 하루가 견딜 수 없이 길어요
날 사랑했나요 그것만이라도 내게 말해줘요
날 떠나가나요 나는 아무것도 할 수 없어요
어제 아침에 이렇진 않았어요 아무렇지도 않았어요
오늘 아침에 눈을 떠보니
모든 것이 달라져 있어요 (하략)

–〈헤어진 다음 날〉 가사

여성 3인조 씨야가 부른 〈사랑의 인사〉(2007, 황성진·이지은 작사, 김도훈·이상호 작곡)는 엘가의 동명 바이올린 소품인 〈사랑의 인사〉의 선율을 가져다 썼다. '미솔미레도시도파파파…', 원곡 자체가 우리에게 아주 친숙하고 사랑스러운 멜로디다.

3인조 힙합 그룹인 더 골드는 2003년 낸 앨범의 12개 곡 전부를 누구나 들으면 알 만한 클래식을 기반으로 해 만들었다. 그중 〈2년 2개월〉(조은희 작사, DR.G 작곡)은 파헬벨의 캐논 변주곡을 주선율로 군에 입대하며 애인과 작별하는 남자의 심정을 잘 그렸다. 또 박지윤이 2000년 부른 〈달빛의 노래〉(박진영 작사, 박진영·방시혁 작곡)는 비제의 오페라 〈카르멘〉 중 하바네라의 선율을 빌렸다.

아이비의 〈유혹의 소나타〉(2007, 휘성 작사, 박근태·김태현 작곡)는 베토벤의 피아노곡 〈엘리제를 위하여〉를 샘플링해 큰 인기를 끌었다. 이렇게 이미 친숙해 있는 클래식 멜로디를 샘플링하는 것은 클래식과 대중음악의 이분법을 극복하려는 시도라는 점에서 긍정적이다. 다만 참신성을 희생해야 하며 쉽게 식상할 수 있다는 위험부담이 따른다. 따라서 그 성패는 결국 작품성에 달려 있다고 본다. 이는 정치 사회성을 띤 노래의 성패가 그런 것과 마찬가지다.

에릭 카멘이 1975년 작사 작곡한 발라드풍의 노래 〈오로지 나 홀로All By Myself〉는 세르게이 라흐마니노프의 피아노 협주곡 2번의 2악장에서 주선율을 빌려왔다. 1악장 모데라토의 폭풍처럼 격정적인 연주가 지나가면 2악장 아다지오 소스테누토에서 이 선율이 잔잔하게 흐른다. 고독한 느낌이 전해지는 악장이다. '솔레미솔 솔레미파…(All by myself, don't wanna be/ all by myself any more)' 딱 이 두 소절을 갖고 와 주옥같은 노래를 만들었다. 마이클 잭슨, 셀린 디온 등도 불렀다.

베토벤의 유명한 피아노 소나타 8번 〈비창〉의 2악장 아다지오 칸타빌레Adagio cantabille의 멜로디를 따서 만든 팝송이 루이스 터커의 〈깊은 밤의 고독Midnight Blue〉(1982)이다. '미레솔파미솔도레솔/ 라레미파솔미 파미파미도레미레도…'의 서정적 멜로디가 반복 변주된다.

Midnight Blue So lonely without you
Dreams fed by the memories Oh let the music play
Midnight Blue Those treasured thoughts of you
Gone now and forever Please let the music play (하략)

깊은 밤의 고독 그대 없는 밤이 너무도 외로워요
추억을 생각하게 하는 꿈들 오 음악을 들려주세요
깊은 밤의 고독 그대가 영원히 가버렸어도
그대의 생각들이 소중해집니다 제발 음악을 들려주세요

-〈깊은 밤의 고독Midnight Blue〉 가사

터커는 영국 출신으로 런던의 길드홀 음악원에서 오페라 수업을 받은 메조소프라노 가수다. 그녀는 신스팝Synthpop과 클래식의 접목을 시도한 크로스오버 프로젝트인 '이든 프로젝트Eden Project'에 합류하면서 팝 음악의 세계로 영역을 넓히게 된다. 그래서 나온 것이 〈비창〉의 멜로디를 바탕으로 만들어진 이 노래다. 터커와 함께 노래한 남자의 목소리는 이 음반의 제작자이기도 한 찰리 스카벡이다. 〈깊은 밤의 고독Midnight Blue〉은 발매되자 빠른 속도로 팔려나가며 각국 싱글 차트에서 상위권에 진입했고 우리나라에서도 1984년에 많은 사랑을 받는 히트곡이 된다.

그밖에 작품성을 인정받은 샘플링 사례는 미국 흑인 소울싱어 퍼시 슬레지의 〈남자가 여자를 사랑할 때When a Man Loves a Woman〉(1966)가 있다. 이 노래의 전주 '미레도시라솔라시'는 유명한 파헬벨의 〈캐논 변주곡〉 멜로디를 그대로 빌린 것이다. "He'd give up all his comforts/ And sleep out in the rain/ If she said that's the way(여자가 그러길 원한다면 남자는 편안함을 포기하고, 빗속에서도 잘 수 있어요)"라는 극진한 사랑이 인상적인 노래다.

또 하나 생각나는 건 영국 5인조 밴드 프로콜 하럼이 부른 명곡 〈더 창백해진 그 얼굴A Whiter Shade of Pale〉(1967)이다. 이 곡은 바흐의 관현악 모음곡 3번 제2악장 멜로디(나중에 바이올린곡 〈G선상의 아리아〉로도 편곡된다)를 부분적으로 가지고 와 작곡한 것으로 알려져 있다. 그러나 내가 듣기에 바흐에게서 영감을 강하게 얻은 '바흐풍의 멜로디'라고 할 수 있으나, 이것을 샘플링이라고 보기는 어려울 것 같다.

이승철은 "대중가요는 그림이나 클래식하고 다른 종류의 상품입니다. 대중가수가 위대한 아티스트라고 생각하면 안 돼요. (…) 유일한 답이라면 대중이 좋아하는 걸 해야 하고 대중이 만족할 만한 수준의 음악을 보여줘야 한다는 겁니다"라고 말했다.[6] 가수로서 그 나름의 소신을 피력한 것이다. 이와는 달리 대중음악과 클래식은 각각의 특색이 있지만 본질은 같은 음악 현상으로 수렴될 수 있다는 시각도 만만치 않다. 김민기의 음악에 대한 다음과 같은 평처럼 말이다.

"김민기의 음악은 클래식 연주로도 여러 차례 공연되었다. 이 음반은 김동성의 편곡과 지휘로 러시아 심포니 오케스트라가 김민기의 대표곡들을 연주한 음반이다. 〈아침 이슬〉에서 〈상록수〉와 〈봉우리〉에 이르는 그의 대표작들이 클래식 연주자들에 의해

6. Mnet 레전드 100 아티스트 제작팀, 〈레전드 100 아티스트〉, 한권의책, 2013, 이승철, 77쪽.

완벽한 연주곡으로 재창조되어 있다. 이 음반을 들으면 김민기의 음악이 얼마나 다양하고 깊이 있는 세계를 창조하고 있는지, 이른바 대중음악과 고급음악을 구분하는 구태의연한 기준이란 것이 한 뛰어난 예술가의 음악적 성취 앞에서 얼마나 무력한 것인지 십분 느끼게 된다. (…) 러시아 국립교향악단의 섬세하고 정교한 연주로 녹음된 이 앨범은 김민기의 음악이 단지 1970년대의 청년문화, 혹은 통기타 대중음악의 좁은 범주에 국한되지 않는, 한국 현대 문화사의 가장 풍성한 자원이자 유산 가운데 하나임을 잘 보여준다."[7]

7. 김창남 엮음, 〈김민기〉, 한울, 2004, 디스코그라피 중 러시아 심포니 오케스트라 연주 음반 소개글, 323쪽.

한국적 노래의 정체

한국적인 노래란

대중음악 종사자들, 싱어송라이터들 가운데 '한국적인 노래'를 하고 싶다고 말하는 이들을 많이 본다. 온 세상이 종횡으로 연결되는 글로벌 시대를 맞이한 지 오래건만 이 '한국적인 노래'에 대한 관심은 사그라들지 않는 것 같다. 그렇다면 '한국적인 노래'란 무엇인가. 이 문제를 생각해보는 데는 과거 송창식이 〈경향신문〉에 기고한 글이 좋은 텍스트다. 신문 한 면을 차지하는 긴 글에 생각해볼 문제의식들이 다 담겨 있기 때문이다.

> (사이먼 앤 가펑클과 트윈폴리오를 비교하며) 목소리가 전혀 다른 사람들이 듀엣을 이룬 점이나 해체 후에 솔로로 나선 폴 사이먼이 일종의 미국 민요인 록 포크송으로 성공한 데 비해 나는 국악을 바탕

으로 노래한 점도 닮았다고 보여진다. (…) (1973년 7개월의 군대생활은 음악의 방향을 돌려놓은 중요한 시기였다.) TV를 통해 우연히 본 국악의 소리에서 이것이 진짜 내가 해야 할 음악임을 느꼈던 것이다. 왜 클래식이나 팝송에서 내가 만족감을 얻을 수 없었는지도 알게 됐다. 우리와 전혀 다른 배경에서 형성된 음악을 한국 사람의 몸으로 한다는 것이 거의 불가능하다는 생각을 갖게 됐고 지금도 그렇게 믿고 있다.

또 시에 음악을 붙이는 가곡조의 노래보다는 자연스럽게 흘러나오는 가창조의 노래가 우리의 노래요 나의 노래라는 생각도 들었다. 이래서 만든 노래들이 〈왜 불러〉(1975), 〈새는〉(1975, 이정실 작사), 〈고래사냥〉(1975), 〈그대 있음에〉(1976, 김남조 작사) 등이다.

제대 후에는 일단 가수로서의 지명도가 필요할 것 같아서 〈한번쯤〉(1974)을 불렀지만 그 이후엔 의식적으로 우리 노래를 부르려고 애썼다. 이런 노력은 트윈폴리오 시절 대중에게 남의 노래인 팝송만 들려준 데 대한 죄갚음이기도 했다. 지금도 나는 트윈폴리오 시절의 노래는 대중으로부터 우리 음악을 멀어지게 한 '독약 같은 노래'라고 생각하고 있다. 요즘도 대학생들의 축제에는 빠지지 않고 출연하는 것도 그들에게 우리의 소리를 들려주기 위해서다. (…) 스스로 반주하기 위해 국악기를 배우고 연습했다. (…) 사람들은 내 노래가 국악과 접목됐다고 말들 하는데 내 생각은 그렇지 않다. 국악과 서양음악의 '접목'이란 없다. 접목은 근본이 비슷한 것끼리나 가능한 것이다. 가끔은 서양 노래도 부르지만 내 음악의 기본은 국

> 악이다. 그런데 불행하게도 사람들은 국악이 바탕에 깔린 노래보다는 서양적인 것을 더 좋아하는 것 같다. 〈새는〉 〈그대 있음에〉보다는 〈사랑이야〉(1979), 〈우리는〉(1983)을 더 좋아하니 말이다. (…) (1989년부터 광주 퇴촌면에 집을 짓고 있다며) 다시 시작할 나의 작업은 보다 우리의 몸에 맞는 우리 노래를 만드는 일이다.[1]

송창식의 글을 읽으면서 맨 먼저 든 궁금증은 '지금도 같은 생각일까' 하는 것이다. 이 글에서 필자는 '한국적인 노래'에 대해 상당히 급진적인 생각을 토로했다. 노래를 우리 것(국악)과 남의 것(서양 노래)으로 나누고, 둘의 접목은 불가능하다고까지 말한다. 추측건대 이 글이 작성된 1992년 이후 본격적인 세계화의 흐름이 진행된 만큼 지금까지 이런 '과격'해 보이는 음악적 이분법을 유지하기는 어려울 것 같다.

다른 또 하나의 의문은 좀 더 본질적인 것이다. 무엇이 한국적인 노래인가라는 부분이다. 송창식은 트윈폴리오 시절 부른 노래가 '독약 같은 노래'라고 극언을 했지만 '우리의 소리'나 '국악이 바탕에 깔린 노래'에 대해선 명확한 설명을 아끼고 넘어갔다. 그래서 나는 내 나름대로 한국적인 노래의 조건을 '음계·장단·가락·악기·창법이 한국적인 것'이라고 규정한 뒤 몇몇 뮤지션의 작품을 살펴보고자 한다.

1. 〈경향신문〉 1992년 12월 3일자 9면, 나의 삶 나의 생각 '낯선 서양음악은 독약 같기만' 제하 기사(송창식 기고).

신중현에게는 한국 록의 대부라는 수식어가 따라다닌다. 이 땅에 록 음악을 본격적으로 이식한 뮤지션이 올해 78세인 신중현이라는 데는 이견이 없다. 한데 그는 그저 서구 록을 받아들이기만 한 것이 아니라 늘 한국적인 록 음악을 지향해왔다. 〈빗속의 여인〉(1964), 〈미인〉(1973), 〈아름다운 강산〉(1975)이 그랬다. 그의 노래에는 한국인 특유의 선율이 짙게 배어 있다.[2] 한국적 선율의 증거로 제시되는 대표작이 우리의 다섯 음계로 작곡된 〈미인〉이다. "한 번 보고 두 번 보고 자꾸만 보고 싶네"로 시작하는 이 노래는 계속 반복되는 '라솔미레 노레미레도라/ 솔라도도 도도레도라솔' 기타 리프가 강한 인상을 주는데, 이 선율이 바로 국악의 단조 5음계이다. 7음 가운데 라 도 레 미 솔만 쓰고 파와 시는 빠졌다. 세상엔 여러 종류의 5음계(펜타토닉 스케일)가 있는데 신중현이 〈미인〉에서 구사한 게 우리의 5음계라는 얘기다. 반면 트로트의 경우 라 시 도 미 파, 즉 레와 솔은 빠지고 파와 시를 쓰는 일본 전통 음계를 닮았기 때문에 왜색 시비에서 자유롭지 못한 것이다.

김수철·김태곤·정태춘·강산에

국산 록과 국악풍의 음악을 추구한 뮤지션으로 빼놓을 수 없는 존재가 김수철이다. 그는 밴드 작은 거인 시절 낸 2집(1981)에서 일찍이 국악가요라고 하는 〈별리〉를 만들어 불렀다.

정주고 떠나시는 님 나를 두고 어데 가나

노을 빛 그 세월도 님 싣고 흐르는 물이로다
마지못해 가라시면 아니 가지는 못하여도
말없이 바라보다 님 울리고 나도 운다
둘 곳 없는 마음에 가눌 수 없는 눈물이여
가시려는 내 님이야 짝 잃은 외기러기로세

–〈별리〉 1절 가사

국악가요란 국악의 장단이나 가락을 살려 대중이 쉽게 부를 수 있도록 만든 창작 가요다. 주병선의 〈칠갑산〉(1980, 조운파 작사 작곡)부터 국악인 김영동의 〈어디로 갈 꺼나〉(1982, 김희창 작사, 김영동 작곡)까지 국악가요로 분류되는 스펙트럼은 넓은 편이다. 〈별리〉는 '미미미 미미미미미/ 레미미미미레미 레'로 펼쳐지는 가락과 가사 내용, 타령조의 창법이 국악적이다. 제목은 한자로 '別離'인데, 이별과 같은 뜻이지만 가요 속의 통상적인 이별과는 다른 어감이다. 무슨 사연이길래 떠나시는 님을 보살펴달라고 하늘에 비는 걸까. 별리의 아픔을 노래한 곡에서 우리의 대표적 민요 〈아리랑〉의 한이 느껴진다.

이 곡은 훗날 김수철이 보여주는 '자기 전복적 변신'의 예고편이었다. 이런 표현을 쓴 건 그가 〈못다 핀 꽃 한 송이〉(1984), 〈내일〉(1979) 등을 통해 절정의 인기를 얻었음에도 "돈 안 되고 잘해봤자 본전이라는 국악"에 몸을 던졌기 때문이다. 김수철은 "음악

2. Mnet 레전드 100 아티스트 제작팀, 〈레전드 100 아티스트〉, 한권의책, 2013, 신중현, 279쪽.

에 우리 것을 보여줘야 한다. 양악을 할 순 없다는 생각이 들었다"고 당시 심정을 회고했다.[3] 이 대목은 송창식이 기고문에서 보인 단호한 태도와 통한다. 이런 변신은 말이 쉽지, 실행하기는 정말 어려운 일이다.

이렇게 해서 탄생한 음악이 이름도 낯선 '기타산조散調'다. 산조는 우리 국악의 대표적 기악 독주곡이다. 서민들의 애환과 사랑, 솔직한 감정을 사람의 목소리를 빌려 진하게 토해내는 것이 판소리라면 산조는 악기 소리로 풀어놓는 것이라 하겠다. 한자말로 허튼 가락, 허드레 가락, 또는 흐드러진 가락이라는 뜻이다.[4] 산조에는 대금산조·가야금산조·아쟁산조 등 여러 가지 산조가 있는데 기타산조는 서양 현대 악기인 일렉트릭 기타로 우리 음악 산조를 연주하는 것이다.

김수철은 1986년 아시안게임 전야제에서 기타산조를 초연했다. "반응은 뜨거웠다. 또다시 갈고 다듬기를 거듭해 2002년 에너지 넘치는 '기타산조' 음반을 출반했다. 그가 굳이 국악의 산조 형식을 빌려서 연주하는 까닭은 기타를 통해 젊은 세대와 세계인들이 우리 음악을 더 친숙하게 받아들일 수 있으리라는 믿음 때문이었다."[5] 아시안게임 이듬해에는 중앙국악관현악단 정기연주회를 통해 '기타산조'라 명명되었고 국악 창작집에도 수록되었다.

김수철은 2008년 인터뷰에서 "작은 거인 때부터 따지면 국악을 시도한 게 28년째"라며 "국악을 공부하다 보니 겉핥기로는 안 될 것 같아서 (전문 국악인의) 사사 등을 받으며 정식으로 공부했다"고 말했다. 기타산조는 자신이 만든 것이라며 "죽을 때까지 계속하게 될 것"이라고도 했다.[6] 열다섯 살에 천재 기타리스트 지미 헨드릭스에 반해 기타에 빠졌다가 우리의 소리로 추구하는 세계를 바꾼 김수철이 앞으로 어떤 음악을 들려줄지 자못 궁금하다.

이들 말고도 한국적 노래를 추구한 가수는 많다. 록 밴드 송골매도 신중현처럼 한국적 록을 했다는 평가를 들었다. 하지만 이에 대해 보컬이자 기타리스트였던 배철수는 "잘 모르겠다"는 반응이다. "나중에 가서야 내가 했던 음악이 한국적인 냄새가 많이 나는 직선적인 록 음악이었구나라고 생각을 한 거지, 그걸 할 때는 그냥 우리끼리 모여서 대충 장난하듯이 한 거였다." 그는 참 솔직하다. 그러면서도 "이제 우리 것을 만들어서 해야지, 외국 애들 그대로 흉내 내봐야 흉내밖에 안 되지 않나. 그래서 우리만이 할 수 있는 독창적인 음악을 해야겠다는 생각은 갖고 있었던 것 같다"고 말했다.[7]

김태곤은 1970년대에 포크 음악에 국악을 접목한 〈망부석〉과 〈송학사〉(이상 1978)를 만들어 불렀다. "그의 음악은 가요라기보다는 국악이라고 해야 할 만큼 아주 토착적이다. 옷차림도 남달라 도포 차림에 삿갓을 쓰고 목에는 염주를 걸고 통기타를 치는 모습

3. 같은 책, 김수철, 143쪽.
4. 이성재, 〈재미있는 우리 국악 이야기〉, 서해문집, 2006, 108쪽.
5. 이윤수, "거장의 재발견", 국립극장 발행 교양지 〈미르〉 2013년 7월호.
6. 박준흠, 〈한국 대중음악 100대 명반 인터뷰〉, 선, 2009, 197쪽.
7. 같은 책, 302, 305쪽.

이 기인처럼 보였다. 〈망부석〉의 전주에 흐르는 꽹과리 소리는 드럼 비트와 절묘한 조화를 이루고 송학사의 목탁과 피리 소리도 뛰어난 조화를 이루었다."[8] 그는 한의대에서 보건학 박사학위를 받은 뒤 음악치료사가 됐는데, 우리 땅에서 난 채소와 과일처럼 음악도 국악이 우리 몸에 잘 맞는다고 역설하며 국악치료 전도사를 자임하고 있다. 그는 다음과 같은 독특한 국악 건강론을 편다.

"우리의 소리는 3박자 계통의 장단입니다. 선율 구조가 곡선이지요. 서양 음악은 음과 음 사이가 3~4도 이상 벌어지고 도약과 식선 형태이지만 우리는 산 능선처럼 휘삼아가는 나선형입니다. 아울러 강물의 흐름처럼 친환경적 유기농 음악이지요. 예를 들어 '에헤~이~요'라는 소리를 낼 때 머리에서 흉부와 복부, 대퇴부에 이르기까지 한꺼번에 넘나드는 호흡으로 곳곳에 자극을 주게 되는 원리입니다."[9]

산모퉁이 바로 돌아 송학사 있거늘
무얼 그리 갈래갈래 깊은 산 속 헤매냐
밤벌레의 울음 계곡 별빛 곱게 내려앉나니
그리운 맘 님에게로 어서 달려가 보세
밤벌레의 울음 계곡 별빛 곱게 내려앉나니
그리운 맘 님에게로 어서 달려가 보세 (하략)

-〈송학사〉 가사

한국적 가락에 대한 관심은 정태춘도 뒤지지 않는다. 1978년 서정적 포크곡인 〈시인의 마을〉 〈촛불〉로 데뷔해 인기를 얻은 그는 2집과 3집 앨범에서 국악과의 접목을 시도했다. 특히 1982년 3집 〈우네〉에선 가야금, 피리, 해금 등 국악 반주를 본격 동원했다. 그러나 가요 팬들의 외면을 받아 흥행에 실패했다. 그럼에도 대중음악에 국악을 담고자 하는 의지는 꺾이지 않았다. 1990년 카세트테이프 형태로 낸 비합법 음반 〈아, 대한민국…〉(5집)에서 다시 국악을 끌어들인다. 사회·정치적 의식을 일깨우는 노래 〈아, 대한민국…〉 〈우리들의 죽음〉과 함께 국악 사용이 두드러진 곡 〈황토강으로〉를 만들었다. 풍물패가 신나게 치는 꽹과리·징·장구·북 반주 소리를 듣다 보면 붉은 황토물에 함께 휩쓸려 흘러가는 기분이 든다. 정태춘은 이 즈음해서 대중 집회나 시위 현장에서 고무신을 신고 북을 치면서 노래하기도 했다.

저 도랑을 타고 넘치는 황토물을 보라
쿨렁쿨렁 웅성거리며 쏟아져 내려간다
물도랑이 좁다 여울목이 좁다
강으로 강으로 밀고 밀려간다
막아서는 가시덤불 가로막는 돌무더기
에라 이 물줄기를 당할까보냐 차고 차고 넘쳐 간다
어여 가자 어여 가 굽이굽이 모였으니

8. 선성원, 〈우리가 정말 알아야 할 우리 대중가요〉, 현암사, 2008, 241쪽.
9. 〈서울신문〉 2005년 9월 27일자, '국악치료 전도사 변신 망부석 가수 김태곤씨' 기사.

큰 골짜기 마른 골짜기 소리 지르며 넘쳐 가자
어여 가자 어여 가 성난 몸짓 함성으로
여기저기 썩은 웅덩이 쓸어버리며 넘쳐 가자
가자 어서 가자 큰 강에도 비가 온다 (하략)

-〈황토강으로〉 가사

강산에는 〈98 아리랑〉(1998, 강산에 작사 작곡)에서 국악계의 거목 이광수의 꽹과리 연주를 담는 등 국악에 상당한 애착이 있는 뮤지션이다. 로커이면서 〈예럴랄라〉 〈할아버지와 수박〉(이상 1993) 같은 노래에서 보듯 작품 세계가 향토적이다. 김창남 성공회대 교수는 강산에를 다음과 같이 평했다.

"사실 '한국적'이란 말만큼 애매모호한 말도 없지만 강산에의 록음악을 표현하는 데 '한국적'이란 수식어만큼 적실한 것도 찾기 어렵다. 그의 음악에는 분명하게 어떤 한국적 정신과 정서가 느껴진다. 그것은 예컨대 '할아버지 그 하얀 수염 쓰다듬으시며 언제나 이웃 복덕방에 내기 장기 두러 나가셨지…'(〈할아버지와 수박〉), 혹은 '올해를 넘기면은 노총각 신세라고 시끄럽던 그 꺼벙이가 제일 먼저 장가 가네/ 쾌지나 칭칭 쾌지나 칭칭 나네 얼싸좋네…'(〈장가가는 날·1993〉) 같은 토속적인 몇몇 노랫말 때문이기도 하지만, 한국 사회 속에서 살아가는 젊은이의 내면 풍경을 분명한 한국어로 또렷이 보여주고 있는 그의 노래 전반에서 느껴지는 것이기도 하다."[10]

강산에는 인터뷰에서 "한국 음악의 전통적인 느낌이 늘 배어나온다"는 질문에 이렇게 답했다. "우리 전통음악의 매력과 맛을 전혀 모르고 있을 때 오히려 외국 사람 하치를 통해서 알게 되고 우리 전통을 내 쪽으로 끌어와야 되는구나 하는 1차적인 생각부터 출발했다. (…) 단순히 전통 악기를 쓰면 된다는 개념도 아니고 전통 멜로디를 해야 된다는 것도 아니고 모호한 부분이 있다. 그 답을 찾아나가는 거다. 그 맛을 어떻게 나스럽게 내 안에서 녹이는가는 내가 노력해야 하는 거다"('하치'라는 인물은 강산에와 오랫동안 레코딩 작업을 해온 일본인 프로듀서다).[11]

숱한 아티스트들이 말하는 한국적 노래라는 것은 과연 뭘 말하는 걸까. 어쩐지 좀 중구난방이 아닌가 하는 느낌이다. '한국적 노래'라는 개념에 저마다 편차가 있는 듯하다는 말이다. 배철수는 어떻게 하다 보니 한국적인 록을 한 게 됐다고 했고, 강산에도 외국 사람을 통해 전통음악의 중요성을 인식하게 됐다고 말한다. 그러나 긍정적인 건 그런 솔직한 태도다. 여기서 더 나아가 "모호한 부분에 대해 답을 찾아나가는 거"라는 강산에의 자세도 마음에 든다. 고수高手연하지 않는.

백병동 서울음대 명예교수는 국악의 개념에 대해 다른 민족과의 문화적 교류 때문에 그 한계를 규명하기가 매우 어렵다고 말한다. 그는 "다른 민족에게서 이입된 음악이라도 우리 민족의 정서로 동화되어 전해오는 것은 국악의 범주에 포함된다"고 말했

10. 박준흠, 〈한국 대중음악 100대 명반 음반 리뷰〉, 선, 2008, 364~365쪽.
11. 〈한국 대중음악 100대 명반 인터뷰〉, 422쪽.

다. 서양 음악이 들어온 근대에 작곡된 음악들도 우리 민족의 사상과 감정을 바탕으로 작곡된 것이라면 국악의 영역에서 제외할 수 없다는 것이다.[12] 그의 논지를 가요 분야로 좁혀 원용하면 일제 강점기 때 일본을 통해 들어와 정형화한 트로트도 국악은 아니지만 의당 '우리 음악'에 포함시킬 수 있지 않나 하는 생각도 든다. 많은 사람들이 이미자의 노래에 한국적 정서가 듬뿍 담겨 있음을 인정한다면 왜색 시비는 더 이상 의미가 사라진 것 아닌가.

마지막으로 성찰해야 할 본질적인 문제는 한국적 노래의 당위성이다. 왜 이 시대에 한국석 노래가 뭔지 불어야 하는 것인가. '가장 한국적인 것이 가장 세계적'이라는 세계화 시대의 담론이 문화 예술에서도 통한다고 대답할 수 있겠지만 좀 상투적이다. 답을 이 글의 제목 '한국적 노래의 정체'에서 찾으련다. 정체正體는 곧 정체성, 아이덴티티이며 DNA다. 한국인이 부르는 노래가 다른 나라 사람의 노래와 같을 수 없다. 시대가 아무리 바뀌어도 정체성과 DNA는 바꿀 수 없기 때문이다.

12. 백병동, 〈대학 음악이론〉, 현대음악출판사, 2007, 280쪽.

꼬리에 꼬리를 무는 노래

노래를 부르는 노래들

옛날에 여자아이들이 고무줄놀이 같은 걸 할 때 불렀던 노래가 있다. 나도 어릴 적 흥얼거린 기억이 난다.

원숭이 엉덩이는 빨개
빨가면 사과
사과는 맛있어
맛있으면 바나나
바나나는 길어
길으면 기차
기차는 빨라
빠르면 비행기

비행기는 높아

높으면 백두산

(여기까지는 일종의 랩이고 다음은 노래다)

백두산 뻗어내려 반도 삼천리

무궁화 이 강산에 역사 반만년

대대로 이어 사는 우리 삼천만

복되도다 그의 이름 대한이로세

이 노래는 역사가 길다. 1931년 〈동아일보〉 신춘문예 창가부 당선작으로 원래는 작자가 무명씨였다가 후에 이은상으로 드러났고, 작곡자는 현제명으로 확인됐다. 노래 제목은 원래는 〈조선의 노래〉였는데 광복 후 〈대한의 노래〉로 바뀌었다. 그러나 랩 부분이 언제부터 붙여진 건지는 분명치 않은데, 동요 작곡가 윤극영이 만들었다는 설이 있다.

이 노래 얘기를 꺼낸 이유가 있다. 이 노래의 랩 부분이 연상聯想 작용의 결과라는 점, 그리고 이 연상이 노래와 노래 사이에도 일어난다는 점을 말하고 싶어서다. '원숭이 엉덩이'에서 시작해 '백두산'까지 여섯 단계로 이어지는 연상 과정에는 참으로 기발한 상상력이 작동한다. 생각이 꼬리에 꼬리를 물며 펼쳐지는 것이다.

노래도 그렇다. 어떤 노래가 다른 노래를 연상시키는 경우가 많다. 나는 이 책을 쓰면서도 이 '꼬리 물기'식 연상기법을 많이 사용했다. 가령 조영남을 세상에 알린 데뷔곡 〈딜라일라〉(1968)

라는 노래가 있다. 톰 존스의 원곡을 조영남이 직접 번안했는데 가사는 이렇다.

밤 깊은 골목길 그대 창문 앞 지났네
창문에 비치는 희미한 두 그림자
그댄 내 여인 날 두고 누구와 사랑을 속삭이나
오 나의 딜라일라 왜 날 버리는가
애타는 이 가슴 달랠 길 없어
복수에 불타는 마음만 가득 찼네 (하략) -〈딜라일라〉 가사

이 노래는 역시 조영남이 부른 〈불 꺼진 창〉(1973, 이장희 작사 작곡)으로 내 생각을 이끈다. 불 꺼진 창문 너머로 내 여인이 다른 남자와 함께 있는 것을 봐야 하는 상황 설정이 〈딜라일라〉와 매우 흡사하기 때문이다.

지금 나는 우울해 왜냐고 묻지 말아요
오늘 밤 나는 우울해 그녀 집 갔다 온 후로
오늘 밤 나는 보았네 그녀의 불 꺼진 창을
희미한 두 사람의 그림자를 오늘 밤 나는 보았네
누군지 행복하겠지 무척이나 행복할 거야 (하략) -〈불 꺼진 창〉 가사

생각은 김현식의 〈골목길〉(1989, 엄인호 작사 작곡)로 이어진다.

골목길, 커튼, 너의 창문, 너의 얼굴 등 노랫말이 〈불 꺼진 창〉의 분위기를 연상시키기에 충분하다.

골목길 접어들 때에 내 가슴은 뛰고 있었지
커튼이 드리워진 너의 창문을 말없이 바라보았지
수줍은 너의 얼굴이 창을 열고 볼 것만 같아 (하략) -〈골목길〉 가사

다음은 한영애의 〈누구 없소〉(1988, 윤명운 작사 작곡)다. 〈골목길〉 노래에 나오는 '골목길'의 강한 이미지가 〈누구 없소〉의 '검어진 골목길'로 전이되는 것이다.

여보세요 거기 누구 없소
어둠은 늘 그렇게 벌써 깔려 있어
창문을 두드리는 달빛에 대답하듯
검어진 골목길에 그냥 한번 불러봤어
날 기억하는 사람들은 지금 모두
오늘 밤도 편안히들 주무시고 계시는지 (하략) -〈누구 없소〉 가사

앞에서 예를 든 '원숭이 엉덩이' 노래의 기발한 연상이 보여주듯 상상력은 어디로 튈지 아무도 모르는 거다. 연상은 '연관된 상상력'이라고 할 수 있는데 이 힘은 굉장한 것이다. 책 〈다빈치가 그린 생각의 연금술〉에서 저자 신동운은 이 노래를 예로 든 뒤,

"생각의 연상 작용은 천재적인 사고 구조로 가는 지름길이다. 다빈치도 이러한 연상하는 사고의 흐름을 갖고 있지 못했다면 다양한 방면에서 능력을 나타내지 못했을 것이다"라고 말했다. 다빈치가 예술·건축·해부학·식물학·광학·천문학·군사기술 등 광범위한 분야에서 재능을 발휘한 것도 다름 아닌 연상의 힘이라는 것이다.[1]

내게는 한 '세트'로 인식되는 노래 세 곡이 있다. 혼성 듀엣 마음과 마음의 〈그대 먼 곳에〉(1985, 박형국 작사 작곡)와 여성 듀엣인 작품하나의 〈난 아직도 널〉(1987, 김휘원 작사 작곡), 그리고 권성연의 〈한여름 밤의 꿈〉(1990, 권성연 작사 작곡)이 그것이다.

왜 이 노래들이 한 묶음으로 여겨질까. 공통점이 있다. 우선 세 곡 모두 비슷한 시기에 가요제 대상을 받은 곡이다. 〈그대 먼 곳에〉와 〈한여름 밤의 꿈〉은 강변가요제에서, 〈난 아직도 널〉은 대학가요제에서 받았다. 또 세 곡 모두 떠난 사랑을 그리워하고 회상하는 여인들의 노래다. 이런 곡이라면 마땅히 슬로 템포일 수밖에 없다.

먼 곳에 있지 않아요 내 곁에 가까이 있어요
하지만 안을 수 없네요 그대 마음은 아주 먼 곳에
그대가 내 곁을 떠나갈 때 마치 넋이 빠진 모습으로

1. 신동운, 〈다빈치가 그린 생각의 연금술〉, 스타북스, 2008, '꼬리에 꼬리를 물고 생각하라', 160쪽.

난 몹시 담담한 마음으로 그대를 보냈어요
아 그대는 내 곁에 없나요 아 그대는 먼 곳에 있나요

-〈그대 먼 곳에〉 1절 가사

거리를 나 혼자 걸었네 내게는 아무도 없었네
차가운 바람 불 때면 내 마음 왠지 쓸쓸해지네
조금씩 비가 내리네 어둠은 갈수록 짙어가네
빗속을 혼자 걷는 이 마음 그대는 아는지 흥 모르는지
아 이 비 그치면 그대 찾아봐야지
아무리 험한 산일지라도 난 그대를 잊을 수 없어
아무리 미운 너였지만은 난 아직도 널 사랑해 (하략)

-〈난 아직도 널〉 가사

앞서 '노래, 자연의 친구'에서 〈한여름 밤의 꿈〉의 빼어난 감정이입과 음악성을 평가한 바 있다. 〈그대 먼 곳에〉의 여성 보컬 김복희의 짙은 허스키 음색도 강렬한 호소력을 발휘한다. 공통점은 또 있다. 〈난 아직도 널〉의 시작 부분 '라도레미♭ 레도도도도'와 〈한여름 밤의 꿈〉의 도입부 '라도레미레도도도시라'의 분위기가 놀랍도록 닮았다. 블루스풍인 〈난 아직도 널〉이 블루노트인 미♭을 쓴 게 결정적 차이이긴 하지만, 내 머릿속에서 두 노래가 이따금 혼동을 일으키곤 하는 이유였다. 물론 이건 무슨 표절 문제와는 아무 상관이 없는 얘기다. 하긴 이 노래들이 좀 헷갈리면 어떤

가. 먼 곳에 있는 그대를, 난 아직도, 한여름 밤의 꿈처럼 그리워하는 건데….

짝이 맞는 노래

한 노래가 다른 노래를 연상시키는 이유는 사람에 따라 천차만별일 수밖에 없다. 그건 사람마다 노래 취향이 다르고, 추억을 간직한 노래가 제각각인 것과 마찬가지다. 어쨌거나 이렇게 꼬리에 꼬리를 무는 연상을 따라 노래를 듣고 부르는 것도 재미있게 노래를 즐기는 방법이다. 이건 사랑, 이별, 고독, 추억 등 주제별로 노래를 분류하는 것과 비슷하면서도 또 다르다.

나는 이따금 어떤 노래엔 '짝이 맞는 노래'가 있다는 생각을 한다. 과거에 나왔던 동일 주제 노래의 새로운 버전이 다시 나오는 식이랄까. 015B가 부른 〈아주 오래된 연인들〉(1992, 정석원 작사 작곡)은 1990년대의 댄스 열풍의 진원지가 된 하우스 음악을 선보이면서 당시 신세대인 X세대다운 감각적 노랫말로 인기를 모았다. 연애 기간이 길어져 서로 심드렁해진 연인들의 심리를 꿰뚫었다는 평가를 받았다. 한데 이 곡에는 그 주제 면에서 원조 격인 노래가 존재한다. 트로트곡인 남인수의 〈청춘고백〉(1954, 손석우 작사, 박시춘 작곡)이 그것이다.

저녁이 되면 의무감으로 전화를 하고
관심도 없는 서로의 일과를 묻곤 하지

가끔씩은 사랑한단 말로 서로에게 위로하겠지만
그런 것도 예전에 가졌던 두근거림은 아니야
처음에 만난 그 느낌 그 설레임을 찾는다면
우리가 느낀 싫증은 이젠 없는 거야 (하략)

–〈아주 오래된 연인들〉 가사

헤어지면 그리웁고 만나보면 시들하고
몹쓸 것 이 내 심사
믿는다 믿어라 변치 말자
누가 먼저 말했던가
아 생각하면 생각사록
죄 많은 이 내 청춘

–〈청춘고백〉 1절 가사

〈청춘고백〉에서 '만나보면 시들하고'라고 고백한 것은 당시 노래로는 이례적일 정도로 솔직한 가사다. 40년 뒤 나온 〈아주 오래된 연인들〉에선 이 솔직함이 '의무감으로 전화를 하고'나 '관심도 없는 서로의 일과를 묻는 것', '몰래 다른 사람 만나기' 등으로 진화했다. 다양한 표현으로 사귄 기간이 오래된 연인들이 겪는 '애로사항'을 미주알고주알 털어놓지만 그것도 결국 〈청춘고백〉의 '만나보면 시들하고'라는 한마디 말로 요약된다. 옛날 트로트 노래야 그 정도로 넘어갔지만 1990년대 신세대 음악이 그러기에는 성에 차지 않아서일까.

장세정은 1937년 〈연락선은 떠난다〉(박영호 작사, 김해송 작곡)를 콧소리 섞인 애절한 목소리로 불러 듣는 사람의 심금을 울렸다. 겨우 열여섯 소녀 때였다.

쌍고동 울어 울어 연락선은 떠난다
잘 가소 잘 있소 눈물 젖은 손수건
진정코 당신만을 진정코 당신만을 사랑하는 까닭에
눈물을 흘리면서 떠나갑니다 (아이 울지 마세요)
울지를 말아요

–〈연락선은 떠난다〉 1절 가사

항구에서의 이별을 다룬 이 노래가 대히트한 데에는 시대적 요인도 작용했다. 이 노래에서의 연락선은 일본의 시모노세키下關와 부산을 오가는 관부關釜연락선을 의미했다. 한국인들에게 이 연락선은 일제의 징용과 수탈, 그리고 생이별과 동의어였다.

"1937년 2월, 식민지 조선의 여성 가수 장세정은 한 편의 기막힌 가요 작품을 발표했습니다. 〈연락선은 떠난다〉가 바로 그것입니다. 노래 가사를 보면 그저 사랑하던 연인과의 평범한 이별 장면으로 펼쳐지고 있습니다. 그러나 자세히 음미해보면 이별과 눈물의 의미가 범상치 않습니다. 그야말로 생살이 찢기는 식민지의 고통과 한을 다루고 있다는 사실을 금방 알아챌 수 있습니다. 관부연락선을 타고 현해탄을 건너 일본 땅으로 떠나면 그 길이 다시는 고향으로 돌아올 수 없는 아득한 황천길이었던 것입니다."[2]

이 곡과 짝이 맞는 노래가 30년이 지나 1967년 남진이 부른 〈가슴 아프게〉(정두수 작사, 박춘석 작곡)다. 〈연락선은 떠난다〉와 이 노래를 연결하는 고리는 물론 연락선이다. 여기선 관부연락선과는 달리 육지와 섬을 잇는 배다. 그러나 연락선으로 떠나고 보내며 가슴 아파하는 정서는 다를 게 없다.

당신과 나 사이에 저 바다가 없었다면
쓰라린 이별만은 없었을 것을
해 저문 부두에서 떠나가는 연락선을
가슴 아프게 가슴 아프게 바라보지 않았으리
갈매기도 내 마음같이 목메어 운다

-〈가슴 아프게〉 1절 가사

〈가슴 아프게〉는 남진을 대중적 스타로 만들어준 노래인데, 원래 제목은 〈낙도 가는 연락선〉이었다고 한다. 그런데 취입 직전 평가 모임에서 바꿨다. 이 자리에 있던 원로 연예기자 정홍택이 "〈낙도 가는 연락선〉은 아무래도 너무 '올드'한 느낌이 들고 사람들이 기억하기에도 부적절하다"고 주장했다. 그래서 작사자 등의 동의를 받아 그 자리에서 노랫말을 따 바꾼 게 〈가슴 아프게〉였다.[3]

익명의 소녀가 주인공인 포크송들도 꼬리를 물고 연결될 수 있다. 듀엣 버들피리의 〈눈이 큰 아이〉(1975, 이종환 작사, 김홍경 작곡) – 둘다섯의 〈긴 머리 소녀〉(1975, 손철·이두진 작사, 이두진 작곡) – 여성 듀엣 산이슬의 〈이사 가던 날〉(1974, 계동균 작사 작곡) – 이장희의 〈그 애와 나랑은〉(1973, 이장희 작사 작곡)이 그렇다.

내 마음에 슬픔 어린 추억 있었지
청바지를 즐겨 입던 눈이 큰 아이
이슬비 오는 밤길에는 우산을 들고
말없이 따라오던 눈이 큰 아이
내 마음에 슬픔 어린 추억 있었지
지금은 어딨을까 눈이 큰 아이

–〈눈이 큰 아이〉 1절 가사

이사 가던 날 뒷집 아이 돌이는
각시 되어 놀던 나와 헤어지기 싫어서
장독 뒤에 숨어서 하루를 울었고
탱자나무 꽃잎만 흔들었다네
지나버린 어린 시절 그 어릴 적 추억은
탱자나무 울타리에 피어오른다 (하략)

–〈이사 가던 날〉 가사

그 애와 나랑은 비밀이 있었네
그 애와 나랑은 남몰래 만났네
그 애와 나랑은 서로가 좋았네

2. '이동순의 가요 이야기' 장세정 편, 〈매일신문〉 웹페이지 2012년 7월 26일.
3. '정홍택의 지금은 말할 수 있다' 스타가수 남진이 탄생하기까지, 〈한국일보〉 2009년 5월 26일자.

그 애와 나랑은 사랑을 했다네
하지만 지금은 그 애는 없다네

-〈그 애와 나랑은〉 1절 가사

〈자살을 할까, 커피나 한 잔 할까?〉(2012)라는 독특한 제목의 책을 쓴 엘리엇 부라는 한국계 미국인이 있다. 그는 이 책에서 활용한 이른바 '비선형적 독서non-liner reading'로 꽤 유명해졌다. 그건 책을 20권 정도 쌓아놓고 흥미로운 부분만 무작위로 읽어나가는 방식이다. 엘리엇 부를 소개하는 글에서 이런 내용과 마주쳤다.

"그는 가리지 않고 읽는다. 시, 소설, 비소설, 노래 가사, 명언, 영화, 비디오, 그림, 사진. 대신 신문, 잡지, 텔레비전, 라디오, 인터넷 뉴스, 자기계발서를 끊었다. 이런 것들은 바쁘게 사는 방법을 알려줄 뿐이다."

내 눈을 잡아끈 건 읽을거리로 열거된 것들 가운데 '노래 가사'가 끼어 있다는 것이다. 그렇다. 때론 청각예술인 노래의 가사도 시만큼이나 음미할 만한 독서거리라는 생각을 해본다. 그 감성, 그 추억이 즉각적으로 가슴에 와 닿기 때문일 것이다.

■ 노래 찾아보기